KB262481

키르라이안 이야기

Kyrelian Story

이윤희 판타지 장편 소설

키르라이안 이야기 5

이윤희 판타지 장편 소설

초판 1쇄 찍은 날 § 2007년 5월 2일
초판 1쇄 펴낸 날 § 2007년 5월 11일

지은이 § 이윤희
펴낸이 § 서경석

편집장 § 문혜영
편집책임 § 서지현
편집 § 심재영

펴낸곳 § 도서출판 청어람
등록번호 § 제1081-1-89호
등록일자 § 1999. 5. 31
어람번호 § 제1-0830호

주소 § 경기도 부천시 원미구 심곡1동 350-1 남성B/D 3F (우) 420-011
전화 § 032-656-4452 팩스 § 032-656-4453
http://www.chungeoram.com
E-mail § eoram99@chollian.net

ISBN 978-89-251-0679-3 04810
ISBN 89-251-0420-2 (세트)

Kyrelian

키르라이안 이야기

[완결]

⑤ 모든 것을 알게 되었을 때, 선택은?

이윤희 판타지 장편 소설

Fantasy Frontier Spirit

Contents

Chapter 1
지켜낸 자, 지켜내지 못한 자

긴 잠을 잔 것 같은 기분이었다. 몸이 여기저기 조금씩 쑤
셨지만 피곤함은 없었다. 등 뒤로 부드러운 이불의 감촉이 느
껴졌다. 이건 분명 내 방의 침대. 그런데 내가 언제 잠들었던
거지? 침대에 누운 기억이 없는데. 그러니까 카린의 납치 소
식을 듣고 성으로 가던 중 레키아 놈을 만나고…….

"…헉!! 루사인!!"

퍼뜩 정신이 들었다. 그래, 레키아를 만나고 놈이 아켈란스
이며 크라노의 태자란 것을 알았다. 그리고 녀석이 루사인을
납치해 갔고 쫓아가려는 날 프리츠가 온몸으로 막았다. 그 뒤
마법의 부작용으로 갑작스레 밀려오는 피곤함에 쓰러졌다.

거기까진 기억이 난다. 그러니까 이제야 정신을 차리고 일어났다는 소리로군. 루사인이, 카린이 어찌 되었을지 모르는 상황에 팔자 편하게 내 방 침대에서 뒤척거리고 있었다 이 말이로군!! 한심하다, 정말로 한심하다. 기가 막힐 정도로 나 자신이 한심해 미치겠다.

"이러고 있을 때가 아니야. 루사인, 루사인, 루사인을 찾아야 해."

침대에서 뛰쳐나와 정신없이 방 안을 헤집고 다녔다. 일단 옷부터 제대로 입어야 한다. 그리고 검을 챙겨야 한다. 그런데 평소 손이 닿는 곳에 익숙히 놓여 있어야 할 검이 보이질 않았다.

"뭐야, 어디야, 어디 간 거야? 누가 치웠어!!"

뜻대로 되지 않는 답답한 상황에 울컥 소리쳤다. 그리고 동시에 방문이 열리며 세린과 프리츠가 함께 들어왔다.

"일어났어? 생각보다 빠르네. 네 어머니가 이틀은 잘 거라 했는데."

"너, 이 자식! 무슨 속셈이야!!"

다짜고짜 프리츠에게 달려들어 멱살을 쥐고 외쳤다. 그때 루사인을 따라갔어야 했는데, 프리츠가 붙잡는 바람에 놓쳐 버렸다. 루사인을 끌고 간 아켈란스들의 행적 또한 놓쳐 버린 거다. 그런데 뭐? 이틀은 잘 거라고? 그걸 알면서도 지금 느긋하게 우리 집에서 내가 깨어날 때까지 지키고 있었단 말이야?

"진정해, 라이안."

"진정하게 생겼어?!"

자신의 멱살을 쥐고 있는 내 손을 잡으며 프리츠가 말려보지만 전혀 아랑곳하지 않고 더 큰 목소리로 소리쳤다.

"좀 이성적으로 생각하자. 너 어차피 그 몸으로 따라가 봤자 도중에 잡혀 버렸을 거라고."

"아무것도 안 하고 손만 빨고 있는 것보단 나았어!!"

"좀 진정하고 들어라, 제발!! 아무리 예상대로라지만… 세린! 찬물 끼얹어!!"

촤아악―

프리츠의 말이 끝나기가 무섭게 정신이 퍼뜩 들 정도로 차가운 물을 온몸으로 뒤집어썼다. 물론 나와 붙어 있던 프리츠도 함께 물에 젖은 생쥐 꼴이 되어버렸다.

"세라 아가씨, 죄송합니다!"

세린이 덜덜 떨며 두 눈을 꼭 감고 소리쳤다. 손에 쥐고 있는 물바가지까지 떨릴 정도로 겁에 질린 모습이었다.

"하아, 하아."

갑작스러운 찬물 세례에 흥분으로 거칠어진 숨을 가다듬었다.

"이제 좀 정신이 드냐?"

"무슨 짓이야."

낮은 목소리로 으르렁대며 프리츠를 노려보았다. 프리츠

는 한숨을 쉬며 변명했다.

"그 검은 망토의 행방은 알아냈다. 네가 자는 동안 어디에 숨어 있는지 이미 다 파악해 놨어. 그 정도는 충분히 할 수 있어서 그때 널 막은 거야."

"내가 얼마나 자고 있었지?"

"하루 반. 지금 오밤중이다."

"행방을 알아냈다고 했지? 내가 자는 동안 왜 움직이지 않았지? 서둘러야 하지 않아?"

머리칼에 뚝뚝 흐르는 물기를 털어내며 다시 물었다. 프리츠는 또 한 번 긴 한숨을 쉬었다.

"대부분의 기사들이 전쟁 준비로 국경으로 향했어. 수도에 남은 건 몇 안 되는 실버나이트와 근위기사단뿐이야. 머릿수가 모자라. 자고 있는 네 손을 빌려야 할 정도로."

"지금 당장 출발할 수 있어?"

"물론. 너 일어나길 기다리고 있었다니까. 아, 그전에 옷 좀 빌리자. 아무리 정신 차리게 하려고 했던 거라지만 나까지 물벼락을 맞아서야… 손해 봤어, 진짜."

프리츠가 흠뻑 젖은 셔츠를 벗으며 투덜거렸다. 그리고 다시 한 번 내 방문이 열리며 이미 대기하고 있었던 시녀들이 나와 프리츠의 옷가지를 가지고 들어왔다.

"세린, 서둘러."

급한 마음에 나 역시 젖은 잠옷을 훌렁 벗어버렸다. 몸 여기저귀에 물기가 남아 끈적거렸다. 아무거나 잡히는 대로 마른 천을 잡아 몸을 닦아내고 있을 때 프리츠의 비명 소리가 내 귀를 울렸다.

"너, 너, 너, 너!! 어디서 함부로 옷을 훌렁훌렁 벗어!!"

얼굴이 홍당무가 된 채 손을 들어 날 가리키며 말을 더듬는 모습에 한숨이 절로 나왔다.

"어디서라니? 내 방에서 내가 옷 벗었는데 왜 그리 소리쳐?"

"사, 사람이 문제잖아! 누가 있는데 그렇게 막 벗으면……."

"지금까지도 옷은 시녀들이 갈아입혀 줬는데 왜 새삼 그러냐고."

"그게 아니라 내가 있잖아, 내가!!"

광분해서 소리치는 프리츠를 보며 난 고개를 갸웃거렸다. 아니, 그러니까 대체 뭐가 문제라고? 고개를 숙여 내 몸을 보았다. 팬티 한 장 차림. 뭐, 가릴 건 가렸잖아. 프리츠가 있다고 해서 옷 하나 마음대로 못 갈아입을 이유가 있나?

"네가 있는 게 왜? 목욕도 같이 하던 사이에 뭘 그리 가려."

"그건 네가 남자였을 때잖아!! 지금은 그, 그, 그러니까……."

"흐음……."

다시 한 번 고개를 숙여 프리츠가 눈치 보며 힐끔 바라다보는 것의 정체를 살폈다. 봉긋한 가슴이 한눈에 들어왔다.

"아하, 이 가슴? 신경 쓰지 마. 남자였을 때의 그 판판한 가슴이 조금 부풀어 올랐을 뿐이니까."

"조금 정도가 아니잖아……."

인상을 쓰며 중얼거리던 프리츠가 갑자기 고개를 들었다. 그리고 눈을 동그랗게 뜨고 큰 목소리로 외쳤다.

"설마 루사인 앞에서도 매일 이런 식이었던 거냐?!"

"이런 식? 글쎄, 세린이 따라다니기 전까진 루사인이 계속 내 시중을 들긴 했는데. 세린이 다른 일 할 때도 그렇고. 그러니까 새삼 신경 쓸 거 없다니까."

프리츠는 다시 한 번 작은 목소리로 중얼거렸다.

"…구하러 가지 말까."

"허튼소리 하기는. 가자. 어디 있는지 알고 있다고 했지? 안내해."

실버나이트의 제복을 다 차려입고 마지막으로 세린이 건네주는 검을 손에 쥐었다. 그리고 내 방을 나서는 프리츠의 뒤를 성큼성큼 따라 나갔다.

프리츠는 말을 타고 수도의 시가지를 달렸다. 난 프리츠의 뒤를 바짝 따라 달렸다. 한밤중의 시가지는 고요했다. 덕분에 말발굽 소리가 유독 크게 울리는 것 같아 신경 쓰였다.

"어디로 가는 거야?"

"뒷골목 유홍가. 골목에 들어서면 말은 여관에 맡기고 직접 움직여야 해."

"우리 둘만 가?"

"아니, 지원 요청해 놨어."

프리츠의 말대로 말을 맡기고 키르라이안이던 시절 제2의 고향인 마냥 돌아다니던 거리에 들어서자 기다렸다는 듯이 모습을 드러내는 기사들이 있었다.

"예정보다 빨리 오셨군요. 근위대 2조 조장 마린드와 이하 2조 전원, 두 분을 기다리고 있었습니다."

"…근위대?"

인상을 쓰며 되물었다. 카린과 루사인을 구출하는 일에 근위대까지 투입이 되는 건가? 아니, 그 이전에 어째서 지원 세력이 근위대밖에 안 보이는 거지?

"움직일 수 있는 사람이 없어. 말했잖아, 다 국경으로 향했다고. 수도에 남은 실버나이트는 열 명도 안 돼. 아버지는 서류에 치여 기절하기 직전이야. 이 바쁜 때 왜 페르나슈 공작이 갑자기 사직을 했는지……."

프리츠의 투덜거림에 나는 고개를 끄덕였다. 그래, 나도 궁금하다, 대체 아버지가 무슨 생각으로 그런 만행을 저지른 건지. 친자식인 내가 보더라도 이거 완전 노리고 물 먹이는 것 같은데?

"자세한 건 나도 모르지. 나중에 아버지한테 따로 묻기로

하고, 그래서 정확히 어디야?"

"유흥가 뒤의 솔방울 여관. 거길 통째로 빌려서 사용하고 있더라고."

솔방울 여관이라. 줄을 이을 정도로 촘촘히 박힌 여관 중 하나란 거군. 이 동네를 수시로 드나들던 나도 생소한 이름의 여관이다.

"하루 만에 잘도 알아냈네. 그때 미행도 붙이지 못했잖아."

"방법이 있으니까."

흐음. 방법이라… 그러니까 처음 루사인이 납치되었을 때도 아켈란스의 행방을 알 수 있는 방법이 있어서 막았다는 거지? 그런데 대체 무슨 수로?

"설명하려면 복잡하니 일단 그곳으로 이동부터……."

갑자기 프리츠가 말을 끊고 뒤돌아섰다. 그리고 나 역시 프리츠가 움직이는 것과 동시에 몸을 돌렸다. 그때 조심스레 이쪽으로 다가오는 인기척이 있었다. 그리고 그건 분명 내가 아는 사람이었다.

"이런, 최대한 기척을 죽이고 왔는데. 역시 실버나이트답네."

"넌 뭐야?"

어둠 속에서 모습을 드러내는 녀석을 노려보며 물었다. 플루토는 어깨를 으쓱거리며 나와 프리츠의 곁으로 다가왔다.

"네가 왜 여기 있어?"

다시 한 번 녀석에게 물었다. 손은 어느새 허리춤의 검을 쥐고 있었다. 녀석이 허튼짓을 하면 두 번 고려할 것도 없이 그 자리에서 베어버릴 작정이었다.

플루토. 거스틴 남작의 둘째 아들. 그리고 얼마 전, 아니, 어제 아침까지 레키아라 의심되던 자였다. 레키아는 아켈란스라고 판명났으니 일단 그것은 아니더라도 그간 플루토의 행적은 충분히 의심스러웠다. 카린에 루사인까지 납치된 상황이다. 조심스레, 신속하게 움직여야 할 판에 수상한 녀석의 등장은 충분히 방해였다.

"라이안, 괜찮아. 긴장하지 마."

"어째서?"

"틀림없는 우리 편이야."

프리츠가 강조했다. 그리고 플루토를 향해 돌아서며 물었다.

"무슨 일이야? 네가 여기에 오는 것은 예정에 없었잖아."

"아아, 그 예정이 조금 틀어졌어."

"어떻게?"

"아켈란스가 움직이기 시작했다. 여관을 감시하는 자의 말에 의하면 아직 안에 있는 다른 사람들의 이동은 없어. 하지만 앞으로 어찌 될지 모르니 서둘러야 해. 혹시라도 아켈란스와 납치된 자들의 소재가 갈라지기라도 하면 더는 추적이 불가능해지니까."

플루토가 신신당부하자 프리츠는 근위대들을 재촉했다.

"들었지? 서둘러. 지금 당장 여관의 포위를 시작한다. 놈들이 눈치 채지 못하게 조심해."

"예!"

근위대들이 작은 목소리로 대답했다. 순식간에 여러 갈래로 갈라져 달리기 시작했다. 사전에 각자의 위치를 정한 것 같았다.

"플루토, 넌 어쩔 거야?"

"여기까지 온 이상 혼자 돌아가기도 뭣하잖아. 뒤에서 지원할게, 아켈란스의 움직임도 바로바로 파악해야 하니까. 생각보다 일찍 일정을 마치고 돌아올지도 모르니까."

프리츠는 고개를 끄덕이며 우리에게 따라오라 손짓했다. 나와 플루토는 말없이 녀석의 뒤를 따랐다.

얼마간을 달려 유흥가에서도 조금 더 뒤로 들어가는 어두운 골목에 도착했다. 여관들이 즐비한 이 골목은 수도에 방문하는 여행자들이 주로 이용하는 곳이었다.

프리츠의 발걸음이 조심스러워졌다. 그리고 어느 여관의 정문이 보이는 건너편 골목으로 몸을 숨겼다. 여관의 간판엔 술방울이란 단어가 쓰여 있었다. 여관의 1층과 3층에 불이 들어와 있었다. 안에 있는 사람들이 아직 깨어 있다는 증거다.

"저기에 카린과 루사인이 있는 건가?"

"아직 이동하지 않았다면."

프리츠의 나지막한 대답에 난 고개를 끄덕였다. 그리고 뒤에 서 있는 플루토를 돌아보았다.

"근데 어떻게 아는 거야, 아켈란스의 행방을? 여기에 카린과 루사인이 있는 것을 알아낸 것도 너지?"

"뭐어, 그렇지."

플루토가 생글거리며 대답했다. 저 웃고 있는 모습이 어딘지 마음에 들지 않았다. 처음부터 미운 놈은 끝까지 미워 보인다. 뭐 하나 티끌이라도 마음에 들지 않는 게 보이면 그건 어느새 큰 덩어리가 되어버린다.

"말 돌리지 말고 사실대로 다 불어보시지? 알고 있는 게 뭐야. 아켈란스인 척 똑같은 자리에 부상이나 입고 다니더니 사실은 별개의 사람이었다고?"

"그래. 날 그 사람이랑 동일시하다니, 내가 거절이야. 그건 그저 간단한 1:1 주술이었어."

"주술?"

녀석은 마법사라 들었다. 뭐라더라? 그 나이로는 절대 있을 수 없는 수준의 마법사라고 했었지, 아마? 그런데 마법이 아니라 주술이라고? 그건 좀 다른 영역 아닌가?

"이상하게 보지 마. 상당히 어려운 거라고. 추적 마법의 하나인데, 그걸 주술화시킨 거랄까?"

“…어렵다. 풀어서 말해.”

그러니까 내게 보통 인간의 이해 능력을 바라는 건 실례란 말이다. 아무리 어머니를 만나서 머리가 좀 돌아가기 시작했다지만, 이제 막 깨어난 정도다. 어려운 말이 나오면 바로 바닥이 드러난단 말이다.

“그러니까 마법 중에 누군가 특정 인물을 추적하는 마법이 있어. 하지만 그건 적용되는 범위가 매우 좁고, 방법도 절차도 귀찮지. 그래서 그 마법에 민간 주술을 섞어서 조금 간단하게 딱 한 사람에게만 적용되는 것으로 바꾼 거야.”

“마법의 천재라더니 꼼수도 강한가 보지.”

“그래. 네 말대로 꼼수지. 추적하고자 하는 사람의 신체 일부를 넣어 나 자신에게 주술을 거는 거니까.”

“신체… 의 일부?”

갑자기 기분이 나빠졌다. 주술이라더니 진짜 무슨 흑마술이라도 되는 건가. 다짜고짜 신체의 일부라니. 짚신 인형에 머리카락 박아 넣고 대못질이라도 하는 거냐? 아니, 그전에 아켈란스의 신체 일부란 것을 대체 어디서 어떤 수로 얻어낸 건데?

“이상하게 보지 마. 내 경우엔 운이 좋았어. 루베르크에 들어오기 전까지 카델란에서 학교를 다녔거든.”

“카델란의 학교…….”

“아켈란스는 내 직속 선배였어. 그리고 녀석은 내가 에페트리아 인이란 것을 몰랐고. 그가 크라노의 왕자란 것을 알고 혹시 몰라 머리카락 몇 개를 손에 넣었지.”

역시 머리카락이로군. 주술에 들어가는 신체 하면 떠오르는 게 딱 그거니까. 그러니까 결국 어쩌다 운 좋게 접근해서 머리카락을 손에 넣고 그걸로 그 마법을 주술로 승화시킨 추적술을 썼다 이거로군.

“범위는 에페트리아의 국경까지. 아켈란스가 크라노의 국경을 넘어 에페트리아로 들어오면 자동으로 녀석의 움직임을 느낄 수 있어. 근데 그게 좀 제멋대로라 50% 확률이지. 게다가 부작용도 있어서 그렇게 쉽게 생각할 것도 아니야.”

“부작용?”

“녀석과 날 일체화시키는 주술이라 녀석의 상처가 모두 내게 돌아와.”

과연. 이거라면 이해할 수 있다. 처음 팔뚝의 상처도, 그 다음 허벅지의 상처도 그 추적술의 결과 아켈란스와 똑같은 부상을 입게 된 것이로군.

그동안의 일들이 이해 가기 시작했다. 남부에서 마주쳤을 때 아켈란스의 기운을 느끼고 프리츠와 함께 남부로 왔던 거였군. 처음 티아라가 타고 있던 마차에서 만난 것도, 성안에서 소녀들을 데리고 어딘가로 가던 것도 결국 프리츠였어. 그리고……

“내가 바아레른 녀석의 성에 잡혀 있었을 때, 실버나이트가 날이 밝기도 전에 그 성을 찾을 수 있었던 것도 결국은 네 덕분이었다는 건가?"

"그래. 그때 아켈란스가 입은 팔뚝의 상처를 그대로 내 몸에 받아서 고생했지. 덕분에 혼자 움직일 수 없어서 마티아스 공가에 들어가 살아야 했다고."

루사인이 던진 단검에 제대로 당한 상처니 고생하긴 했을 거다. 녀석 손이 워낙에 매워야지. 뭐 어쨌든. 그래, 이젠 좀 납득이 간다. 이제야 사건이 돌아가는 것을 조금 알겠네. 그러니까 결국 프리츠는 아무 잘못이 없는 거구나. 사실을 숨긴 죄만 있을 뿐.

"그러고 보니 왜 숨겼지? 사실대로 말했으면 너나 프리츠를 의심하지 않았잖아."

"사실을 아는 사람이 많으면 곤란한 것은 이쪽이야. 특히 넌 이상하게 아켈란스랑 자주 마주쳤잖아. 혹시라도 눈치 채이면 단번에 주술을 차단당하고 더는 녀석의 움직임을 알 수 없게 될 테니까."

변명하는 플루토를 보며 고개를 끄덕였다. 이것도 납득이다. 그래, 조심스러웠겠지. 사실대로 말은 하지 못하고 계속 오해하는 나를 바라봐야 하는 저들의 심정도 조금은 이해할 수 있다. 하지만 내가 당한 것도 있으니 용서는 나중에.

"뭐 좋아. 그럼 마지막 질문. 아켈란스가 선배랬지?"

"그래."

"그럼 알겠네? 그 자식 대체 어떤 놈이야?"

낮은 목소리로 물었다.

아켈란스. 지금까지 온 대륙을 교란시킨 검은 망토의 레키아이며 크라노의 태자. 그런 정체 말고 녀석의 다른 무언가를 묻는 질문이었다. 학교에서 어느 정도 부딪쳐 본 플루토라면 분명 녀석에 대해 나보다 잘 알 것이다.

"글쎄… 한마디로 표현하자면… 미친놈이지."

오랜 시간 봐온 플루토나, 짧은 시간 몇 번 마주친 나나 아무래도 결론은 같은 것 같다. 그래. 미친놈. 미친놈이란 말이지. 아주 간결해서 좋군 그래. 모든 것을 포함하는 아주 좋은 단어야.

납득하며 고개를 끄덕이고 있을 때 갑자기 플루토의 얼굴이 굳어졌다. 그리고 씁쓸한 표정으로 혀를 차며 말했다.

"프리츠, 서둘러. 아켈란스의 이동 방향이 바뀌었어. 녀석이 오기 전에 끝내야 해. 녀석이 오면 귀찮아진다."

"여유 시간은?"

"30분 정도."

"충분해."

프리츠가 검을 빼 들었다. 그리고 여관의 정문을 향해 뛰어들었다. 그것을 신호로 여관을 포위하고 있던 근위대원들과 곳곳에 숨어 있던 병사들이 프리츠와 함께 여관으로 달려들었다.

프리츠의 뒤를 따라 여관 안으로 들어섰다. 여관은 3층짜리로 구조가 비교적 간단한 편이었다. 아래층의 식당과 카운터. 그리고 2, 3층의 객실. 불이 환한 1층엔 주인이 카운터 자리를 차지하고 앉아 졸고 있었다. 주인은 갑자기 밀려들어 온 기사와 병사들에 놀라 비명도 지르지 못하고 얼어버렸다.

"무, 무슨 일이십니까?"

"공녀를 찾아라. 모두 흩어져. 잉게 공녀를 찾아!"

근위대와 병사들이 위층으로 올라가며 카린을 찾았다. 그리고 곧 검이 부딪치는 소리가 귀를 울리기 시작했다. 위에 있던 아켈란스의 부하들이 뛰어나와 길을 막고 있는 거겠지.

열심히 카린을 부르는 근위대 및 병사들을 보며 난 작은 한숨을 쉬었다. 그래, 어차피 예상했던 일이다. 국왕을 지키는 근위대가 차출되어 나왔다는 시점부터 루사인은 논외가 되는 것이다. 녀석은 고작 시종이니까. 잉게 공녀를 구하는 중간에 어쩌다 운 좋으면 덤으로 구해내는 그런 존재인 것이다, 저들에게.

카린은 녀석들에게 맡겨도 된다. 무엇보다 프리츠가 선두가 되어 카린 구출에 전력을 다 하고 있다. 그러니까 나 하나쯤은 루사인을 찾는 데 온 신경을 다 써도 된다. 어차피 그걸 계산하고 내가 깨어나길 기다렸겠지. 카린은 자신이 맡을 테니, 루사인은 내가 맡으라는 프리츠의 계략이다.

"이봐, 여기 지하실 있어?"

난 얼어서 덜덜 떨고 있는 주인을 향해 물었다. 아켈란스는 분명 루사인에게 무언가 물을 게 있다고 했다. 그게 고문이든, 아니면 다른 어떤 방법이든 빌린 여관에서 대놓고 할 만한 짓은 아닐 거다. 소녀 하나 납치하는 거야 방 하나 잡고 입 막고 가둬두면 된다지만 무언가를 묻는 것은 소리가 나니까. 그러니까 어딘가 음습한 곳, 숨어서 일을 도모할 곳, 즉 지하실 같은 곳이 적격이다.

"지하실 있냐고."

얼어 있는 주인을 향해 재촉했다. 그제야 주인은 더듬거리며 떨리는 목소리로 식당과 이어진 주방을 가리켰다.

"주, 주방으로 들어가서 오른쪽입니다. 왼쪽이 창고 오른쪽이 지하실입니다."

"여기 통째로 빌린 사람들, 그 지하실 이용했지?"

"지, 지하실까지 모두 빌리는 조건으로 계약했습니다."

"그래, 그렇군."

과연 짐작했던 대로다. 이런 데 있어서 내 감은 정말이지 놀라울 정도로 잘 발달해 있다. 그래, 지하실까지 계약했다 이거지? 쓰지도 않을 거 딱히 계약 사항에 넣진 않지 아마?

주인이 가리킨 곳을 향해 천천히 걸었다. 침착하고 여유있게 검을 빼 들었다. 서둘러선 안 된다. 일을 그르치면 되레 루사인이 위험해질 수 있다. 아직 저 안의 상황을 모르니까 최대한 기척을 죽이고 다가가 순식간에 끝내야 한다.

끼이익.

지하실 문이 열리며 귀에 거슬리는 소리를 냈다. 아래로 뻗어 있는 긴 계단이 보였다. 습한 냄새와 함께 혈향이 섞여 있다. 마른침을 삼키며 스스로를 진정시키기 위해 안간힘을 썼다. 침착해야 한다. 괜히 서두르면 모든 게 끝장이다. 난 루사인을 구하러 온 거지, 죽이러 온 게 아니니까. 그리고 저 피 냄새가 꼭 루사인의 것이라고 할 수도 없잖아.

금방이라도 꺼질듯 흔들리는 빛에 의지하며 조심스레 계단을 내려갔다. 그리고 그 순간 날 향해 달려드는 살기를 느꼈다.

휘익!

본능적으로 몸을 숙이며 달렸다. 머리 위에서 공기를 가르는 검의 소리를 들을 수 있었다. 적은 검이 닿는 거리에 있다. 그리고 녀석은 아직 검을 회수하지 못했다. 찰나의 순간, 있는 힘껏 손을 뻗었다. 깊게 살을 베는 느낌이 검을 통해 전해졌다.

"으… 헉!!"

단말마와 함께 쓰러지는 녀석을 뛰어넘어 지하실 바닥에 착지했다. 지하실은 어두웠다. 새카만 어둠은 아니지만 지금까지 밝은 곳에 있다 들어온 나로선 눈이 적응할 시간이 필요했다. 온몸에 신경을 곤두세웠다.

미약한 기척이 느껴지고 있다. 단 하나의 인기척이다. 그리고 내게 매우 익숙한 것이다.

"루… 사인?"

조심스레 인기척의 주인을 불렀다. 대답이 없다. 다른 인기척은 없다. 루사인을 감시하던 자는 내가 베어버린 그자 하나뿐이었다.

계단 벽에 붙어 있던 호롱을 내려 지하실을 비췄다. 벽에 기대고 앉아 있는 누군가의 다리가 보였다. 그쪽으로 호롱의 빛을 향했다. 루사인이 흐트러진 모습으로 눈을 감고 쓰러져 있었다.

"루사인!!"

호롱을 바닥에 놓고 루사인을 향해 달렸다. 그리고 그때 지하실의 위, 여관의 위층으로 향한 근위대들의 목소리가 귓가를 울렸다.

"이, 잉게 공녀!!"

"맙소사! 프리츠님! 이쪽으로!!"

소란스러운 외침이 계속해서 들려왔다. 무언가 일이 벌어진 게 분명했다. 하지만 카린의 일인데도 이상하게 신경 쓰이지 않았다. 내 모든 신경은 눈앞의 루사인에게 집중되어 있었다.

"숨은… 쉬는구나."

손을 뻗어 살아 있는 것부터 확인했다. 몸에 고문의 흔적은

없는 것 같았다. 입고 있는 옷도 멀쩡했다. 혹시라도 아켈란
스에게 변태 짓이라도 당한 건 아닌지 노심초사했는데 멀쩡
해 보였다. 조금 안심하게 되었다. 살아 있고 사지가 멀쩡하
면 이제 정신만 차리면 되는 거니까.

"루사인, 일어나 봐. 내가 왔어. 가자, 집으로 돌아가자."

그간의 불안이 녹아버린 탓인지 나도 모르게 입가에 미소
를 띄우며 루사인을 흔들었다. 그리고 내 몸짓에 힘없이 흔들
리던 루사인이 한쪽으로 쓰러져 버렸다.

"…루사인?"

뭔가 이상했다. 자는 건 아니다, 자는 건 아닌데 정신을 차
리지 못하고 있다. 왜 일어나질 못하는 거지, 왜? 왜 정신을
차리지 못하는 거야?

쓰러진 루사인을 조심스레 끌어당겼다. 그리고 그제야 어
두운 주변의 배경이 한눈에 들어왔다. 여기저기 흩어진 약병,
주사, 그리고 창백한 루사인의 얼굴.

"…루사인 정신 차려! 루사인! 루사인!"

떨리는 목소리로 루사인을 불렀다. 하지만 여전히 루사인
은 정신을 차리지 못하고 있었다. 저 약, 저 주사… 크라노는
주술이 강한 만큼 약도 많이 쓴다는 것을 들은 적이 있다. 여
러 가지 효능, 용법으로 쓰인다지. 사람을 폐인으로 만드는
것도 있다고 했다. 그걸 루사인에게 쓴 것이다. 자백이든 뭐
든 루사인이 알고 있는 것을 듣기 위해.

"루사인, 루사인! 정신 차려! 하아, 하아……."

최악의 경우를 떠올리자 정신이 아득해지는 것을 느꼈다. 분노로 숨이 거칠어지고 있었다. 있는 힘껏 루사인을 끌어당겨 안았다. 분명 숨은 쉬고 있다. 숨을 쉬기 위해 가슴이 움직이는 것을 느낄 수 있었다.

"아켈란스… 이 개새끼! 죽여 버릴 테야!!"

루사인을 끌고 지하실을 올라가며 외쳤다. 이렇게라도 하지 않으면 내가 미쳐 버릴 것 같았다.

"라이안, 서둘러! 아켈란스가 곧 도착한다!"

프리츠가 달려와 외쳤다. 힘겹게 루사인을 끌고 올라가는 것을 보고 옆으로 다가와 함께 부축했다.

"아켈란스… 언제 도착해?"

"너, 허튼 생각하지 마. 이 상태로는 상대 못해. 지금 너한테 가장 중요한 건 루사인의 안전이야. 우선 순위를 함부로 바꾸지 마. 복수는 나중에라도 할 수 있다."

프리츠의 충고에 아랫입술을 깨물었다. 그래, 녀석의 말이 맞다. 지금은 내 복수심보다 루사인이 더 중요하다. 괜히 나섰다가 일을 망치면 위험해질 테니까. 아켈란스 그놈은 결코 손쉬운 상대가 아니니까.

"마차를 대기시켜 놨어. 카린은 내가 잉게 공가로 데려갈게. 루사인은 네가 책임져."

"응, 그래, 그래야지. 말려줘서 고마워."

멍하니 대답하는 날 보며 프리츠는 쓴웃음을 지었다. 그래, 녀석도 분하겠지, 소꿉친구가 둘이나 한 놈에게 당했으니까. 자신은 물론 나까지 말리느라 그 속은 어지간히도 뒤집혀 있겠구나.

"서둘러라!"

마차에 올라타며 마부를 향해 명령했다. 그리고 여전히 정신을 차리지 못하고 쓰러져 있는 루사인을 하염없이 바라보았다.

그래, 그때는 몰랐다. 루사인에게 정신이 팔려서 카린에게는 전혀 신경 쓸 수 없었다. 그렇게 루사인을 구출하고 집으로 데려와서 정신을 차릴 때까지 다른 무엇도 관심이 가지 않았다. 모든 신경이, 관심이 루사인이라는 한 점에 집중되어 있었다.

그리고 며칠 뒤 루사인이 깨어난 후에야 카린이 망가져 버렸다는 소식을 들었다.

Chapter 2
죄악을 깨달았을 때, 속죄인가? 외면인가?

　루사인이 깨어난 것은 아켈란스의 아지트에서 구출하고 꼬박 이틀이 지난 뒤였다. 집에 올 때까지도 의식을 잃은 채여서 안절부절못하며 속을 끓였다. 집에 방문한 주치의는 그저 독한 수면제에 취했을 뿐이라 말했다. 물론 다른 약을 쓴 흔적도 있지만 정신을 차리지 못하는 이유는 수면제 때문임을 확신했다.

　계속해서 루사인의 곁을 지켰다. 무언가 사라져 봐야 그것의 소중함을 안다고 했던가? 그래, 딱 내가 그 짝이다. 무슨 일이 있어도 당연히 내 곁에 있을 거라 여기던 루사인의 존재가, 언제나 내 옆에서 분신이 되어 있을 거라던 녀석이 사실은 떨어지기 쉬운 타인이었다는 것을 새삼 느낄 수 있었다.

그래서 더욱 루사인의 곁을 떠날 수가 없었다. 불안했다. 요즘 들어 녀석에 대해 알아갈 때마다 점점 더 불안해졌다. 내가 녀석에 대해 잘 몰랐던 만큼, 그것을 모두 알게 되면 녀석이 날 떠나 버리는 것은 아닐까 두려웠다. 아켈란스가 루사인을 데려갔을 때 다른 무엇보다 그 이유가 날 초조하게 만들었다.

그래, 아켈란스는 말했지, 지금의 국왕이 세상에 알려지지 않았을 때 루사인과 같은 성을 썼다고. 왜 감추고 있었을까. 루사인은 분명 그것을 알고 있었다. 그게 루사인이 감추고 있던 자신에 대한 것 중 하나였겠지. 그것을 내가 알게 되었으니 이제 루사인은 어떻게 할까. 깨어난다면, 눈을 떴을 때… 내가 알던 것과는 전혀 다른 루사인이 되어 날 떠난다고 하지 않을까?

하지만 다행일까, 깨어난 루사인은 여전히 약에 취했는지 멍한 상태로 힘겹게 침대에서 몸을 일으켜 앉아 있을 뿐이었다. 어떤 말도 없었다.

"괜찮아?"

"아뇨, 전혀. 어지럽고 기분이 나쁘군요."

조심스레 묻자 녀석은 투덜거렸다. 그제야 내 입에 미소가 맺혔다. 저 밉살맞은 말투. 아, 평소의 루사인이다. 이제 좀 안심이 된다. 그렇기에 차마 국왕과의 관계를 물을 수 없었다. 그걸 묻는 순간 그나마 유지하고 있는 이 평온이 깨져 버릴 것 같았기 때문이다. 평소의 바보 같은 나로 돌아가 모르는 척 넘어가는 게 지금의 나로선 최선인 것이다.

"납치된 것까지 해서 삼 일은 굶었으니까 그런 거야. 배고프면 기분 나쁘잖아. 뭐 좀 먹을 수 있겠어?"

"전혀. 토할 것 같습니다."

인상을 쓰며 중얼거리는 루사인을 걱정스러운 눈으로 바라보고 있을 때 방문이 열리며 아버지와 주치의가 함께 들어왔다.

"깨어났다는 연락을 받았다. 몸은 좀 어떠냐, 어디 이상한 데는 없고?"

"딱히 이상할 건 없습니다."

아버지의 질문에 루사인은 있는 대로 찡그렸던 인상을 펴고 무덤덤한 얼굴로 대답했다.

"며칠 굶은 덕에 빈혈기로 어지러울 겁니다. 시녀에게 죽을 부탁해 놨으니 조금 뒤 음식이 나오거든 다 드십시오."

주치의가 루사인의 몸을 이리저리 살피며 당부했다. 그리고 몇 가지 약재를 침대 옆에 놓고는 이제 걱정할 것 없다며 방을 나갔다.

주치의의 말대로 뜨거운 죽이 방으로 배달됐고, 아버지의 감시하에 그것을 다 먹고 나자 루사인의 얼굴에 조금씩 생기가 돌기 시작했다. 배가 차고 기운이 나면서 슬슬 정신도 돌아오는지, 루사인은 바로 자리에서 일어나 잠옷을 벗고 평상복으로 갈아입었다.

"좀 더 누워 있지."

"아뇨. 이제 기운도 돌아왔으니 확인할 게 있어서요."

"확인?"

"카린님… 어떻게 되셨습니까?"

"카린?"

루사인의 질문에 난 그제야 카린의 존재를 떠올렸다. 완전히 잊고 있었다. 그래, 루사인과 같이 납치됐었지. 루사인은 내가 구출해 냈고 카린은 프리츠가 데려갔으니까… 그러고 보니 어떻게 되었지? 그 뒤론 연락을 받지 못했는데…….

"아, 저…….”

지금껏 말없이 루사인의 식사 시중을 들던 세린이 무언가를 떠올렸는지 조심스레 입을 열었다.

"뭐야, 세린? 뭐 들은 거 있어?"

"이상한 소문을 들어서요."

"소문?"

"잉게 공녀께서 납치당하신 후 정신이 나가셨다는 흉한 소문을…….”

루사인의 눈썹이 꿈틀거렸다. 무언가 걸리는 것이 있는 모양이다. 그러니까 저 소문이 결코 헛소문만은 아닐 거라는 반응. 지금까지 루사인의 격정에 전혀 생각지도 못했던 카린이었는데 이렇게 되니 이젠 또 카린이 걱정되어 불안해졌다.

"잉게 공가로 가볼까요?"

"아, 응……."

루사인의 제안에 난 고개를 끄덕였다. 그리곤 밖으로 나가는 루사인의 뒤를 말없이 따랐다.

오랜만에 방문한 잉게 공가는 조용했다. 물론 평소에도 시끌벅적한 분위기의 저택은 아니었지만 오늘은 좀 달랐다. 어쩐지 저택 전체가 가라앉아 있는 느낌이었다.

"오래간만이구나."

잉게 공작이 특유의 딱딱한 목소리로 인사했다.

"안녕하세요. 루사인의 상태가 좋지 않아서 카린에게 신경 쓰지 못했어요. 죄송합니다."

"루사인은 괜찮은가?"

"네. 이렇게 돌아다녀도 좋을 정도로 회복됐어요."

언제나 느끼는 거지만 잉게 공작과의 대화는 어렵다. 늘 짧게 용건만 말하는 것이, 어쩌면 나와 대화하는 것이 싫은 것은 아닐까 고민하게 만드는 화법이다. 물론 그동안 여러 번 마주치며 면역성을 길러 조금은 익숙해졌지만 그래도 역시 불편한 건 마찬가지다.

"안색이 좋질 않구나."

"계속 의식을 잃고 있다가 좀 전에 깨어났어요."

"카린이 걱정돼서 온 것인가? 들어가 보거라, 프리츠도 와 있다."

루사인의 얼굴을 살피며 상태를 가늠해 보던 잉게 공작이 손을 들어 카린의 방을 가리켰다. 어딘지 지쳐 보이는 얼굴이었다. 하긴 외동딸의 상태가 좋질 않으니 그 걱정만으로 심신이 피곤하겠지.

"카린의 상태는 어떤가요?"

조심스레 잉게 공작을 향해 물었다. 공작답지 않게 긴 한숨을 쉬며 작은 목소리로 대답했다.

"여전히 넋을 잃고 있다. 말 한마디 하지 않아. 앉아서 숨만 쉬고 있는 인형이야."

왠지 눈물이 담긴 것 같은 대답이다. 차가움의 대명사 저 잉게 공작도 딸의 일이라면 걱정이 되나 보다.

카린의 방에 들어서자 제일 먼저 익숙한 금발머리가 눈에 들어왔다. 방 한가운데에 있는 테이블의 의자를 차지하고 앉아 있던 프리츠가 우릴 발견하곤 곁으로 다가왔다.

"왔어? 루사인도 이제 좀 돌아다닐 만한가 보네."

"그럭저럭. 계속 여기 있던 거야?"

"루사인한테는 네가 붙어 있으니 카린은 내가 봐줘야지."

"심각해?"

프리츠의 눈치를 보며 묻자 프리츠는 쓴웃음을 지은 채 카린의 침대를 가리키며 말했다.

"직접 봐."

방의 한쪽을 차지하는 커다란 침대로 다가가자 가운데에 웅크리고 앉아 있는 카린이 보였다. 초점을 잃은 탁한 눈동자. 표정이 없는 멍한 얼굴. 내숭 카린도, 리얼 카린도 아닌 전혀 생소한 모습의 카린이 내 앞에 앉아 있다. 어쩐지 가슴이 뭉클해졌다. 내가 루사인에게 정신이 팔려 있는 사이 카린이 이렇게 되어버렸다는 게 미안했다. 그동안 카린에 대해 떠올리지도 못했기에 더욱.

"카린, 괜찮아? 정신 좀 차려봐. 왜 이러고 앉아 있어."

"소용없어, 전혀 반응이 없어."

프리츠의 한숨 섞인 말에 더욱 조바심이 나 카린의 곁으로 다가갔다. 그리고 안쓰러움에 손을 내밀어 카린의 얼굴에 흘러내린 머리칼을 넘겨주려 할 때였다. 카린의 눈동자가 움직였다. 카린과 눈이 마주쳤다. 그리고 그 순간 귀가 찢어질 정도의 높은 비명이 저택을 울렸다.

"캬아아아아아아악!!"

"카, 카린?!"

정신을 혼미하게 만드는 비명이 계속 이어지자 난 흠칫 놀라 카린에게서 두세 발짝 떨어졌다. 계속해서 소리 지르던 카린은 내 곁에 있던 프리츠를 잡아당겼다. 그리곤 프리츠의 뒤에 숨었다. 대체 상황이 어떻게 돌아가는지 이해할 수 없었다. 단 하나 알고 있는 것은 카린은 지금 날 피하고 있다는 것이다.

"무슨 일이지!!"

잉게 공작이 카린의 방문을 열며 물었다. 그녀답지 않게 서둘러 달려온 듯 거친 숨을 내쉬고 있었다. 그래, 그렇게 걱정하던 딸의 목소리가 들렸으니 놀랄 만도 하겠지. 하지만 대체 이건 뭐야. 왜 카린이 내게 화를 내고 있는 거야?

"카린. 대체 무슨 일인데……."

"저리가!! 꺼져!!"

곤란한 표정으로 다시 한 번 카린에게 다가가려 할 때, 카린은 비명이 아닌 제대로 된 단어로 내게 소리쳤다.

"카린, 라이안이야. 왜 그러는 거야?"

프리츠가 자신의 뒤에 숨어 바들바들 떨고 있는 카린을 돌아보며 물었지만 그녀는 더욱 큰 목소리로 소리칠 뿐이었다.

"라이안도 똑같아!! 그 자식들과 똑같아!!"

"카린, 대체 무슨 소릴 하는 거야!"

카린이 왜 내게 이러는지 도무지 알 길이 없었다. 슬슬 짜증이 나려 했다. 하지만 이어지는 카린의 외침에 난 아무 말도 할 수 없게 되었다.

"바아레른들과 어울렸지!! 똑같은 짓을 했지!!"

프리츠가 인상을 쓰며 카린을 돌아보았다. 곤란한 얼굴로 카린을 달랬다.

"카린, 그때 그 일은 그냥 넘어가기로……."

"못 해!!"

카린은 프리츠의 말을 끊으며 다시 소리쳤다. 그리고 여전히 제대로 된 상황을 파악하지 못한 나를 향해 퍼붓기 시작했다.

"그땐 그게 어떤 건지 몰랐으니까! 그래서 친구란 이름으로 용서했어. 하지만 이젠 아니야. 이젠 알았거든. 그건, 그냥 짓밟는 거야. 난 인격을 모독당했어."

"카린?"

이글이글 타오르는 카린의 눈빛에 어떤 말도 할 수 없었다. 그저 조용히 카린을 부를 뿐이었다. 하지만 카린은 날 바라보지 않았다. 조용히 눈을 내리깔고 나직이 중얼거렸다.

"나라는 인격을 무시하고 힘으로 눌렀어. 인격이란 것 자체를 인정하지 않았어. 그건, 내게서 인간이라는 최소한의 자존심을 앗아간 거야. 날 인간으로 보지 않은 거야."

카린은 다시 고개를 들어 날 노려보았다. 방에 있는 어느 누구도 한마디도 할 수 없었다. 카린의 목소리만이 계속 방을 울리고 있었다.

"평민도 귀족도 모두 생각을 하는 인간이니까, 인간으로서의 자존심이 있는 거야. 넌 그걸 짓밟았어. 네가, 그리고 네가 감싸준 친구들이 인간을 인간으로 보지 않아. 똑같은 짓을 한 너도 싫어. 미워. 증오해. 그런 짓을 한 널 용서했던 나 자신이 싫어. 용서할 수 없어. 나가."

차가운 눈. 카린의 눈동자엔 더 이상 애정이 담겨 있지 않았다. 노려보는 눈길. 증오로 타오르는 모습. 그래, 카린은 날 적으로 인식하고 있다.

"카린……."

멍하니 카린을 바라보았다. 프리츠가 곁에 다가와 내 손을 잡아끌었다.

"나가자."

그리고 프리츠의 손에 이끌려 방을 나갈 때까지 카린은 계속 날 노려보았다.

응접실에 앉아 한참을 기다리자 카린의 방으로 돌아갔던 프리츠가 들어왔다. 녀석은 한숨을 쉬며 내 옆의 의자에 앉았다.

"후─ 겨우 말이 트였다고 생각했는데 이젠 저 모양이니……."

"무슨 일이 있었던 건데? 왜 나한테 저러는 거야? 넌 괜찮고 나만."

"그게 좀……."

대답하기를 망설이는 프리츠를 보며 다시 한 번 물었다.

"이유가 있을 거 아냐."

"짐작 가는 게 있긴 해."

내가 빤히 바라보자 프리츠는 포기했는지 씁쓸한 얼굴로 말했다.

"그날 거기서 카린을 발견했을 때, 방 안이 말이 아니었다."

"어땠는데?"

"정확한 건 몰라. 하지만… 정신을 잃고 누워 있었어, 알몸으로."

"……."

여기까지 들으면 어떤 상황이었는지 짐작이 간다. 그래, 그런 일이 있었구나. 카린은 손에 꼽히는 미소녀니까. 그러니까… 자신들하곤 관계가 없는 타국의 귀족이니까. 엘프 같은 타 종족은 노예로나 여기는 크라노인들이니까.

분노로 몸이 떨리기 시작했다. 꽉 쥔 주먹이 떨리고 있었다. 그때 내가 나서서 놈들을 베지 못한 게 원통했다. 알았다면, 카린의 상태를 눈치 챘다면 무슨 일이 있어도 그 자리에 남았을 거다. 아켈란스가 와도 도망치지 않았을 거다. 정신을 잃은 루사인은 따로 맡겨놓고서라도 그 자리에 있던 모든 놈들을 다 죽여 버렸을 거다.

"어이, 라이안. 살기 좀 죽여. 네 살기에 나까지 긴장하게 되잖아."

프리츠가 뭐라고 말리지만 들리지 않았다. 난 순식간에 검을 빼 들고 물었다.

“그 자식들은?”

“행방이 묘연해. 아켈란스의 위치도 잡히지 않고 있어.”

“그래? 날짜상으론 아직 국경에 도착하지 않았어. 가겠다.”

서둘러 잉게 공가를 나가려 했다. 그런 나를 프리츠가 달려들어 막았다. 붙잡고 세워 소리쳤다.

“진정해!! 너라도 좀 가만히 있어줘! 지금 카린이 흥분하는 것만으로도 지친다고!!”

“하지만, 하지만 카린이… 카린이!! 놔. 그 자식들 모조리 다 찾아다 죽여 버릴 거야!!”

“정신 차려! 지금 간다 해도 못 따라가! 네가 도착할 때쯤이면 벌써 국경을 넘었을 거라고!! 제발 지금은 카린부터 생각하자, 응?”

흥분한 날 흔들며 소리쳤다. 그제야 조금 시야가 넓어졌다. 아, 그래. 카린, 카린이 우선이지. 그래…….

“그런데 왜 카린이 날 미워하는 거야? 왜?”

“겹쳐졌나 봐.”

“……?”

“2년 전 네가 바아레른들과 저지른 일. 그리고 그 뒤로 녀석들의 뒤를 봐주던 것. 그것과 겹쳐진 것 같아.”

그 순간 누군가 뒤통수를 후려갈기는 듯한 충격이 엄습해왔다. 아… 2년 전. 2년 전이라면… 그리고 바아레른들과 어울린 것이라면… 그것인가. 그래, 그것밖에 없지. 그 일.

"어이, 라이안. 정신 차려."

"…어?"

"완전히 넋이 나가서… 루사인, 집으로 데려가. 쟤 지금 제정신 아니야. 데려가서 안정 좀 시켜. 여기서 라이안까지 문제 생기면 나 정말 미친다."

프리츠가 고개를 가로저으며 머리가 아픈 듯 이마를 짚었다. 루사인은 고개를 끄덕이며 다리에 힘이 풀려 일어날 기운조차 없는 날 끌어당겼다.

"라이안, 루사인이 쓰러졌다고 잠도 못 자고 걱정했다며. 세린에게 들었다. 카린은 내가 계속 옆에서 보고 있을 테니 넌 집에 가서 쉬어. 무슨 일이 생기면 연락할게."

"…응. 부탁해."

멍하니 대답한 난 루사인의 손에 이끌려 잉게 공가의 저택을 나섰다. 그래, 잠이 모자란 거다. 피곤해서 머리가 돌아가지 않는 거다. 그래… 그런 거겠지. 그러니까……

그런데 왜, 왜, 아무리 생각해 봐도 결론은 같은 것일까?

카린이 날 버렸다, 카린이 날 떠났다, 내가 싫다고 한다. 밉다고, 증오한다고. 어쩌지? 어떡하지? 수명이 짧은 내 주변의 모두가 죽고 둘만 남게 되었을 때, 함께 있어주겠다고 했잖아. 카린만은 끝까지 내 곁에 있어주기로 했는데… 언제까지고 함께라 생각했는데. 카린에게 버림받아 버렸다.

이제 난 어떡하면 좋지? 응?

우울함을 동반한 침묵 속에도 시간은 흘렀다. 카린의 상태가 좀 나아지면 연락을 주겠다던 프리츠는 사흘이 지나도록 소식이 없었다. 불안한 마음이 점차 커져 갔다. 내 주변의 모든 게 점차 변해 버리는 것 같아 무서웠다. 전 국왕과 루사인의 관계조차 어떤 대답이 나올지 두려워 차마 묻지 못하고 있었다. 그런데 더불어 카린의 문제까지.

소중했던 소꿉친구들 모두 각자의 객체가 되어 떠나가는 것 같았다. 카린도 루사인도. 지금까지 내가 알던 친구들이 아닌, 내가 모르는 다른 이면을 가지고 있는 존재들로 갈라지고 있었다. 어쩌면 프리츠도… 내가 모르는 무언가를 감추고 있을지도 모른다. 무섭다. 날 향한 카린의 미움이 날 초조하게 만든다. 온종일 아무것도 하지 못하고 프리츠의 연락만 기다리고 있었다.

"내가 잘못한 건가. 내가 그렇게 나쁜 거야? 카린에게 미움받을 정도로?"

나도 모르게 중얼거리자 책상에 앉아 책장을 넘겨보던 루사인이 고개를 들었다.

"카린님이 그리되니 어떻습니까?"

정말 뻔한 질문. 내가 답할 말 또한 뻔했다.

"화가 나. 아켈란스 그 자식들을 죽여 버리고 싶을 정도로."

“저도 그렇습니다.”

루사인은 내 대답에 동감한다는 듯 고개를 끄덕였다. 그리고 다시 말을 이었다.

“그리고 도련님이 2년 전 손을 댄 아가씨를 아끼는 사람들도 그런 마음이었을 겁니다.”

“…뭐?”

“카린님이 말하고 싶은 게 그것이겠죠.”

아무렇지도 않은 듯 얼굴 표정 하나 변하지 않고 무덤덤하게 말하는 루사인을 난 멍하니 바라보았다. 결국 루사인도 그것을 이야기하고 있다. 이미 다 끝나 버렸다고 생각했던 오래전의 일. 왜 그게 계속 화제가 되고 있는 것일까.

“루사인, 그건……..”

“지금껏 소중히 아껴온 누군가를 잃어본 적이 없었죠? 누군가를 상처 입히면 그것은 언젠가 자신에게 상처가 되어 돌아옵니다.”

다른 무엇보다 루사인의 입을 통해 나오는 저 말이 아팠다. 녀석마저 날 비난하는 것 같아 슬펐다.

“돌아온 상처를 직접 겪게 된 기분이 어떻습니까?”

“…뭐라 말할 수 없을 정도로 더러워.”

그래, 더럽다. 정말 이루 말할 수 없이 더러운 기분이다. 이미 잊어 기억에조차 남기지 않았던 옛일이 질척거리며 발에 치이는 것 같아 소름 끼쳤다. 루사인은 희미하게 웃으며 날 바라보았다.

"그것이 당신이 모르던 죄악이란 것입니다."

"모르던… 것?"

문득 어머니를 찾아 카델란을 여행하던 때 루사인과 했던 대화가 떠올랐다. 루사인은 무언가에 대해 내가 정말로 모르고 있기 때문에 날 싫어하지 않는다 했다. 그리고 알 수 없는 말을 했었다. 그러니까 저 죄악이란 단어가 들어간…….

"남자였던, 키르라이안이었던 때의 죄악입니다. 이젠 알게 되었군요. 하지만 지금은 세라 아가씨입니다. 그러니까 선택할 수 있습니다. 그때의 죄악을 피하겠습니까, 아니면 받아들이겠습니까?"

어려운 말이다. 어떤 대답을 해야 할지 모를 말이다. 이런 말을 할 때의 루사인은 어딘지 낯설다. 한 발짝 물러서서 방관자의 입장으로 관람을 하고 있는 것 같은 느낌이다. 내가 어떤 대답을 하느냐에따라 나와 루사인 사이의 무언가가 끊어질지도 모른다는 불안감이 들곤 한다.

그러니까 문제의 2년 전, 한창 바아레른 백작가 녀석들과 신이 나서 어울릴 때였다. 녀석들은 내게 재미있는 놀이라며 즐겁게 미소 지었다. 그리고 자신들의 놀이에 날 끌어들이려고 했다.

녀석들이 아무런 뒤탈이 없을, 그러니까 든든한 권력이나 신분, 재산이 없는 소녀들을 납치해 저지르는 일에 대해선 이전부터 알고 있었다. 솔직히 말해 난 별다른 관심이 없었다. 그건 어디까지나 녀석들의 놀이. 내가 즐거워하는 것은 진탕 취하게 마시고, 있는 대로 객기를 부리며 밤거리를 돌아다니는 쪽이라 전혀 눈길조차 주지 않고 있었다.

하지만 오래 어울리다 보면 한 번쯤은 저쪽의 사정에 맞춰 줘야 할 때도 있다. 솔직히 녀석들이 저지르는 짓에 대해 아무런 죄책감을 갖지 못한 난 그날 녀석들과 함께 일을 벌였다. 물론 꽤나 취해 있었고, 녀석들이 계속 재촉하는 것이 귀찮아졌을 때이기도 했다. 그리고 그 뒤끝은 정말로 참담했다.

카린에게 경멸당하고 프리츠에게 온종일 잔소리를 들으며 혼이 났다. 아버지는 말없이 일을 수습했고 루사인은 조용히 비난했다. 바아레른들의 참견이 귀찮아 생각없이 저지른 일이 더더욱 귀찮은 일을 만들어 버렸다. 무엇보다 카린의 잔소리가 견딜 수 없이 힘들었다. 프리츠의 잔소리까진 가볍게 넘길 수 있었지만 카린은 무서웠다. 내가 감당하기엔 너무도 강력한 존재이기에 카린이 싫어하는 행동을 대놓고 할 수 없었다.

그 뒤 바아레른들의 그 특별한 놀이에 낀 적은 없었다. 그저 실버나이트의 특권을 들어 녀석들의 뒤를 봐주며 녀석들과 어울렸을 뿐이다. 죄책감이나 무언가 걸리는 것 때문이 아니었다. 어디까지나 주변 사람들의 참견이 귀찮아서 그만둔 것뿐이다.

2년이 지난 지금에 와서 그때의 일이 다른 형태가 되어 내게 돌아왔다. 아플 정도로 상처를 내가며 내 속에 파고들었다.

"루사인, 그때 그 여자… 아버지가 교외에 집을 마련해 줬다고 들었는데. 어딘지 알아?"

"…따라오십시오."

잠시 침묵하던 루사인이 자리에서 일어서며 말했다. 그리고 난 루사인의 뒤를 따라나섰다.

한참 교외를 달리던 마차가 어느 아담한 집이 보이는 길목에 멈춰 섰다. 마차의 문을 열던 루사인이 문득 고개를 돌려 날 바라보며 물었다.

"어쩌실 생각입니까? 그녀에게 도련님은 평생 떠올리고 싶지 않은 존재입니다. 새삼 2년 만에 이렇게 찾아오는 것, 솔직히 최악입니다. 꼭 만나야겠습니까?"

"응. 만나보고 싶어. 그래야 해. 그리고 지금 난 라이안이 아니라 라이안의 여동생 세라잖아. 그렇게까지… 나쁘진 않을 거야. 아마……."

스스로 말하면서도 그다지 확신이 서지 않았다. 하지만 어떻게든 그녀를 만나야 했다. 그녀에게 잔인한 짓이지만 그렇게 해야 내가 답을 찾을 수 있을 것 같았다.

내 확고한 결심을 눈치 챈 루사인은 더 이상 아무 말 없이 앞장서서 그녀의 집으로 향했다. 그리고 나 역시 침묵으로 일관하며 루사인의 뒤를 따랐다. 마차가 선 길목에서 그녀의 집까지 꽤나 가까운 거리였지만 어딘지 멀게 느껴졌다. 한 걸음 옮기는 것이 마치 억겁의 시간이 흐르는 것 같은 착각을 일으켰다.

"계십니까?"

루사인이 문을 두들겼다. 그리고 곧 '삐걱' 하는 소리와 함께 조심스레 문이 열리며 기억에 있는 여자가 고개를 내밀었다.

"누구… 핫?!"

문을 두드린 루사인을 확인하고 자연스레 뒤에 있는 내게로 눈길을 준 그녀의 얼굴이 순식간에 굳어버렸다. 두려움과 경멸이 담긴 눈이 뚫어져라 날 바라보고 있었다. 조금씩 뒷걸음질치며 문을 닫으려 할 때 루사인이 팔을 들어 막았다.

"놀라지 마십시오. 이쪽은 세라 아가씨. 키르라이안 도련님의 여동생입니다."

"…아가씨? 여동생?"

그제야 그녀는 다시 한 번 날 바라보았다. 여전히 두려움이 가득 찬 눈으로 내 전신을 위아래로 수십 번을 훑어보고 있었다. 떨리는 눈동자에 카린이 겹쳐졌다. 날 향해 나가라고 소리치던 카린의 음성이 귓가를 울리고 있었다.

그래, 이것은 내 죄다. 아무것도 모르는 나 대신 아버지가, 루사인이, 그리고 카린과 프리츠가 안고 있던 내 죄다. 정말 바보 같은 난 누군가 알려주지 않으면 모른다. 머리가 나빠서 직접 겪지 않고는 이런 것을 알지 못한다.

눈앞의 이 여자에게서 카린이 겹쳐지고 나서야 알게 되었다. 아켈란스 놈들에게 분노하는 것만큼, 이 여자를 아끼던 사람들도 분노하는 것이다. 내게 그녀는 카린이고, 난… 아켈란스다. 그래, 답이 나왔다. 나는 이제야 내가 저지른 죄에 대한 무거움을 알아버렸다, 이제야.

있는 대로 고개를 숙였다. 고개를 숙이고 허리를 굽혀 그녀를 향해 사죄했다, 미안함에. 내가 저지른 죄에 대한 두려움에 떨리는 양손을 세게 부여잡고 계속해서 고개를 숙였다.

"이렇게 찾아뵈어 죄송합니다. 하지만 꼭 이렇게 사죄했어야 했습니다. 이제야 알고 찾아온 것, 정말 죄송합니다. 그리고 정말, 진심으로 죄송합니다. 용서해 달라고는 하지 않겠습니다. 그저… 죄송합니다."

이게 지금 내가 할 수 있는 최선의 사죄이다. 하지만 고개를 숙이고 있는 내가 키르라이안이 아닌 이상, 그녀가 진심으로 받아들일 사죄는 할 수 없다. 이게 한계다. 아무리 고개를 숙이고 허리를 굽혀도 키르라이안이 아닌 이상 그녀는 납득할 수 없을 것이다.

그녀가 집 안으로 들어가고 다시 루사인의 손에 이끌려 마차에 올라탄 난 한참 동안 침묵했다. 마차가 수도에 들어설 무렵 난 조용히 입을 열었다.

"아버지가 충분히 처리했겠지만… 평생, 끝까지 뒤를 봐줘. 내가 세라인 이상, 난 너무도 미안해서 더는 다가갈 수 없으니까. 속이는 짓까지 할 순 없으니까 네가 해줘."

루사인은 고개를 갸웃거리며 대답했다.

"의외네요."

"뭐가."

"설마 그렇게 사죄를 할 줄은 몰랐어요. 주인어른과 저는 도련님이 자신의 죄를 알게 되었을 때 외면할 거라 생각했거든요."

진심으로 예상하지 못했던 반응을 본 것과 같은 모습에 나야말로 그 이유가 궁금해졌다.

"어째서?"

대체 왜? 무엇 때문에 그리도 당연하게 내가 외면할 거라 생각했던 거지? 아버지도 루사인도 나에 대해선 나보다 더 잘 알고 있잖아. 그런데 왜 둘 다 답이 틀렸을까?

"지금은 세라니까."

"뭐?"

"지금은 세라 아가씨니까 키르라이안 도련님이었던 때의

죄악들을 모두 외면해 버릴 거라고 생각했어요. 키르라이안이었을 때의 모든 것을 그 이름과 함께 묻어버리고 앞으로 평생을 세라라는 이름만 기억하며 살아갈 거라고.”

“무슨 소리야?”

도대체가 모르겠다. 키르라이안이 나고 세라가 나인데 왜 그 둘을 별개로 놓고 보려는 것일까. 물론 모르는 사람들은 키르라이안과 세라가 각자 따로 나뉜 쌍둥이라 알고 있지만 루사인은 알고 있잖아, 동일 인물이라는 것을. 그런데 왜 루사인도 아버지도 저렇게 이상한 방식으로 날 나누고 있는 거지?

“키르라이안 도련님이었을 때의 죄악을 깨달으면, 그 죄의 깊이가 깊으면 깊을수록 잊고 싶어지는 과거가 되겠죠. 그 죄에게서 눈을 돌리고 키르라이안이라는 존재를 부정하면 남은 것은 세라라는 이름 뿐. 완벽한 세라 아가씨가 완성되는 것이죠.”

“그게 뭐야. 그건 꼭… 내게서 키르라이안이라는 이름을 떼어버리려는 것 같잖아. 전혀 필요가 없는 것을 떼어버리려는 것 같아.”

“맞습니다. 모든 죄악을 키르라이안이라는 이름에 묶어버리는 것이죠. 그렇게 되면 두 번 다시 남자로 돌아가겠다는 소리는 하지 않을 거니까요. 주인어른은 그래서 더욱 도련님이 제멋대로 죄를 저지르며 살아가게 내버려 둔 것입니다. 그것이 죄악이란 것조차 알지 못하도록.”

다시 머리가 복잡해졌다. 루사인은 대체 무엇을 말하려는 것일까. 뭔가 이상하잖아. 결국 아버지가 무언가 꾸민 거지? 그러니까 내가 여자가 되었을 때 남자였던 과거의 죄를 깨닫고 그 과거 자체를 버리게 하면 두 번 다시 남자로 돌아가지 않을 거다, 이 말이지?

“대체 왜 그런 짓을 한 거야? 그렇게 내가 여자이길 바란다면 처음부터 여자 아이로 키웠으면 됐잖아. 왜 남자로 키우면서 이렇게 일을 복잡하게 하는 건데?”

우선은 이것부터 짚고 넘어가야 한다. 그래, 이게 제일 문제다. 아버지가 무엇을 생각하는지 도무지 알 수 없었다. 완전히 앞뒤가 맞질 않잖아. 평생 여자로 살길 바라면서 왜 남자로 태어나게 했냐고.

“글쎄요. 처음부터 여자로 태어나 자랐다면 피할 수 없는 무언가가 있었기 때문이 아닐까요.”

“피할 수 없는 것?”

“예. 그것을 위해 시작은 남자여야 했으니까요. 여자 아이로 태어나 자랐다면 그것으로부터 자유로울 수 없었으니까요.”

“그게 뭔데?”

루사인이 말하는 것이 무엇인지 알 길이 없어 인상을 쓰며 물었다. 하지만 루사인은 싱긋 미소 지을 뿐 어떠한 대답도 하지 않았다. 그리고 마차는 수도의 저택에 가까워지고 있었다.

집에 도착했을 때, 집 안의 분위기가 어딘지 평소와는 다르다는 것을 느꼈다. 고용인들이 술렁거리고 있었다. 페트다 대고모님이 저택에 머물게 된 뒤로 사소한 잡담이 전혀 없던 그들 사이에 대고모님의 카리스마로도 어쩔 수 없는 화젯거리가 흐르고 있었다.

"왜 저리 소란스럽지?"

고개를 갸웃거리고 있을 때 고모님이 눈앞에 나타났다.

"세라, 루사인. 페이온이 찾고 있었다. 돌아오는 대로 페이온의 서재로 오라고 전해 달라 하더구나."

"아, 예."

저택의 술렁거림과 서재로 오라는 아버지의 명령이 별개의 것이라 생각되지 않았다. 분명 이 소란스러움의 원인을 아버지는 알고 있을 것이다.

서재에 들어서자 무언가 서류 하나를 들고 얼굴 가득 비웃음을 띠던 아버지가 날 돌아보았다. 그리고 그 서류를 내 앞에 흔들며 피식 웃었다.

"세라, 널 태자비로 삼겠다는 어명이다."

"⋯뭐?!"

순간 당황하며 나도 모르게 소리쳤다. 잠깐, 뭐라는 거야.

태자비? 태자비라니. 태자의 부인? 그러니까 지금 나보고 아직 정체도 밝히지 않은 왕자와 결혼하라고? 아니, 그 이전에 나보고 시집가라는 소리야 저거?

"뭐… 언제쯤 날아올까 했는데. 드디어 오셨다."

국왕의 친필 사인이 새겨져 있는 종이 쪼가리를 흔들어대며 아버지는 여전히 비웃었다. 실버나이트를 그만두기 전까지 충성을 다해 폐하를 성심 성의껏 모시던 아버지로서는 전혀 상상할 수 없던 모습이다. 저건 진심에서 우러난 비웃음이다. 그 비웃음은 분명 폐하를 향하고 있었다.

"그렇군요. 드디어 왔군요."

루사인 역시 아버지와 똑같은 비웃음을 띠며 날 돌아보았다. 그리고 내가 이해할 수 있을 정도로 천천히 설명했다.

"도련님, 아까 말했죠. 이것이 바로 그 피할 수 없었던 무언가였습니다."

"뭐?"

피할 수 없던 무언가? 그거 여자로 태어났을 때 벗어날 수 없는 거라고 했잖아. 가만. 그러니까 그것이… 왕가와의 결혼? 그것을 말하던 것이었어? 그것을 막기 위해 남자로 태어나게 했던 거였다고?

"이렇게 된 이상 이쪽도 서둘러야겠지. 세라, 곧 성대한 약혼식을 올려야겠구나. 고용인들에게 서둘러 준비하라 일러 둘 테니 너도 각오하거라."

“…태자와의 약혼?”

“설마, 그럴 리가.”

그렇지? 그걸 막겠다고 날 키르라이안으로 키우며 이중 삼중으로 작업해 놓고 이제 와서 어명 하나 떨어졌다고 바로 태자와 약혼시킬 리는 없지. 그런데 그럼 무슨 약혼? 누가? 누구와?

물론 내 마음속의 외침에 대해 아버지는 간단히 다음 말을 함으로써 의문을 풀어주었다.

“루사인, 너도 서두르거라. 세라의 약혼자로 준비할 게 많아 바빠질 거다.”

라니. 지금 뭐라는 거야. 나보고 루사인과 약혼하라는 거야 지금?!

Chapter 3
약혼식, 왕가의 굴레

국왕의 약혼 명령이 내려온 지 이틀. 집안의 고용인들은 약혼 파티 준비로 이리저리 뛰어다니며 정신없이 바쁜 상황을 온몸으로 보여주고 있었다. 물론 태자와의 약혼이 아닌, 나와 루사인의 약혼 파티 준비였다. 그리고 아버진 여기저기 파티의 초대장을 보내며 귀족들의 명단을 확인하고 있었다.

그저 나로선 한숨이 나올 뿐이었다. 갑작스레 왕자와 약혼을 하라는 명령이 떨어진 것도 황당할 상황에 대뜸 왕자는 치워두고 루사인과의 약혼이라니. 이래도 되는 거야? 그럼 폐하의 입장은 어떻게 되는 건데? 물론, 폐하의 입장이고 뭐고 내가 태자비가 된다는 것 자체가 말도 안 되는 소리지만. 어째 전혀 생각지도 못한 방향으로 내 인생이 마구마구 굴러가는 것 같다.

"아, 정말 이대로 루사인 하고 약혼해도 되는 거야, 이거?"

"아니, 불가능해. 절대."

혼자 중얼거리고 있을 때, 등 뒤에서 프리츠의 목소리가 들려왔다.

"어, 어라? 언제 왔어?"

"지금."

사전 방문의 약속이나 시녀들의 알림도 없이 내 방까지 들어올 수 있는 특권을 가진 소꿉친구 중 하나인 프리츠는 역시 이 방 주인인 내 허락도 없이 근처에 놓여 있는 의자에 털썩 주저앉아 한숨을 쉬었다.

"대체 어찌 된 일이냐? 카린과 그런 일이 있고 나서 침울해져 있다고 하더니, 갑작스레 약혼이라니."

"몰라. 태자와 약혼하라는 명이 성에서 내려오니 아버지가 루사인 하고 약혼하라며 준비를 서두르고 있는 거야. 뭐가 뭔지 나도 모르겠다."

"폐하가 명한 건 알고 있어."

그렇겠지. 저쪽도 일단은 공작가. 그리고 왕가. 웬만한 정보는 프리츠의 귀에도 다 들릴 거니 이미 알고 있는 게 당연했다.

"뭐, 그래서 루사인과 약혼하라는 것 같아. 일단 폐하의 명령은 피하고 보자란 거겠지. 상대가 루사인이라면 언제 파혼해도 문제없을 테니까."

"아아, 난 그래서 더욱 반대다."

딱 잘라 말하는 프리츠의 말에 난 인상을 썼다. 대체 뭐가, 왜 반대란 것인지 알 수가 없었다. 갑자기 찾아와서 저런 말을 한다는 것 자체가 이해의 범위를 벗어났다.

"그럼 어떡해. 이대로 태자와 약혼하라고? 이건 반칙이야. 내가 원래 남자였다는 것을 뻔히 알고 있으면서 날 다음 대왕비로 만들겠다는 거 아냐? 말도 안 돼."

"그래. 그래서 루사인은 안 돼. 상대는 다음 국왕이라고. 고작 시종인 루사인을 그 라이벌로 끼워 넣겠다는 거야? 그런 약혼 따위 가볍게 코웃음 치며 무시할걸."

"하지만 이미 다른 약혼자가 있었던 여자를 성에서 받아들일 수도 없는 노릇이잖아. 자존심 문제야."

물론 그 이전에 난 여자가 아닌 게 더욱 문제다. 몸은 여자라지만 남자라고, 나. 정말 말도 안 되는 명령을 내린 것이라고, 폐하는.

"이봐, 라이안. 왕가를 그렇게 우습게보지 마. 어떻게든 왕가에 태어난 이상 벗어날 수 없어. 폐하는 처음부터 널 노리고 있었을 거다. 언젠가 여자가 될 것을 알고 있었다고 했으니까."

"무슨 소리야?"

"방계 왕가에 태어난 여자는 직계 왕가로 시집가는 게 불
문율이야. 태어났을 때부터 정해져 있어. 직계 왕가에서 갈라
져 나온 집안이니까 막대한 지참금을 가지고 다시 왕가로 돌
아가는 거야. 넌 지금까지 남자였으니까 상관없었지만 이제
여자가 된 이상 거기서 벗어날 수 없어."

"……."

그래, 이제 좀 이해가 간다. 그것이구나. 그래서 아버진 날
남자 아이로 만든 것이구나. 언젠가 여자가 되더라도 시작은
남자로. 여자로 태어났다면, 태어났을 때부터 정해져 버리면
아무 생각도 할 수 없을 테니까.

"알겠어. 그러니까 더욱 루사인과 약혼은 필요하구나."

"아니, 안 돼. 말했잖아, 왕가는 집요하다고. 차라리 나랑
해."

"뭐?"

굳은 눈으로 선언하는 프리츠를 보며 난 멍한 얼굴로 되물
을 수밖에 없었다. 이건 또 무슨 소리야. 루사인은 치우고 자
기랑 약혼하자니. 이거야말로 말도 안 되는 소리라고.

"이봐, 프리츠. 흥분했냐? 너도 그다지 마땅한 상대는 아니
거든? 루사인이야 어차피 집안의 시종이니 태자와의 일이 무
마되면 쉽게 파혼하고 없던 일로 할 수 있다지만 넌 안 되잖
아. 공작가끼리의 약혼이 쉽게 성사되거나 무마될 수 있는 게
아닌데……."

“그래서 나랑 하자는 거야.”

프리츠는 여전히 굳은 표정으로 날 똑바로 바라보았다. 그러니까 확고한 결심이 섰다는 얼굴. 녀석은 자신의 뜻을 굽힐 생각이 없는지 계속 딱딱한 목소리로 말을 이었다.

“태자가 상대라면 우리 집안 정도는 돼야 구색을 맞출 수 있어. 말했지, 우습게보지 말라고? 폐하라면, 왕가라면, 루사인 정도는 가볍게 무시하고 그대로 너와 태자의 결혼식까지 성사시킬 거야. 그러니까 같은 왕가인 나 정도가 아니면 막을 수 없어.”

“프리츠, 비약하지 마. 내가 싫으면 끝이야. 루사인과의 약혼도 사실은 그냥 완곡히 거절하는 구실에 불가하다고.”

내 대답에 프리츠는 피식 웃었다. 비웃음이 만연한 얼굴. 슬슬 기분이 나빠졌다. 무언가 하고 싶은 말이 있으면서 감추고 있는 것 같았다. 그리고 지금 그것을 보이려는 것 같았다.

“라이안, 그거 알아?”

“하고 싶은 말이 뭐야?”

“페르나슈 공작. 그러니까 네 아버지에겐 누나가 한 명 있었어. 너한텐 고모지.”

“뭐?”

전혀 생소한 소리다. 아버지는 한마디도 안 했으니까. 한 번도 그런 사람에 대해 이야기한 적 없으니까. 문득 카델란에서 만난 할아버지의 말이 떠올랐다. 그때 얼핏 ‘자식들’이란 소리에 형제가 있나 의문이 생겼지만 바로 잊었다. 말도 안 된다고 생각했으니까. 그런데 고모라니, 진짜로 있었단 말이야?

"나도 많이 아는 것은 아니야. 하지만 몇 가지 조사해 본 게 있지. 태어났을 때부터 왕가에 시집가기로 결정된 여자. 그리고 그것을 싫어하며 괴로워하던 여자. 결국 다른 남자와 함께 도망쳐 버렸지. 신분도, 재산도, 이름도 다 버리고. 결국 어떻게 되었을 것 같아?"

프리츠의 물음에 고개를 저었다. 귀족으로서의 모든 것을 버리고 떠난 사람. 그런 자들이 어떻게 되는지 난 알지 못한다. 그저 살기 힘들었겠구나, 평생 편하게 살며 누리던 혜택을 포기하기 어려웠을 텐데라며 막연히 상상할 뿐이었다.

"왕가의 자존심으로 그 둘에 대한 모든 것에 함구령이 내렸지. 그리고 국왕이 보낸 추격대에 의해 남자는 암살당했다고 한다. 네 고모는 그 후 행방불명이 되었다더군. 하지만 아마……."

"……."

눈이 크게 떠졌다. 나도 모르게 숨을 크게 들이마셨다. 이건 생각하지 못한 결말이다. 말도 안 돼. 함구령은 둘째치고, 암살이라고? 고모도 사라졌다면… 설마 고모까지? 왕가의 자존심이라고? 고모 역시 방계지만 왕가의 사람이다. 그런데 저런 결말이라니. 아버지는, 페르나슈 공작가는 그것을 막을 수 없었던 거야? 페르나슈 공녀가 그렇게 되어버리는 것을 그냥 지켜만 보고 있었던 거야?

"그러니까 라이안, 다시 한 번 잘 생각해 봐. 네가 선택할 길은 두 가지야. 태자와 약혼할 것인지, 아니면 같은 왕가이며 공작가인 내게 올 것인지. 누차 말하지만 난… 친구를 잃고 싶지 않아."

마지막으로 통보하고 프리츠는 내 방을 나갔다. 그리고 난 한참이나 내 방에 멍하니 서서 프리츠가 나간 자리를 바라보았다. 친구를 잃고 싶지 않다니. 그건 결국 자신을 선택하라는 것인가. 태자와 결혼하게 되면 성에 들어가 평생 나올 수 없을 테니 결국 내게 남은 건 자신밖에 없다는 건가?

말도 안 된다. 도저히 용납할 수 없다. 아니, 무엇보다 기가 막힌 것은 고모의 존재였다. 왕가와의 결혼이 싫어 도망쳤다고? 결국 둘 다 죽었다고? 하, 이 무슨 얼토당토않은 소리인가. 페르나슈 공가가 고작 그것밖에 되지 않아? 가문의 일원이 그렇게 되는 것을 손가락 빨며 구경하고 있었단 거야?

쥐고 있던 주먹에 힘이 들어갔다. 그리고 빠른 걸음으로 내 방을 나왔다. 목표는 아버지의 서재. 그래, 확인해 보자. 내가 지금 알고 있는 건 프리츠가 말한 것뿐이잖아. 함구령이라고? 그럼 프리츠는 어떻게 알고 있는 건데? 난, 고모에 대한 존재조차 몰랐다고. 전혀, 하나도.

노크도 하지 않고 아버지의 서재에 들어서자 안에 있던 아버지와 루사인이 놀란 얼굴로 고개를 들어 날 바라보고 있었다.

"세라, 귀족으로서 최소한의 예절은 배우지 않았느냐?"

"머리가 나빠서 한 가질 생각하면 다른 건 떠오르지 않아."

아버지가 못마땅한 표정으로 나무랐지만 전혀 아랑곳하지 않았다. 성큼성큼 아버지의 책상 앞까지 걸어가며 말했다. 그리고 심호흡하며 단도직입적으로 핵심부터 물었다.

"아버지, 나한테 고모가 있었다는 게 사실이야?"

"……."

잠시 멍한 눈으로 날 바라보던 아버지는 한숨을 쉬었다. 그리고 보고 있던 서류를 루사인에게 넘겼다. 루사인은 씁쓸한 표정을 지으며 넘겨받은 서류를 정리하기 시작했다. 어쩐지 분위기가 루사인도 알고 있는 것 같다, 내 고모에 대해.

"어디서 들었느냐."

"프리츠한테."

"마티아스 공작이 말했나 보군. 성격이 재수없는 것도 모자라 입도 싸니까."

화살을 마티아스 공작에게 돌려 투덜거리는 아버지를 보며 난 더욱 초조해졌다. 그러니까 이건 긍정이다. 고모의 존재에 대해 인정하고 있는 것이다.

"어디까지 알고 있느냐?"

아버지의 질문에 난 한숨을 쉬었다. 그리고 나 역시 하나씩 묻기 시작했다.

"성으로 시집가는 게 싫어서 다른 남자와 도망쳤다며."

"그래."

"고모에 대한 함구령이 내려졌고 남자는 성에서 보낸 암살자에게 죽었다며. 고모 역시 그 뒤로 행방불명이 되고."

"맞다."

순순히 고개를 끄덕이는 아버지를 보자 더욱 울화가 치밀어 올랐다. 그러니까 다 사실이란 소리잖아. 프리츠의 말이 모두 맞는다는 거잖아.

"대체 페르나슈 공작가는 뭘 했어? 고모가 그리되도록 보고만 있었단 말이야? 아버지는, 아버지는……?"

"그때 공작은 네 할아버지였다. 내가 할 수 있는 건 아무것도 없었다."

"그럼 할아버지는 왜?"

"세라, 네 할아버지는 직계 왕가 사람이다. 국왕의 친아들인 왕자였다. 그 사람의 정신은 어디까지나 직계 왕가의 바로 그것이지. 자신의 딸이 다시 왕가로 시집가는 것을 당연히 여기던 사람이다. 그래서 누님은 집안에 기댈 수 없었어, 전혀."

아버진 쓴웃음을 지으며 대답했다. 자조적인 웃음. 그래, 그랬던가. 아버지도 안타깝게 여겼던 건가? 아무리 함구령이 내려져 있었다지만 고모에 대해 한마디도 하지 않았던 것, 어쩌면 아버지 스스로가 고모를 떠올리기 싫어서 그랬던 것일지도 모른다고 생각됐다. 아무것도 하지 못하던 게 아쉬워서, 억울해서 더욱 아무 말도 하지 않았던 것이었나?

"세라, 누님은 지키지 못했지만 넌 절대 내주지 않는다. 그러니까 안심해라. 네가 누님처럼 될 일은 없으니까."

"왕가는 집요하다며. 같은 왕가 사람이 아니면 태자를 상대할 수 없다며. 루사인이 내 임시 약혼자라면 전혀 통할 리 없잖아."

한숨을 쉬며 투덜거렸다. 하지만 아버진 그런 내게 따뜻한 미소를 지어 보였다. 끝까지 안심하라는 눈빛. 걱정하지 말라는 얼굴.

"임시 약혼자가 아니라 진짜 약혼자다."

"이거나 저거나 폐하의 뜻을 꺾는 건 불가능하잖아!! 차라리 프리츠 말대로 프리츠와 약혼해 버리는 게 낫지!!"

버럭 소리치자 아버지의 얼굴에 미소가 걷혔다. 못마땅한 표정이 그대로 드러나 버렸다.

"마티아스 공작은 국왕의 개다. 국왕보다 더 널 태자와 약혼시키기 위해 날뛰고 있을 텐데 프리츠와 약혼시킬 리가 없지."

아아, 저 엄청난 표현. 정말이지 마티아스 공작과는 골이 깊구나. 어찌 보면 나보다 아버지가 더 막 나갔을 것 같다. 지금이야 점잖은 척 위세 부리지만, 저거 분명 위장이다. 아버지에 대해 알면 알수록 느끼는 거지만 오뉴월에 눈이 내리게 할 정도로 독기가 서려 있는 성격을 절실히 깨달을 때가 있다.

"그럼 어떡해. 결국 태자를 상대할 사람이 없다는 거잖아. 상대도 없이 무턱대고 약혼 반대 선언해 버리면 명령 불복종이라고. 반역죄까지 뒤집어쓸 판이라고."

한숨을 쉬며 두런거리자 아버지는 다시 미소 지었다. 그리고 루사인을 자신의 곁으로 끌어당기며 내 앞에 정면으로 세웠다.

"그러니까 루사인과 약혼을 하라는 것 아니냐."

"왕족은커녕 하다못해 귀족도 아닌 시종이라고."

"어째서? 루사인의 이름은 할트엔리드 루사인 일렉트리아. 우리 집안의 일원이다. 왕가 사람이지."

아아, 아버지. 그런 억지가 어디 있어!! 국왕은커녕 어린애라도 안 통하는 변명이라고 그건!!

"그 이름은 전에 카델란에 갈 때 고모님이 멋대로 만든 위조 신분이잖아!! 그런 가짜 이름으로 넘어갈 것 같아?!"

버럭 하고 소리치자 아버지는 고개를 갸웃거렸다. 그리고 인상을 쓰며 잠시 고민하고는 루사인을 돌아보며 물었다.

"너희가 카델란에 갈 때 몇몇 수행원들의 신분을 사족 이상으로 올리긴 했지만… 루사인 신분을 위장한 기억은 없는데."

"예. 확실히 본명이었습니다."

"…엥?"

아버지의 질문에 대답하는 루사인을 보며 나야말로 고개를 갸웃거렸다. 그러니까 이게 대체 무슨 소리야. 본명이라니? 본명이라니?!

어이가 없어 뱁새눈을 뜨고 아버질 바라보자 아버진 피식 웃으며 다시 루사인을 끌어당겨 자신의 옆에 세웠다. 루사인을 내 정면에 마주 보게 하고 아버지는 날 똑바로 바라보며 미소 지었다.

"그동안 꽤 오래 같이 있었지만 정식으로 소개하는 것은 처음이겠구나. 세라야, 소개하겠다. 이쪽은 할트엔리드 루사인 일렉트리아. 좀 전에 말한 네 고모가 세상에 남긴 유일한 혈육이다."

"뭐?"

"누님의 성인 일렉트리아를 사용하고 있다, 물론 비공식이지만. 하지만 어느 쪽이든 우리 가문의 일원인 것은 확실하지."

"하아?"

어이가 없어 외마디 한숨만 이어져 나올 뿐이다.

그러니까 정리 좀 해보자. 아버지에게 누님, 내게 고모가 되는 사람이 있었고, 그분은 왕가에 시집가기 싫어서 다른 남자와 도망쳤다. 그리고 왕가의 추격을 받아 남편이 죽고 고모도 어쨌든 죽었다는 거지? 그리고 그 고모가 남긴 유일한 혈육이 루사인. 나와는 사촌이며 결국 페르나슈 공작가의 일원.

"말도 안 돼! 루사인의 아버지는 아버지 친구라며! 월반까지 했을 정도로 머리가 좋았는데 웬 여자랑 야반도주를 해서… 어라? 잠깐……."

여자와 야반도주? 고모님은 시집가기 싫다며 다른 남자와 도망쳤다고 했는데… 설마 그 남자가?

"그래, 네 말대로 누님은 루베르크에서 월반한 당대 최고의 천재라는 내 친우, 라넬 할트엔리드와 함께 도피했다."

그랬나, 그래서였나? 전에 카린의 아버지가 말했다. '그 여자'는 안 된다며 아버지가 절규하다 결국 포기하고 다 질렸다며 카델란으로 떠났다고. 그렇구나. 그 여자란 고모였구나.

이제야 이해가 가기 시작했다. 대고모님이 루사인의 아버지와 어머니 둘 다 모두 알고 있던 게 그래서 가능했구나. 둘 다 루베르크 출신임에도 빈민가에 살았던 것도 왕가의 눈길을 피해 숨어 살았기 때문에 그랬구나. 말로는 내 시종이라면서 주변의 대우는 그렇지 않았던 것이… 루사인이 고모의 아이니까, 국왕의 눈길을 피해 몰래 키웠기 때문이었나? 루사인의 외모가 왕족의 특징에 들어맞는 것도, 전에 아이라가 루사인을 왕족이라 했던 것도 모두…….

그런데 폐하는 루사인이 고모의 아이란 것을 정말 모르고 있나? 아니, 폐하는 루사인을 알고 있다. 건국 행사 때 학교에서 루사인을 바라보던 눈길. 그건 절대 모르는 아이를 보는 표정이 아니었다.

하지만 어딘지 이상하다. 그때 분명 폐하는 그리운 무언가를 향한 따뜻한 눈길로 루사인을 보았다. 어째서? 고모가 왕가에 시집가는 것으로 결정되었다면 그 상대는 폐하였을 거다. 자신을 버리고 도망친 옛 약혼녀의 자식을 보통 그런 눈길로 바라볼 수 있나?

갑자기 머릿속에 또 다른 의문이 이어지기 시작했다. 루사인이 납치되었을 때 아켈란스가 말했다. 폐하의 옛 성은 루사인과 같은 할트엔리드라고. 무슨 관계지, 대체 무슨 소리였을까? 설마, 혹시, 루사인이 폐하의? 아니, 아니다. 루사인은 분명 자신은 국왕의 아이가 아니라고 말했다. 내게 거짓말을 하진 않는다. 무언가를 감추고 보여주지 않을지언정 거짓을 말하진 않는다.

"아버지, 나 크라노의 왕자에게 이상한 소리를 들었는데……."

혼자 고민하느니 그냥 속 편하게 묻는 게 좋다고 결론을 내리고 그 문제에 대해 꺼내 들려 하던 참이었다. 하지만 그때 누군가 문을 두드리고는 허락도 받지 않은 채 벌컥 열고 안으로 들어섰다. 대고모님이었다. 평소답지 않게 심각한 얼굴로 표정을 일그러뜨린 고모님은 한숨을 쉬며 서재 안에 서 있는 우리 세 사람에게 말했다.

"일이 복잡해졌구나. 지금 크라노의 태자가 직접 성에 방문했다고 한다. 전쟁 대신 정략결혼을 제안했다더구나."

"엥?"

이건 또 웬 아닌 밤중의 홍두깨? 갑작스레 웬 정략결혼이냐 말이다. 태자라면 분명 아켈란스. 대체 무슨 생각인 거야, 그 변태 놈?

"태자에게 맞는 신분의 여성은 공녀나 왕녀. 세라 네가 가장 적합한 대상자로 거론되고 있다고 한다."

"뭐, 뭐라고요?!"

이어지는 고모님의 설명에 난 나도 모르게 큰 소리로 외쳤다. 뭐야? 왜 또 나야!! 왜 하나같이 다들 날 못 잡아먹어서 안달이냐고!!

"과연. 어째 성에서 세라의 약혼을 서두른다 싶더니 크라노의 태자가 오는 것을 알고 있었군요. 그래서 선수 치려한 건가."

아버지가 이제야 알겠다는 듯 고개를 끄덕였다.

"오늘 밤, 성에서 환영 연회가 열린다고 하는구나. 전쟁과도 직결된 문제니 꼭 참석하라는 명령이 내려왔다."

"……."

대답할 힘도 없었다. 태자와의 약혼에 이어 이번엔 크라노 태자냐? 프리츠도 덤으로 끼어 있고. 와, 엄청난데? 여기저기서 날 데려가겠다고 난리네. 어쩌면 난 마성의 존재?

　…일리가 있냐!! 뭐야, 뭐가 어떻게 돌아가는 거야! 왜 내 인생이 이리도 복잡해졌냐고!! 난 말이다, 원래 남자였다고. 지금 비록 몸은 여자지만 마인드는 어디까지나 남자야! 그런 내게 여기저기서 남자들이 손을 뻗는 이 상황이 좋을 리가 없잖아!!

　하지만 방법이 없다. 전부터 늘 외치는 것이지만 세상은 이미 오래전부터 날 아웃사이더로 만들고 있었다. 내 의견 따윈 묵살된 지 오래. 결국 성으로 끌려갈 수밖에 없는 것인가.

　성의 무도회는 언제나 그렇듯 화려했다. 하지만 오늘따라 초대된 사람의 수가 평소보다 많은 느낌이었다. 아니, 느낌이 아니라 확실히 많았다. 여기저기 다른 때라면 얼굴 보기도 힘든 귀족들이 모습을 드러내고 있었다. 모두들 긴장한 얼굴. 그리고 호기심 가득한 표정으로 자기들끼리 소곤거리며 주위를 살피고 있었다. 소문의 대상자는 아마도 나. 그리고 나를 둘러싼 태자와 크라노의 태자와 루사인이 주를 이루고 있을 것이다.

　"기가 막혀 말도 안 나온다. 내가 왜 이런 데까지 끌려 나와서 저런 호기심 어린 눈길을 받아내고 있어야 하냐고."

　구석의 의자에 앉아 여전히 날 힐끔거리는 귀족들을 싸늘한 눈길로 쏘아보며 중얼거렸다. 지금 당장 내 코가 석 자라

고. 안 굴러가는 머리로 상황 정리하기도 바쁜데 변태 놈까지
끼어들어 더욱 머리 아플 지경이다. 당신들까지 상대할 여력
이 없다고.

"신경 쓰지 말고 이거나 마셔요."

루사인이 얼음이 담긴 음료수를 챙겨와 내게 건넸다. 시원
한 음료를 마시자 흥분한 마음이 좀 가라앉는 느낌이었다. 정
말이지 내가 무엇을 필요로 하는지 나보다도 잘 아는 녀석이
다. 새삼 감탄스러울 정도로.

"왜 그리 빤히 바라보십니까?"

물끄러미 루사인을 올려다보고 있자 루사인이 물었다.

"뭐 그냥… 고모의 아이라고? 내 사촌이라……. 그동안 내
가 아무것도 모르고 막 대할 때마다 기분이 어땠어?"

"재미있었습니다. 도련님의 시종이 되는 것은 제가 원했던
일이니까 즐거웠습니다."

평소 얼굴에 표정도 잘 드러나지 않는 녀석이 살며시 미소
지으며 대답한다. 저렇게 나오면 또 할 말이 없잖아. 그동안
속인 게 괘씸해서라도 뭐라 한마디 해야 하는데, 저렇게 웃어
버리면 나도 뭐 어쪄랴 싶어진단 말이다.

"하여튼 약았어. 정말 성격 이상해. 거짓말만 안 하면 뭐
해? 중요한 건 다 감춰놓고 오해하게 만들면서. 이게 거짓말
하는 거랑 뭐가 달라."

괜히 억울한 마음에 투덜거리고 있을 때 아버지가 우리 곁

으로 다가왔다. 굳은 표정. 그리고 낮은 목소리로 아버지는 속삭이듯 말했다.

"크라노의 태자가 도착했다. 정신들 바짝 차려라. 그리고 세라, 넌 내가 무슨 말을 하더라도 동요하지 말거라. 루사인은 세라를 챙기고."

아버지답지 않게 긴장한 모습. 어딘지 각오가 대단한 얼굴이었다. 폐하, 그리고 아켈란스와 한판 벌이기라도 할 것 같은 분위기에 난 나도 모르게 고개를 끄덕였다. 또 얼마나 대단한 소릴 해대며 날 놀라게 할 작정인 것일까. 저렇게 미리부터 동요하지 말라고 하는 것을 보니 웬만한 것은 아닐 텐데.

얼마 지나지 않아 아버지의 말대로 크라노 태자의 입장을 알리는 소리가 홀에 울렸다. 푸른색 머리칼을 흩날리는 화려한 외모의 청년이 모든 이들의 시선을 받으며 모습을 드러냈다. 그 뒤에 선 수십의 호위병의 기세가 하늘을 찌르는 것 같았다. 과연 대국 크라노. 타국에, 그것도 적지라 할 수 있는 이곳에 와서도 저리 당당한 모습이라니. 자신감 하나는 정말 대단한 녀석이다, 저 아켈란스.

"먼 길 오시느라 수고 많았소. 갑작스러운 방문에 준비가 소홀한 점은 이해하길 바라오."

"사전에 연락도 없이 급작스레 찾아온 제가 먼저 무례를 범했으니 마음 쓰지 말아주십시오."

형식적인 인사와 안부가 이어지고 지루한 대화가 흐르기 시작했다. 그리고 한참이 지나 드디어 아켈란스가 본론을 꺼내 들었다.

"제가 이곳에 온 이유는 이미 들어 아시겠지만 이곳 에페트리아와의 우호를 다지기 위해 에페트리아의 여성을 제 아내로 삼기 위해서 입니다. 그 대답, 지금 해주실 수 있을는지요."

"타국의 태자에게 시집보낼 정도로 신분이 맞는 여성이라면 공작가 이상. 내게 왕녀는 없으니 결국 남은 건 페르나슈 공녀와 잉게 공녀밖에 없군. 하지만 페르나슈 공녀는 이미 내 왕자와 약혼이 오가는 사이니 남은 건 잉게 공녀뿐이네."

이쪽은 허락도 하지 않은 것을 뻔뻔스레 대놓고 말하는 국왕을 보며 난 이를 부득 갈았다. 왕자와 약혼이 오가기는 개뿔. 루사인과 약혼할 거라고 통보한 지 오래란 말이다. 그 정돈 깔끔하게 무시하겠다는 건가?

"이런, 그럼 제게 잉게 공녀를 데려가라는 말씀이십니까?"

아켈란스가 쓴웃음을 지으며 물었다. 어디까지나 거짓으로 웃는 모습이었다. 죄다 연출된 듯 과장된 표현. 그리고 그는 더욱 잔인하게 미소 지으며 덧붙였다.

"잉게 공녀는 이미 버린 몸이란 소문이 돌던데… 에페트리아는 크라노의 태자비로 그런 여자를 보낼 작정이십니까?"

갑자기 두 눈에 불똥이 튀는 느낌이었다. 분노로 피가 거꾸로 숫는 기분이었다. 저 미친 변태 놈. 지금 감히 뭐라고 하는 거야. 카린이 뭐 어떻다고? 카린을 그렇게 만든 게 너희들이 잖아! 바로 네놈이잖아!!

설마, 설마… 처음부터 이걸 노리고 카린을 납치했던 거였어? 아켈란스의, 태자비의 후보에 카린은 목록에도 올리지 못하도록, 그래서 그 후보로 나만 남게 하기 위해 처음부터 작정하고 벌인 짓이었던 거야?!

머리끝까지 치밀어 오른 분노로 부들부들 떨고 있을 때였다. 갑자기 사람들의 시선이 문 쪽으로 향하고 있었다. 웅성거리는 소리가 점차 커지고 있었다. 나도 모르게 그들이 바라보는 곳으로 고개를 돌렸다. 그리고 나 역시 문 앞에 서 있는 존재에 놀라 화내는 것조차 잊어버렸다.

카린. 카린이 그곳에 서 있었다. 여전히 당당한 모습. 기품 있는 자태. 이곳에 몰려 있는 모든 자를 비웃는 듯 노려보던 카린은 우아한 걸음으로 홀의 중앙을 향했다. 하는 행동은 내숭 카린에 가까운데 표정이나 분위기는 리얼 카린이다. 어느 쪽이라고 정확히 가를 수 없는 어중간함이 보였다.

"이것 참, 조용히 있다 가려는데 제 이름이 거론되고 있어 본의 아니게 끼어들게 되었습니다. 처음 뵙나요? 크라노의 태자 놈아!"

어딘지 건들건들한 말투. 이거 리얼 카린이다. 저런 카린의 모습을 처음 보는 사람들이 여기저기서 웅성거리는 것이 들렸다. 당황한 모습들. 물론 나 역시 놀란 눈으로 카린를 바라보고 있었다. 아니, 카린이 미쳤나. 수년간 갈고 닦아온 내숭을 지금 벗어던져 버린 건가? 이렇게 대놓고 막 나가다니? 안 좋은 일을 당하더니 자포자기야? 왜 저러는 거야?!

"아아, 시끄러워. 거기 외야. 좀 닥치고 조용히 해주시면 감사하겠습니다. 그리 놀랄 것 없습니다. 제가 원래 이런 성격이어서요. 그동안 이미지 관리한다고 내숭 좀 떨었는데 이젠 그만두려고요. 그 막 나가는 키르라이안이 내 앞에선 말 잘 듣던 게 설마 녀석이 레이디를 존중해서라고 생각한 것은 아니죠? 그게 다~ 이런 이유였거든요."

거침없이 말하는 카린의 기세에 질린 귀족들은 하나둘 입을 다물기 시작했다. 그리고 곧 홀은 다시 정적에 감싸였다. 모두의 시선은 국왕과 아켈란스, 그리고 카린에게 몰려 있었다.

"그런데 재미있는 이야기가 들리더군요. 공녀인 제가 태자비의 후보조차 될 수 없다니 이거 모욕적인데요."

카린이 아켈란스를 노려보며 묻자, 호기심 어린 눈길로 카린을 바라보던 아켈란스가 그제야 카린과 눈길을 맞추며 미소 지었다.

"아, 실례. 생각하던 것과 전혀 다른 성격이군요. 얼마 전 공녀가 납치돼 좋지 않은 일을 당했다는 소문이 있더군요. 그런 소문이 있는 여성은 좀 곤란합니다.”

“그렇습니까? 소문이라… 증거있습니까? 증인은?”

카린이 정색을 하며 묻자 아켈란스는 곤란한 표정을 지었다. 하긴 나라도 당황스러울 것이다. 설마하니 카린이 저렇게 당당하게 나타나 대놓고 막 나갈 것은 상상도 못했으니까.

“증인도 증거도 필요없습니다. 그런 추문이 돌고 있다는 사실만으로…….”

“추문이라뇨? 내가 당당한데 대체 무슨 추문이 있단 말입니까? 소문만으로 사람을 몰아세우는 것인가요? 그런 것이라면 저도 한 가지 말해야겠습니다. 크라노의 태자는 미친놈에다 변태라서 남자를 좋아하는 것도 모자라 매저키스트의 성향도 가지고 있다면서요? 그런 분이 상대라면 에페트리아의 공녀를 함부로 시집보낼 수야 없지요.”

“그게 무슨…….”

아켈란스의 이마에 핏줄이 솟아오르는 것이 보였다. 당황했군. 게다가 화났어. 카린이 말한 거 내가 알려준 거다. 물론 아켈란스와 레키아가 동일인물이란 사실을 모르던 때 그 각자에 대한 이야기를 따로 했었는데 그걸 카린이 제대로 종합해서 정리한 것이고.

“어머나, 화나셨나요? 그냥 추문일 뿐입니다. 그런데 검으로 찔러준 상대에게 반한다는데 정말이세요? 흥분하지 마세요. 소문이에요, 소문. 호호호호호.”

등 뒤로 소름이 좌악 퍼졌다. 카린 진짜 무섭다. 이렇게 많은 사람들 앞에서 아무것도 아닌 척 저런 엄청난 발언이라니. 그 당사자가 된 아켈란스에게 심히 애도를 표하고 싶을 정도다.

너 잘못 건드렸어. 카린은 나나 프리츠도 감당하지 못한다고. 얄팍한 꾀를 써서 카린을 곤란하게 만들었지? 백 배, 천 배로 갚을 거다, 절대로.

이미 홀은 아수라장이 되어버렸다. 물론 겉보기엔 모두들 얌전히 서서 대화의 당사자들을 바라보고 있지만 술렁거림은 끊이질 않았다. 계속해서 이어지고 이어지며 나와 아켈란스, 그리고 카린에 대해 이야기하고 있었다.

그때, 아버지가 입을 열었다. 술렁거림 속에 똑똑히 울리는 음성. 차분하게 가라앉은 목소리로 아버지는 폐하를 찾았다.

"폐하, 지금 대화에 한 가지 정정할 것이 있습니다."

모두의 시선이 아버지에게로 모였다. 그리고 난 아버지가 말할 것이 무엇인지 짐작이 갔다.

"세라는 여기 함께 서 있는 이 아이, 루사인의 약혼녀입니다. 태자비도, 크라노의 태자비도 모두 거절합니다."

카린이 아켈란스의 소문에 대해 말할 때보다 더 큰 술렁거림이 홀에 흘렀다. 간간이 아버지가 미쳤다며 외치는 소리도 들렸다. 하긴.

"페, 페르나슈 공작! 지금 딸을 시종에게 시집보내겠다는 소리인가?!"

"태자비 자리를 마다하고 시종과 약혼이라고? 그건 폐하와 태자, 두 분 모두에게 모욕이네!"

경악한 누군가가 소리치자 또 다른 누군가가 뒤이어 외쳤다. 몇몇 귀족들이 고개를 끄덕이며 자신들도 그리 생각한다는 의지를 보였다. 하지만 조금 나이가 있는 귀족들은 모두 곤혹스러운 표정으로 아버지를 바라보고 있었다. 마치 루사인이 누구인지 이미 알고 있다는 얼굴이었다.

"이거… 생각보다 모르는 사람들이 많은가 보군. 꽤 소란스러운 스캔들이었는데. 아는 사람은 알고 있지 않은가? 루사인은 내 누이, 엔마이아의 아들이네. 우리 공작가의 일원. 세라의 상대로 손색이 없어."

다시 한 번 귀족들 사이에 동요가 퍼지기 시작했다. 이미 그 사실을 알고 있던 귀족들은 고개를 돌리며 한숨을 쉬었다. 잘 알지 못하고 소리치던 귀족들은 경악한 얼굴로 루사인과 아버지를 번갈아 보았다.

"아, 아무리 그래도 증거가……."

"그게 사실인지 어떻게 아나? 누이가 있었다는 것 또한 금시초문인데."

그들의 반응에 아버지는 역시나 미소 지었다. 그리고 폐하를 똑바로 바라보며 모두가 확실히 들을 정도의 큰 목소리로 말했다.

"그렇겠지. 함구령이 내렸던 사항이니까. 하지만 상황이 이렇게 되서야 밝힐 수밖에 없겠어. 그게 사실인지 어떻게 아느냐 물었는가?"

여전히 폐하에게서 눈을 떼지 않고 아버지는 딱딱한 목소리로 말을 이어갔다.

"내 누이는 할트엔리드라는 상인 가문의 장남과 야반도주했다. 폐하는 그 가문의 차남으로 자라 국왕이 되셨지. 루사인의 혈통은 폐하가 증인이 되어주실 것이다."

계속해서 충격적인 선언이 이어지던 홀은 결국 정적에 감싸이다 못해 완전히 얼어버렸다. 그리고 나 역시 경악하며 숨을 들이쉬고 루사인과 폐하를 번갈아보았다. 맙소사, 말도 안 돼. 고모는 그럼 결국… 약혼자의 형과 도망쳐 버렸단 말이야? 폐하와 루사인의 아버지가 친형제인지, 아니면 루사인의 아버지가 상인 부부의 친아들이었는지는 모르겠다만… 물론 보통 국왕의 아이들은 형제가 한집에 맡겨지는 일이 거의 드무니 친형제는 아닐 거라 보지만 아무리 그렇다 해도…….

"흥분했나 보군, 페르나슈 공작. 해선 안 될 소리까지 하면 곤란하지. 크라노의 태자, 대화할 장소를 바꾸어야겠네. 여기 있는 공작가도 모두 접견실로 따라오게. 나머진 연회를 즐기도록."

오랜 시간의 침묵을 끊고 폐하가 엄숙한 목소리로 명령했다. 그리곤 곧 자리에서 일어나 홀을 나갔다. 아켈란스 일행과 마티아스 공작이 폐하의 뒤를 따라 움직이기 시작했다.

프리츠와 카린은 나와 루사인의 곁으로 다가왔다.

"이게 대체 무슨 소리야, 루사인이 결국 네 고종사촌이라고?"

프리츠가 당혹감을 감추지 못하고 물었다.

"나도 오늘 막 들은 거라 뭐가 뭔지 잘 모르니 나한텐 묻지마."

한숨을 쉬며 중얼거리자 프리츠는 루사인을 노려보았다.

"설명해."

"전에 말했잖아. 난 절대로 네 아버지의 자식이 아니라고."

루사인은 싱긋 웃으며 대답했다. 저 자연스러운 반말. 역시 프리츠와는 따로 친분을 쌓고 있었군. 사이가 나쁘면서도 잘 어울리는 게 둘 사이에 모종의 무언가가 있는 것 같더라니.

"나 참, 기가 막혀. 왕가와 관련없다고는 죽어도 말 안 하더니 결국 그거였냐?"

"너와 형제가 아닌 것은 장담하지만 왕가와는 이렇게 연결되어 있으니 네 요구대로 맹세할 수 없었던 것뿐이야."

"하아. 좀 귀띔이라도 하던가. 괜히 혼자 걱정되선 라이안한테 약혼하자고까지 했었다고, 난."

프리츠는 질려 버렸다는 얼굴로 고개를 가로저으며 투덜거렸다. 하지만 안심한 기운이 느껴지는 게 녀석 나름대로 나에 대해 많이 걱정했나 보다. 자식, 괜히 사람 감동 먹이고 있네.

"잡담은 그만 하고 모두 폐하의 뒤를 따라야지."

프리츠의 뒤에 서 있던 카린이 우리를 향해 충고했다. 그리고 난 순간 멈칫거리며 카린의 눈치를 살폈다. 그때 이후로 연락도, 마주친 적도 없었는데. 카린… 화는 좀 풀렸을까?

"뭐야, 카린. 넌 안 놀라?"

프리츠가 차가운 바람이 쌩쌩 부는 카린을 향해 묻자 카린은 프리츠와 루사인을 번갈아보고는 대답했다.

"성에 오기 전에 할머님께 들었어. 분명 오늘 페르나슈 공작이 그 사실을 밝힐 테니 동요하지 말라고. 자세히 설명해 주더군."

그 할망구, 아직도 수도에 있었나 보군. 아까 분위기로 봐서 나이 좀 있는 귀족들은 대충 상황을 아는 것 같더니 그 할망구도 알고 있었군.

"루사인이 원래는 누구의 자식이든 어차피 우리 사이에 변할 건 없잖아. 넷이 함께 소꿉친구로 자랐다는 건 바꿀 수 없는 과거니까. 그리고 라이안."

"넵!"

갑자기 카린에게 호명받은 난 퍼뜩 놀라 나도 모르게 차렷 자세를 하며 카린의 다음 말을 기다렸다.

"그 여자한테 가서 사죄하고 왔다며."

"아. …응."

그것에 대해 이야기하려는 것인가. 카린이 날 싫어하게 됐다는 그 일. 그 여자. 이제 와서 겨우 떠올리고 사과하러 갔다고 화를 내려나. 괜한 짓 했다고 비웃을까…….

"잘했어."

"에?"

쓴웃음을 지으며 어린아이를 칭찬하듯 내 머리를 쓰다듬는 카린의 손길에 놀라 카린을 빤히 바라보았다. 어쩔 수 없다는 눈길. 카린은 어색한 미소를 짓고 있었다.

"잘못한 것을 알았으면 사과도 할 줄 알아야지. 그러니까 지금이라도 네 죄를 알고 사죄한 것, 잘했어. 사실 그거로 용서하면 안 되는데. 그 당사자는 그래도 네가 밉겠지만 나는 뭐… 네 친구니까."

"카린……."

"물론 지금도 너 못마땅하고 꼴 보기 싫지만 십 년을 함께 자란 소꿉친구로서 맘이 약해지는 건 사실이니까. 그리고 내가 너 버리면 너 정말 구제불능이거든."

"카린……."

어쩐지 눈물이 나올 것 같았다. 카린이 날 다시 받아들여 줬다. 평생 미움받아도 어쩔 수 없다고 체념했는데 날 용서했다. 마음속 깊이 안도감이 밀려들고 있었다.

"카린은 괜찮아? 괜찮은 거야?"

"나? 뭐가? 내 의지로 벌어지지 않은 사소한 문제는 기억하지 않기로 했는데 뭐 다른 문제가 있던가?"

"아니, 아니야."

역시 카린은 강하다. 너무도 당당하고 정말로 강하다. 그래서 카린을 좋아한다. 그건 프리츠나 루사인도 마찬가지겠지.

"다들 왜 그냥 서 있어? 서둘러, 기다리겠어."

카린이 내 손을 잡고 폐하와 아버지가 간 방향으로 이끌었다. 그리고 그 뒤로 프리츠와 루사인이 따라 걸었다.

그래, 이제 남은 건 아켈란스와 폐하의 문제다. 그리고 아버지도 지켜봐야 한다. 어딘지 분위기가 이상했다. 아버지답지 않게 아예 작정하고 막 나가려는 것 같아 보였다. 평소라면 절대 하지 않을 짓을 저질러 버릴 것 같았다. 아니, 이미 저질러 버렸다. 모두의 앞에서 함구령이 내린 것까지 밝혀 버렸지. 대놓고 폐하에게 반목했다. 어쩌면 일이 더 복잡해져 버릴지도 모른다고 생각하며 난 접견실로 향했다, 내 친구들과 함께.

Chapter 4
협상 결렬, 배신?

접견실 안에 들어서자 이미 대화가 한참 오갔는지 안의 분위기는 더더욱 썰렁해져 있었다. 폐하도, 아버지도, 아켈란스도. 모두들 겉으로 보이는 분위기는 침착하고 여유로웠다. 하지만 서로를 향한 눈길이나 내뿜는 기운은 결코 평온하지 않았다. 자신들의 카드를 내보이며 조금이라도 더 유리한 고지를 차지하기 위해 자리를 잡으려는 모습이 한눈에 들어왔다.

"페르나슈 공녀는 태자와 약혼이 오가고 있으니 그쪽은 빼고 대화를 나누길 바라네."

"하지만 남은 사람은 추문이 돌고 있는 잉게 공녀입니다. 추문보다는 아직 약혼식도 올리지 않은 페르나슈 공녀가 더

조건에 어울리겠군요.”

“태자와 약혼식을 올리지 않았을뿐더러 이미 루사인이라는 약혼자가 있네. 이 정략결혼 문제에 이름이 거론되는 것 자체가 말도 안 되는 일이야.”

결론도 나지 않는 똑같은 말을 계속 되풀이하며 신경전을 벌이는 셋을 보며 난 한숨을 쉬었다.

“뭐야, 내가 폭탄이야? 왜 날 가지고 이리 던졌다 저리 던졌다 하는 거야.”

내 뒤에 서 있던 카린이 이를 갈며 중얼거렸다. 하긴 나라도 기분 나쁘겠다. 이거 솔직히 정작 당사자인 나나 카린의 입장은 전혀 고려하지 않고 있는 것 아냐? 나야 그렇다 치고 카린의 기분이 어떻겠냐고.

슬슬 불쾌감이 쌓여가고 있을 때, 아켈란스가 자리에서 일어섰다. 이제 더는 흥미가 없다는 듯 일어선 그는 폐하를 향해 미소 지었다.

“유감이군. 정략결혼이 불가능하다면 협상은 결렬이다.”

그건 크라노의 에페트리아 침공을 선언하는 것이다. 결국 전쟁은 벌어지게 되었다.

“이쪽이야말로 유감이군. 이왕 이렇게 된 것 제 발로 적지에 들어온 타국의 태자를 잡아볼까 하는데.”

국왕의 말이 끝나기도 전에 폐하의 곁에 있던 근위대가 검을 빼 들었다. 그리고 한두 발짝씩 아켈란스를 향해 위협적으

로 다가서기 시작했다. 동시에 아켈란스의 호위들 역시 검을
빼 들고 아켈란스의 주위를 에워쌌다.

"결국 이렇게 나오시나? 그런데 설마 내가 아무런 준비도
없이 성에 들어왔을 거라고 생각하는 건 아니겠지?"

"네가 무슨 준비를 했든 지금 이 자리에 있는 건 몇 안 되는
호위뿐이다. 밖에서 무슨 짓을 벌이든 여기서 널 끝낸다면 어
느 정도의 희생은 감수할 수 있지."

폐하가 싸늘하게 웃으며 손짓하자 근위대가 아켈란스를
향해 달려들었다. 그리고 동시에 생각보다 가까운 곳에서 검
이 부딪치는 소리가 들렸다. 그것도 전혀 예상하지 못한 곳에
서.

"…에?"

눈앞에서 벌어진 장면을 난 그저 멍하니 넋 놓고 바라볼 뿐
이었다. 도대체 이해가 가질 않았다. 왜 루사인이 검을 들고
근위대의 검을 막은 거지? 어째서 아켈란스의 앞에서 녀석을
호위하는 것처럼 서 있는 거지?

"이쪽으로… 길은 내가 뚫겠다. 성에서 나가는 최단 거리
로 안내하지."

침착한 어조, 싸늘한 음성. 루사인의 목소리엔 흔들림도,
고뇌도 없었다. 녀석은 지금 확고한 본인의 의지로 아켈란스
를 돕고 있다, 모두의 눈앞에서.

"무, 무슨……?"

프리츠와 카린이 당황하며 물러섰다. 폐하의 명령으로 검을 빼어 들고 아켈란스를 공격할 틈을 노리고 있었지만 상대가 루사인이 되어선 머뭇거릴 수밖에 없었다. 아니, 루사인에게 살기를 띠고 검을 들이댈 수가 없다.

"루사인!!"

있는 힘껏 큰소리로 목청껏 루사인을 불렀다. 하지만 녀석은 아주 잠깐 날 바라보았을 뿐 바로 눈길을 돌려 접견실의 입구를 향해 이동했다. 아켈란스와 자신을 향해 달려드는 폐하의 근위대를 어떠한 망설임 없이 베어나가고 있었다.

"이건 말도 안 돼! 있을 수 없는 일이야!"

눈앞에 보이는 장면이 꼭 환상 같았다. 이것을 사실이라 인정할 수 없었다. 그래, 루사인이 아켈란스의 편에 설 리가 없어. 무언가 잘못된 거야. 설마… 혹시… 아켈란스에게 납치되었을 때 취해 있던 약이 저런 거였나? 무언가 약으로 중독시켜서 세뇌라도 시킨 건가? 갑자기 피가 끓어올랐다. 분노로 머릿속이 새하얗게 물들어 버렸다.

"아켈란스!!"

휘익! 챙!

있는 힘껏 달려들어 아켈란스에게 검을 내리꽂았다. 물론 흥분한 내 검에 당할 녀석이 아니기에 가볍게 자신의 검을 들어 날 막았다. 난 눈앞에 보이는 녀석을 향해 외쳤다.

"네 녀석이지, 네 녀석이 먹인 약 때문이지!! 루사인에게 무슨 약을 먹인 거야!! 무슨 짓을 한 거야!!"

"전혀. 아무 짓도 하지 않았어. 그 약은 그저 조금 솔직해지게 만드는 거지."

"솔직해지다니?"

"견고한 정신을 녹여서 내가 묻는 말에 술술 대답하게 만들었던 것뿐이야. 물론 중독성도 없고 약기가 돌던 그때에만 유효한 약이지."

그리고 녀석은 내가 있는 힘껏 누르며 힘겨루기를 하던 검을 가볍게 튕겨냈다. 그 반동으로 뒤로 몇 발짝 물러서면서도 루사인에 대한 생각을 거둘 수가 없었다. 말은 저렇지만 믿을 수 없었다.

"그때만 유효한 거라면 대체 왜, 지금 루사인이 저러고 있는 건데? 왜 녀석이 크라노의 편을 서고 있냐고!!"

"글쎄, 정신이 후물거릴 때 자신이 진짜 원하던 것이라도 봤나 보지. 스스로도 깨닫지 못할 정도로 감춰뒀던 것 말이야."

"그게 무슨 소리야."

진짜 원하는 것이라니, 그게 뭔데? 그게 크라노의 편으로 돌아서는 것과 무슨 관겐데?

눈앞의 아켈란스란 존재도 잊고 고개를 돌려 루사인을 바라보았다. 아켈란스는 그런 날 간단히 무시하고 내게서 떨어져 자신의 호위 무리가 있는 곳으로 향했다.

루사인의 검에 눌려 순식간에 근위대 여럿이 부상을 입었다. 더는 함부로 다가가는 사람이 없어 한가해 보이기까지 했다. 녀석의 실력은 실버나이트와 동급, 혹은 그 이상이니까. 실버나이트가 직접 나서지 않으면 상대하기 힘들 것이다. 하지만 지금 중요한 건 그게 아니다. 왜, 어째서 녀석이 저러고 있는지 모르지만 루사인을 제자리로 돌려세우는 게 더 큰 문제였다.

"루사인……."

애원하듯 떨리는 목소리로 녀석을 불렀다. 루사인은 눈동자만 돌려 날 바라보았다. 그리고 여전히 딱딱한 목소리로 대답했다.

"죄송합니다."

"루사인……."

"전 크라노의 편에 서겠습니다. 가능하면 검을 맞대고 싶지 않으니 빠져 주십시오."

확고한 신념이 담긴 대답. 결코 뜻을 굽히지 않겠다는 의지가 느껴졌다.

"루사인, 너 설마 저 변태 놈의 약에 당해서……?"

"아니요. 제 의지입니다."

딱 잘라 내 의심을 부정하는 루사인을 보며 난 더욱 초조해졌다. 이대로 녀석을 보내면 안 된다. 두 번 다시 만나지 못할지도 모른다는 불안감이 엄습해 왔다.

"왜, 어째서……?"

금방이라도 울 것 같은 목소리로 다시 한 번 물었다. 그제야 루사인은 고개를 돌려 날 바라보았다. 얼굴에 희미하게 미소를 띠웠다.

"저는 에페트리아의 왕족을 싫어하니까요."

"뭐?"

"크라노가 전쟁에 이기면 이번에야말로 에페트리아 왕족의 뿌리를 뽑을 수 있겠지요. 꼭 그랬으면 좋겠습니다. 그렇게 되면 더는 이런 이상한 왕족의 규율에 얽히는 사람이 없어지겠죠. 그러기 위해서라도 크라노의 태자는 살려 보내야 합니다. 전쟁에 꼭 필요한 사람이니까."

루사인의 말에 온몸이 떨렸다. 왕족이 싫다고? 이 세상에서 완전히 사라졌으면 좋겠다고? 그럼 나는? 나도 왕족인데. 그리고 프리츠도 왕족인데. 우리도 싫어? 그런 거야? 그렇게 싫어하면서 함께 있었던 건가? 적인 아켈란스의 편을 들어야 할 정도로 우릴 없애고 싶은 거야? 루사인 너도 결국은 우리와 같은 왕족이잖아. 너 자신도 싫은 거야?

"막아!"

멍하니 서 있자 프리츠가 날카롭게 외치며 앞으로 나섰다.

"아켈란스를 막아! 루사인을 막아!! 루사인 저 배신자. 반역자!! 당장 막아!!"

절규와도 같은 외침. 프리츠는 이제 결론을 내렸나 보다.

하지만 난 검을 쥐고 있는 손에 힘이 들어가질 않았다. 여기서 더 이상 한 발짝도 앞으로 내디딜 수가 없었다. 루사인을 향해 달려드는 프리츠를 바라보고 있을 수밖에 없었다.

"라이안, 아무 생각도 하지 마. 일단은 지켜보자. 쉽게 결론 내리지 마. 나 역시도 루사인에게 검을 세울 순 없으니까."

카린이 다가와 속삭이며 날 잡아당겼다. 그리고 곧 눈앞은 전쟁터가 되었다.

프리츠의 외침으로 폐하의 곁을 지키던 실버나이트들도 움직이기 시작했다. 근위대와 함께 맹공을 시작하자 아켈란스의 호위가 조금씩 밀리고 있었다. 하지만 아켈란스와 루사인의 실력이 출중했다. 그리고 아켈란스의 호위들 역시 정예만 추려 데려온 것인지 만만치 않았다. 아직 어느 쪽이고 크게 차이가 나질 않고 있었다. 하지만 누군가 움직인다면, 이 접견실에서 멍하니 상황을 보고 있는 자들 중 누군가가 끼어들게 되면 아켈란스 무리는 순식간에 괴멸될 것이다.

스릉.

누군가 검을 빼어 드는 소리가 들렸다. 마지막까지 폐하의 곁을 지키던 마티아스 공작이 앞으로 나섰다. 검에 서린 예기가 몸을 떨리게 만들었다.

아버지는 처음부터 끝까지 방관자의 태도로 상황을 보고 있었다. 아니, 이건 구경이다. 관람이라도 하고 있는 모습이다. 아무리 실버나이트를 사직했다지만 이렇게까지 신경 쓰지 않고 구경만 하는 것도 힘들 것이다. 그동안 물심양면으로 폐하에게 충성을 다했던 아버지이기에 더욱 그 모습이 기이했다.

"안 돕나?"

마티아스 공작이 못마땅한 표정으로 아버질 향해 물었다.

"내가 왜?"

"왜라니. 네가 누군지 잊었나, 페르나슈 공작? 아무리 실버나이트를 사직했더라도 이 국가의 귀족인 이상 폐하의 신하다. 그런데 구경만 하고 있을 건가?"

마티아스 공작의 열연이었다. 그래, 구구절절 그 말이 옳다. 나로서도 아버지의 행동은 이해하기 어렵다. 하지만 아버진 여전히 전혀 심각하지 않은 얼굴로 여기저기 검과 검이 부딪치는 장면을 구경할 뿐이었다.

"쳇! 너 같은 녀석에게 신경 쓴 내가 어리석었지."

결국 마티아스 공작이 뒤돌아서며 원래의 목표였던 아켈란스로 향했다. 하지만 그 순간 아버지의 분위기가 바뀌었다. 태평하던 얼굴이 어느새 살기를 띄운 눈으로 바뀌었다.

"그래, 구경만 하고 있을 순 없을 것 같아."

마티아스 공작이 다시 아버질 향해 돌아섰다. 아버진 싸늘하게 씨익 웃으며 검을 뽑았다.

"루사인을 지키려면 이렇게라도 해야지."

그리고 마티아스 공작을 향해 달려들었다.

채앵!

순식간에 눈앞에 파고들어 온 아버지의 검을 가까스로 막으며 마티아스 공작은 경악하여 소리쳤다.

"너, 이게 무슨 짓이야!! 다른 누구도 아닌 공작이, 이 나라의 귀족이 지금 국가를 위협하는 자를 도우려 한다는 거야?!"

"글쎄."

마티아스 공작과 아버지 사이에 여러 번 검이 오갔다. 그 사이 아버지는 마티아스 공작의 외침에 가볍게 답했다.

"국가 따위 나랑은 상관없는 일이야."

"엘페이온, 너 이 자식!!"

마티아스 공작의 외침이 다시 한 번 접견실을 울렸다.

루사인의 도움에 힘 입은 아켈란스는 어느새 여유있는 얼굴로 자신의 호위 뒤에 숨어 접견실의 상황을 둘러보고 있었다. 접견실은 말 그대로 아수라장이었다. 아켈란스의 호위들과 근위대, 실버나이트가 한바탕 벌이는 가운데 프리츠와 루사인, 마티아스 공작과 아버지가 각각 자신들의 전투를 이어가고 있었다. 얼굴 가득 넘쳐흐르는 여유가 기분 나쁠 정도였다.

녀석은 싱긋 웃으며 폐하를 바라보았다. 그리고 뻐딱한 자세로 서서 말을 건넸다.

"이렇게 반응해 주면 나야 심심하지 않아서 좋은데… 나한테만 신경 쓸 여유가 있나?"

"하고 싶은 말이 뭔가?"

폐하 역시 비웃음 가득한 얼굴로 아켈란스를 바라보며 물었다.

"슬슬 바빠질 텐데……."

그리고 아켈란스의 말이 끝나기가 무섭게 누군가 닫혀 있는 접견실의 문을 두드리며 요란하게 소리치고 있었다.

"폐하! 크라노의 군대가 국경을 밀고 들어오기 시작했습니다!!"

"남쪽 국경에 골드 드래곤과 흑룡이 서로 마주 보고 있다는 소식입니다!!"

"폐, 폐하!! 수도에 갑작스레 동시 다발적으로 폭발이 일어나고 있습니다!! 마법에 의한 것이라고 합니다!!"

"수도의 요지마다 검은 망토 무리들이 나타났다고 합니다! 몸이 마비되는 약을 쓰고 있어 밀리고 있습니다!!"

제각기 다른 목소리, 여기저기서 정보를 받고 달려온 전령사들이 외치는 소리에 접견실의 분위기는 급속도로 차갑게 가라앉았다. 물론 그 속에서 아켈란스는 즐거운 미소를 띠고 있었다.

"거봐, 바빠질 거라고 했지?"

모든 것이 계획대로 이루어지고 있는 듯, 여유가 넘치는 모습에 누구도 대답할 수 없었다.

Chapter 5

격돌, 각각의 사정

에페트리아의 남쪽. 크라노와 국경으로 끼고 있는 남부 산맥의 위에 금색과 검은색의 드래곤이 각각 자리 잡고 버티고 있었다. 서로 기 싸움이라도 하듯 미동도 없이 한참을 바라보던 드래곤들의 몸이 갑자기 빛이 나기 시작했다. 그리곤 둘 다 인간의 모습으로 바뀌었다.

"오래간만이야. 도망쳐 숨어 사는 것은 재미있었어?"

사티는 한쪽 입가를 일그러뜨리며 미소 지었다. 입은 웃고 있었지만 차갑게 굳은 눈동자와 전신에 풍기는 싸늘한 기운이 그 희미한 미소의 기운을 지우고 있었다.

"사티, 비켜."

티아라가 딱딱한 목소리로 말했다. 마음이 조급해지고 있기 때문이다. 조금 전부터 크라노의 병사들이 에페트리아의 국경을 넘기 시작했다. 에페트리아의 수호룡으로서 저들 앞에 모습을 드러내 그들의 길을 막아야 했다. 하지만 차갑게 미소 짓고 있는 사티를 뚫고 갈 자신이 없었다.

"싫어. 내가 왜? 난 너와 붙기 위해 이곳에 왔어. 비켜야 할 이유가 전혀 없거든."

"나는 싫어!!"

사티의 대답에 티아라는 큰소리로 외쳤다. 처음부터 예상은 하고 있었다. 사티가 이곳에 온 이유가 뻔했으니까. 하지만 이렇게 직접 마주쳐 사티의 입으로 듣게 되니 막연히 생각만 하던 것과는 전혀 다른 절망감이 몰려들었다.

"사티, 비켜. 난 너와 싸우고 싶지 않아."

"하지만 내가 싸우고 싶은걸."

"사티!! 우리가 싸우면 전쟁이 시작된다고! 피가 흘러. 피 냄새가 진동할 거야. 사람들이… 사람들이 죽어갈 거라고!!"

전쟁은 싫다. 그래서 대륙을 건너 이곳에 왔다. 하지만 이곳에도 전쟁은 있었다. 그것을 막기 위해 에페트리아의 초대 왕과 계약했다. 자신이 머무르는 땅에 더는 전쟁이 벌어지는 것을 보고 싶지 않았으니까.

전쟁은 죽음을 부른다. 피비린내와 함께 희생되는 목숨들이 지면을 물들여 간다, 검붉은색으로.

그 사람도 그렇게 죽었다. 전쟁으로, 배신으로 그렇게 땅에 피를 뿌리며 쓰러졌다. 두 번 다시 그런 모습 보고 싶지 않았다. 그 사람과 같은 모습으로 죽어가는 사람들을 보고 싶지 않았다.

하지만 사티는 여전히 차가운 눈으로 티아라를 바라보고 있었다. 어떤 감정도 담기지 않은 눈으로 싸늘하게 미소 지으며 조용히 답했다.

"그래서?"

어떻게 되든 자신과는 상관없다는 태도. 결국 선택의 여지는 없었다. 길은 단 하나뿐. 지금 이 자리에서 사티와 싸워야 한다는 것 말고는 답이 없었다.

티아라는 한숨을 쉬었다. 굳은 얼굴로 사티를 바라보았다. 입엔 어느새 궁극마법 주문이 흘러나오고 있었다. 그리고 그건 사티도 마찬가지였다. 주문의 영창을 마치고 사티와 눈을 마주쳤다. 그리고 동시에 남부산맥의 허공에 화려한 마법이 폭발하기 시작했다.

접견실의 분위기는 다소 소란스러웠다. 여기저기서 사건이 시작됐음을 알리는 소식들에 마티아스 공작은 서둘러 기사들에게 명령하기 시작했다. 아켈란스를 막던 실버나이트들이 뒤로 빠지며 수도로 향했다. 검은 망토들이 사용하는 마비되는 약이라면 이쪽도 잘 알고 있다, 몇 번 상대해 봤으니까. 때문에 그쪽으로 실버나이트들을 보내 지휘를 시키는 게 가장 적합할 것이다.

덕분에 아켈란스를 둘러싸던 벽이 부실해졌다. 그리고 그만큼 아켈란스의 움직임에 여유가 생겼다. 언제라도 마음만 먹는다면 바로 이곳을 빠져나갈 수 있을 정도였다. 무엇보다 길을 안내하는 것이 루사인이었기에 더욱 수월했다.

"계속 방해할 것인가."

마티아스 공작이 싸늘한 눈으로 페르나슈 공작을 노려보며 물었다. 페르나슈 공작은 여전히 알 수 없는 가벼운 미소를 지으며 마티아스 공작의 눈앞에 검을 들어 보였다. 결코 뜻을 굽힐 생각이 없다는 의지였다.

"프리츠, 카린. 폐하의 곁을 지켜라. 남은 근위대원은 모두 크라노 태자의 길을 막아라. 난… 이쪽을 상대하고 있겠다."

마티아스 공작은 으드득 이를 갈며 페르나슈 공작에게서 눈을 떼지 않았다. 조금씩 다가가며 수십 년 전부터 입에 밴 빈정거림을 시작했다.

"이봐, 엘페이온. 대체 뭐 믿고 그런 짓이지?"

"글쎄."

"네가 그런다고 크라노가 에페트리아의 왕족인 널 받아들일 것 같아?"

모두의 시선이 두 공작에게로 쏠렸다. 심지어 아켈란스를 막으라는 명령을 받은 근위대들까지도 하나둘 곁눈질하며 두 공작의 대화에 촉각을 곤두세웠다. 이미 유리한 고지를 차지한 아켈란스는 아예 대놓고 관람하는 모습을 보이고 있었다.

지금 이곳에서 가장 관심이 가는 게 바로 저것이었다. 국왕의 충신, 귀족 중의 귀족이라 칭송받던 페르나슈 공작의 지금 행동은 이해할 수 있는 범위를 넘어섰다. 실버나이트를 그만둔 것은 죽을 뻔했던 부상도 있고, 그간의 피로도 있으니 쉬려고 했다 치지만 저건 명백한 반역이다.

타국의 태자. 그것도 이제 막 전쟁이 선언된 국가의 태자를 보호하겠다며 루사인이 나섰다. 그리고 그 루사인을 도와준다며 페르나슈 공작이 나섰다. 이미 루사인은 페르나슈 공가의 사람이라고 밝혀졌다. 지금 이 사태는 페르나슈 공가 전체의 국가에 대한 반역으로 결론 내리기에 충분했다.

하지만 페르나슈 공작은 여전히 여유가 넘쳤다. 아무런 고민도 고뇌도 없이 조금은 뻐딱한 자세로 검을 들고 웃고 있을 뿐이었다.

"엘페이온, 저 태자의 편을 들었다 해서 널 봐줄 것 같나? 그는 널 죽이려 한 자야!!"

마티아스 공작의 외침에 페르나슈 공작은 슬쩍 눈길을 돌려 아켈란스를 바라보았다. 그리고 다시 마티아스 공작에게 시선을 돌리며 대답했다.

"그래. 그땐 진심으로 날 죽이려 했었지. 하지만 내가 그때 죽을 뻔했으니 이젠 못해."

“뭐?”

마티아스 공작은 어이없는 표정으로 외마디 의문사를 날렸다. 접견실 안의 모두가 같은 표정이었다. 진심으로 죽이려 했고 그래서 죽을 뻔했다는 것까지는 이해가 갔다. 하지만 그 뒤에 이어진 말. 그건…

“저 태자는 날 못 죽여.”

모두의 머릿속에 스치고 갔지만 차마 입 밖에 낼 수 없었던 것을 페르나슈 공작이 기어이 꺼내 들었다. 모두들 말도 안 된다며 경악할 때 단 한 사람, 처음부터 여유있는 얼굴로 구경하던 아켈란스가 피식 웃으며 말했다.

“잘 아는군. 당신 덕에 아바마마한테 평생 들을 잔소리를 한 번에 들어버렸어. 당신이 죽을 뻔했다는 소식을 듣자마자 어찌나 길길이 날뛰든지. 그때 처음 알았다고. 당신이 아바마마와 관계있는 사람이란 걸.”

조금은 원망도 섞인 투덜거림에 페르나슈 공작은 고개를 끄덕였다. 그래, 알던 사이였다. 그것도 그냥 아는 사이가 아니다. 불만을 말하자면 이쪽도 사연은 많다.

“제국 학교에 유학 갔을 때 나한테 고백하더군. 다 포기하고 자기한테 오라나. 물론 고려할 여지도 없이 거절했다. 그런데 아직도 잊을 만하면 연서가 날아와 귀찮다니까. 크라노 국왕의 연애편지 따위라니, 이래서 동성애가 성행하는 나라란…….”

크라노의 기이한 국민 정서를 도저히 이해할 수 없기에 더욱 귀찮았다. 동성애와 소년 숭배가 일반적인 나라라지만 자신은 어디까지나 에페트리아 인이다. 여러 사람의 다양한 가치관에 대해 이해는 하지만 그 대상이 자신이 되는 건 사양이었다.

"단지 아름다운 것을 숭배할 뿐이야. 아바마마의 심미안에 선택된 거라면 자부심을 가져도 좋다고."

"나 좋다고 달려드는 것들이 다 변태란 게 문제지."

소소하다면 소소할 수 있는 잡담이 몇 차례 오갔다. 하지만 이미 접견실의 사람들은 더 이상 둘의 대화에 신경 쓰지 않았다. 아니, 못했다. 크라노 국왕의 고백에 대해 이야기할 때부터 정신적 공황에 빠져들기 시작했기 때문이다. 그 이상은 뇌의 인식 범위 밖이었다. 이해의 범주를 벗어난 지 오래였다.

페르나슈 공작은 슬쩍 고개를 돌려 국왕을 올려다보았다. 높은 의자에 앉아 이곳을 내려다보는 국왕과 시선이 마주쳤다. 눈길을 피하지 않고 한참을 국왕과 눈싸움하던 공작은 예의라곤 한 점도 찾아볼 수 없는 무례한 태도로 국왕을 향해 선언했다.

"들었지? 그러니까 폐하, 난 당신을 더 이상 돕지 않아. 우리의 계약은 내가 목숨을 바쳐 당신을 살렸을 때 끝나 버렸어. 그러니까 난, 이 태자의 편에 설 수도 있어."

오래전에 맺은 계약. 하나의 목숨을 살림으로써 그 대가로 자신의 목숨을 바치기로 했기에 국왕에게 충성을 맹세했다. 그를 주인으로 삼고, 그의 밑에서 그의 충신이 되어 목숨을 다해 곁을 지키기로 약속했다.

하지만 계약의 조건이던 목숨을 국왕을 위해 자신이 죽을 뻔했던 것으로 갚았다. 물론 죽진 않았지만, 애초에 살리려 했던 또 다른 목숨 또한 죽은 지 오래였다. 이미 그 오래전에 깨졌어도 문제없던 계약을 지금까지 끌고 온 것은 단지 빚을 남길 수 없다는 자존심 때문이었다.

이제 계약은 끝났다. 확실히 완료했다. 그렇기에 계약에 따라 붙었던 맹세도 함께 끝나 버렸다.

계약을 하기 전으로 돌아가 버렸다. 애초에 페르나슈 공작과 국왕의 사이는 그다지 좋은 편이 아니었다. 아니, 마티아스 공작만큼이나 사이가 나빴다. 국왕은 마티아스 공작과 함께 자신을 괴롭히던 패거리 중 하나였으니까. 소년 시절 마티아스 공작의 패거리 중 유일한 평민이었던 자가 바로 지금의 국왕이었으니까.

"바라는 게 뭐지?"

"그딴 제안 듣지 마!!"

국왕이 묻자 마티아스 공작이 큰소리로 외쳤다. 과거로 돌아가 버린 페르나슈 공작의 모습에 자신도 모르게 그때와 똑같이, 국왕에 대한 예의도 잊고 튀어나온 반말이었다. 하지만 국왕도, 페르나슈 공작도 마티아스 공작의 변화된 말투에 신경 쓰지 않았다. 어차피 공식석상이 아닌 사적인 자리에선 서로 편하게 말을 하며 지내왔다. 그들에게 이곳은 이미 수많은 사람들의 눈이 있는 접견실이 아닌, 자신들만의 공간으로 치부된 것이다.

"원하는 건 단 한 가지다. 세라에게서 손 떼. 세라만은 누님처럼 만들지 않는다."

오래전부터 결심했던 것이다. 아이라가 처음 성별의 변화에 대해 이야기했을 때부터 계획했었다. 일부러 사내아이로 키웠다. 처음부터 계집아이로 시작했다면 채 자라기도 전에 왕가로 시집가야 한다는 계율에 얽매였을 테니까. 벗어나고 싶어도, 뿌리치고 싶어도 끝까지 옭아매는 지독한 규율이었다.

그래서 남자 아이여야 했다. 그런 규율 따위 전혀 모르고 자유롭게 자라야 했다. 언젠가 여자가 되어야 한다면 그건 인간의 나이로 성인이 되는 스무 살 이후여야 했다. 그쯤 되면 태자에겐 이미 다른 약혼녀가 있을 것이고, 더는 페르나슈 공녀에 대해 신경 쓰지 않을 테니까.

하지만 세라가 여자가 되는 게 예정보다 빨랐다. 크라노의 이상한 움직임에 열쇠를 쥐고 있던 전 잉게 공작이 서둘러 봉인을 풀어버린 것이다. 하지만 그래도 상관없었다. 세라를 지킬 자신이 있었으니까. 무엇보다 지금 가장 문제가 되는 것은 크라노다. 그리고 그 크라노의 국왕은 페르나슈 공작의 사정을 알고 있다. 계획도, 목적도 오래전에 말했었다. 그래서 필요한 만큼 자신을 이용해도 좋다는 허락도 받았다.

때문에 이건 도박이다. 결코 질 리가 없는 도박. 처음부터 결정되어 있었다. 국왕이 허락하지 않으면 크라노로 돌아서면 되고 세라를 놓아준다면 이대로 남으면 된다. 어느 쪽이든 크라노의 국왕은 전혀 개의치 않기로 했으니까.

"네 딸에게서 손을 떼라?"

국왕이 낮은 목소리로 물었다. 전혀 감정이 깃들어 있지 않은 딱딱한 음성이었다. 그의 선택이 과연 긍정일지, 거절일지 짐작도 하기 힘들었다.

"너무 물러요. 거기서 끝내면 안 되죠."

갑자기 들려온 예상치 못한 목소리에 모두의 시선이 한곳으로 몰렸다. 아켈란스의 곁을 지키며 서 있던 루사인이 차가운 눈으로 국왕을 올려다보고 있었다.

"겨우 한 명의 예외만 만들려고요? 그래선 안 되죠. 세라님뿐만 아니라 더 이상은 그런 사람을 만들지 않게 해야죠. 에페트리아가 사라지면 에페트리아의 왕족도, 그 속의 계율도 사라지잖아요. 그렇게 간단한 방법이 있는데 뭘 그리 복잡하게 따지나요."

"루사인!!"

프리츠가 분노에 찬 목소리로 소리쳤다. 하지만 루사인은 전혀 아랑곳하지 않고 그런 프리츠를 힐끔 바라보곤 다시 눈 길을 돌렸다. 국왕을 똑바로 바라보며 들고 있던 검을 세웠 다.

"그러니까 난 아켈란스에게 이용당하기로 했어. 목적이 일 치하니까. 약에 취한 것도, 세뇌도 아니야. 내 의지로 합의한 거야. 난, 내손으로 에페트리아를 멸망시킬 거다."

착 가라앉은 목소리로 선언하자 접견실에 동요가 일었다. 여기저기서 당황하며 소리쳤다.

"저런 괘씸한!!"

"감히 누구 앞에서!!"

근위대들이 하나같이 다들 분노에 가득 찬 시선으로 루사 인을 노려보았다. 이미 아켈란스는 안중에도 없었다. 루사인 을 향한 살기를 품고 하나둘 다가서고 있었다.

하지만 정작 국왕과 마티아스 공작은 아무 말도 하지 않았 다. 분노도 무엇도 담겨 있지 않은 눈으로 루사인을 바라보았 다. 오히려 눈치 채지 못할 정도의 안타까운 시선이 살짝 스 쳐 지나갔다.

콰앙!

마법이 지면에 꽂히며 요란한 폭발음이 산을 울렸다. 사티 는 티아라의 기척이 느껴지는 곳으로 고개를 돌렸다. 자신의 마법이 스쳐 갔음에도 생채기 하나 없는 모습에 이를 갈았다.

정말이지 몸 하나는 날렸다. 어떤 공격을 하던 순식간에 피하거나 막아버리는 게 더더욱 괘씸했다.

"새도우 월!"

"라이팅 쉴드!"

쇼아아아아악— 팅팅팅팅!!

사티의 주문에 맞춰 검은 그림자가 벽이 되어 날아갔고 티라아의 주문에 나타난 하얀 빛의 막이 가볍게 팅겨냈다. 갈 곳을 잃어 흩어진 그림자가 추락하고 곧 연쇄적으로 폭발하는 소리가 울렸다.

또다시 지형이 바뀌었다. 두 드래곤의 마법에 산이 날아가고 계곡이 생겼다. 오늘 하루, 아니, 사티와 티아라가 본격적으로 맞붙기 시작한 단 30분 동안 지도를 새로 그려야 할 정도로 산맥은 요동치고 있었다.

"사티, 그만 해!! 우리끼리 싸우는 건 피해가 크다고!!"

"내가 그런 것에 신경 쓸 것 같아?"

티아라의 외침을 사티는 차갑게 거절했다. 그리고 또 다른 마법을 영창했다. 하지만 티아라는 계속해서 외쳤다. 이렇게라도 하지 않으면 둘의 싸움은 결코 끝나지 않을 것이다. 둘 다 4천 년을 넘게 살아온 고룡이다. 둘의 마법이 고갈될 때까지 싸운다면 대륙 전체가 붕괴될지도 모를 일이었다.

"사티!! 난 싸우고 싶지 않아. 제발… 그를 좋아했고 사랑했지만 난 너도 좋아해. 너와 싸우는 게 싫어. 그래서 도망친 거야. 그러니까 제발… 사티.”

괴로운 표정, 금방이라도 울 것 같은 얼굴로 애원하는 티아라를 보며 사티는 외우고 있던 마법을 파기했다. 그리고 이를 갈며 날카로운 목소리로 소리쳤다.

“이 못 돼먹은 계집! 짜증나는 계집!!”

있는 대로 소리치는 사티를 티아라는 말없이 바라보았다. 여전히 분이 풀리지 않았는지 사티는 계속해서 표독스러운 얼굴로 쏘아보며 외쳤다.

“괴롭니? 너만 괴롭니? 너만 생각해? 네 상처만 눈에 보여?!”

“사티…….”

“결국 남겨진 나는 뭐야. 너만 소중해? 네가 나를 향한 감정, 너한테만 있는 거라 생각해? 내게도 넌 친구였어!! 네가 가진 감정 나한테도 있었다고!! 그런데 넌 날 버려두고 혼자 떠나 버렸어!!”

사티의 외침에 티아라는 큰 눈을 더욱 크게 뜨며 당황했다. 사티의 분노는 자신을 향하고 있었다. 하지만 그 원인은 그 남자를 죽게 내버려 둔 것이 아니었다. 자신을 버려두고 간 것에 대한 분노였다.

소름 끼치게 차가운 진실이 눈앞에 보이기 시작했다. 사티의 분노를 피해 이곳으로 왔다. 그리고 이곳에서 남자와 친구를 잃은 자신의 처지를 비관하며 몸을 웅크리고 살았다. 그렇게 꼭꼭 숨어 있는 동안 홀로 남겨진 사티는 괴로워했을 것이다, 자신이 슬퍼하던 것만큼.

얼마나 힘들었을까. 모든 것을 사티에게 떠넘기고 떠나 버린 자신은 모른다. 홀로 남겨져 스스로의 분노로 친구까지 떠나보낸 것을 후회했을 것이다. 자존심은 하늘을 찌를 만큼 강해서 누군가에게 숙이고 부탁하며 이곳 대륙으로 넘어올 요령도 없었을 것이다. 언제까지고 돌아오지 않는 자신을 기다리며 분노를 삭이고 화를 키우며 곱씹었을 것이다.

그렇다. 사티의 말이 맞다. 자신만 생각하고 있었다. 혼자만 괴로울 거라고, 혼자만 사티를 좋아하고 있다고 생각했다. 사티의 마음 같은 건 단 한 번도 헤아려 볼 생각도 하지 않았다. 그저 어디까지나 사티는 소중했던 남자를 실수로 잃게 한 자신을 증오하고 있을 거라고만 생각했다.

"사티……."

또다시 다른 마법을 외우기 시작한 사티에게 아무런 준비도 없이 다가섰다. 이대로 사티의 마법이 폭발하면, 그것을 정면으로 받아버리면 목숨을 잃을지도 모른다. 하지만 망설이지 않았다. 사티의 마법은 결코 자신을 향하지 않을 것이라는 확신이 있었다. 사티의 마음이 자신과 같다면 그녀는 진심으로 공격하지 않을 것이다.

"사티……."

울 것 같은 얼굴로 사티를 불렀다. 눈을 떼지 않고 똑바로 빤히 바라보았다. 사티의 얼굴에 동요가 일었다.

"뭐, 뭐야! 떨어져! 이대로 내가 공격하면 너 죽어! 좀 더 제대로 맞서란 말이야!!"

"사티……."

한 발짝 더 다가가 사티의 두 손을 잡았다. 표독스럽게 외치면서도 사티는 티아라를 밀어내지 못했다. 당황하며 멈칫할 뿐이었다.

그대로 사티의 손을 잡은 채 무릎 꿇었다. 고개 숙이며 사티를 끌어안았다.

"미안."

"무슨 짓이야! 이거 놔!"

"사티, 정말 미안해. 혼자 내버려 둬서."

"시, 시끄러! 그런다고 이제 와서 용서할 것 같아? 떨어져!!"

있는 대로 소리치며 티아라를 밀어내려 했다. 하지만 그 팔에 힘이 없었다. 그럼에도 힘에 겨운지 점차로 움직임이 잦아들었다. 티아라는 더욱 세게 사티를 안으며 계속 중얼거렸다.

"미안, 미안, 진짜로 미안. 정말… 미안해."

"이, 망할 계집애가……."

결국 사티는 티아라를 밀어내는 것을 포기했다. 아직 화가 풀리지 않은 듯 인상을 쓰며 한숨을 쉬었다. 하지만 마음이 편해지는 것을 느꼈다. 어쩌면 진짜로 바라던 결말이 이것이었는지 모른다고 생각하며 못마땅한 표정을 지었다. 하지만 곧 풀어져 버렸다. 이젠 될 대로 되라는 자포자기의 심정이기도 했다.

한동안 요란한 소음을 내며 무너져 내리던 산맥이 고요해졌다. 더는 어떤 소리도 들리지 않았다. 한참 떨어진 곳에서 에페트리아를 향해 진격하는 크라노의 행군 나팔 소리만 간간이 울릴 뿐이었다.

점차로 가까이 다가서는 근위대를 경계하며 루사인은 뒤로 물러섰다. 진지한 얼굴로 슬쩍 뒤를 돌아보며 아켈란스를 향해 물었다.

"언제까지 늦장 부리고 있을 거야? 아무리 실버나이트가 빠져나갔다 하지만 근위대 최정예다. 네 실력이 좋은 건 알지만 적국 한가운데에서 버티긴 힘들어."

진심 어린 충고였다. 이미 루사인의 마음에 고국 에페트리아는 떠난 지 오래였다. 목표는 오직 에페트리아의 멸망. 그렇기에 그 열쇠가 될 아켈란스의 안전이 최우선이었다.

"그럴까? 슬슬 부하들이 철수할 때도 됐으니."

아켈란스는 몸을 돌려 거침없이 문으로 향했다. 지금 수도 전역에서 날뛰는 자들은 몰래 데리고 입국시킨 검은 망토 기사단이었다. 자신이 성으로 들어왔을 때 혹시라도 지금과 같은 상황이 벌어지는 것을 대비하기 위해 난동을 부리라고 미리 명령해 놨었다. 물론 루사인이 말하는 대로 타국에서 불리하다는 것을 알기에 적당히 때가 되면 물러나라고까지 했다. 그 정도의 시간만으로도 성의 전력을 분산하기엔 충분했으니까. 도주로 정도는 손쉽게 만들 자신이 있었다.

“마, 막아!!”

“잡아!!”

루사인에게 집중되었던 공격의 칼날이 다시 아켈란스에게로 향했다. 아켈란스는 전혀 망설이지 않고 가볍게 검을 휘두르며 점차로 나가는 입구에 가까워지고 있었다. 그리고 그만큼 다잡은 적국의 태자를 눈앞에서 놓치게 될지도 모른다는 초조함이 근위대들을 지배해 갔다.

그때 아무런 예고도 없이 접견실의 문이 벌컥 하고 열렸다. 그리고 어디서 많이 본 듯한 여인이 국왕의 허락도 없이 안으로 들어왔다. 실버블론드에 황금빛 눈동자. 지금 이곳에 있는 페르나슈 소공녀와 매우 닮았으면서도 내뿜는 분위기나 존재감은 전혀 다른 여자였다. 그녀가 누구인지, 정체가 무엇인지 한눈에 알 수 있었다.

“설마……?”

“페르나슈 공작 부인?”

페르나슈 소공녀와 저리도 흡사하면서 좀 더 기품있고, 연륜이 느껴지는 자라면 역시 그 사람밖에 없었다. 십 년도 더 전에 행방불명됐다는 여성의 등장에 모두들 인상을 쓰며 그녀의 행동거지를 유심히 살폈다. 페르나슈 공작이 반기를 들고 있었다. 그리고 칼부림이 이어지는 이 자리에 페르나슈 공작의 부인이 나타났다. 이 안의 상황은 이미 알고 있는지 바닥에 쓰러진 몇몇 사상자를 보고도 전혀 아랑곳하지 않은 채 그녀는 페르나슈 공작을 향해 똑바로 나아갔다.

"여긴 왜 왔지?"

페르나슈 공작이 곤란한 표정으로 물었다. 드래곤인 자신의 부인이 위험할 걱정은 없다. 단지 신경 쓰이는 건 티아라와 사티의 움직임을 주시하기로 했던 그녀가 갑자기 이곳에 나타난 이유다.

"끝났어. 언니와 사티의 화해로 마무리. 조금 싱겁지만… 사티가 물러났어. 크라노 군은 언니의 명령으로 돌아가는 중이야."

모두의 시선이 공작과 공작 부인에게로 몰렸다. 대화를 모두 다 파악할 순 없었다. 깊게 들어가면 티아라를 언니라 언급한 공작 부인의 정체를 깨닫고 경악하겠지만, 무의식중에 그것은 피하는지 아무도 의문을 가지는 자가 없었다. 단 하나, 크라노 군이 물러가고 있다는 것만 이해할 수 있었다. 크라노 군이 물러갔다. 그렇다는 것은 즉…

"애석하게도 에페트리아는 계속 존속하게 됐어. 당신은 여전히 페르나슈 공작이고."

금방이라도 크라노에 먹힐 줄 알았던 것이 순식간에 입장이 바뀌어 버렸다. 크라노 국왕과의 친분을 이용해 국왕을 협박하고 있었다. 그것이 이젠 전혀 소용이 없게 되었다. 국왕에게 반기를 들었다는 명백한 사실만 남아 있을 뿐이었다.

밖이 소란스러웠다. 검은 망토들을 상대하기 위해 나갔던 실버나이트가 하나둘 돌아오고 있었다. 그리고 곳곳에서 기사를 차출해 왔다. 접견실은 순식간에 포위되었다. 이곳을 빠져나가려면 입구부터 포진해 있는 수많은 기사들을 하나하나 베어가며 전진하는 수밖에 없었다.

"실수했군. 설마 그 드래곤이 이렇게 빨리 내뺄 줄은 몰랐는데… 계산 밖이야."

아켈란스는 이곳에 와서 처음으로 곤란한 표정을 보였다. 계속 여유가 넘치던 얼굴이 조금씩 굳어가고 있었다. 스스로가 생각해도 방법이 없었다. 수적으로 너무 열세였다. 도저히 빠져나갈 방법이 없었다.

뒤끝이 좋지 않아 입맛이 씁쓸했다. 어차피 이곳에서 잡히더라도 자신은 걱정없다. 엄연히 태자란 신분이 있다. 자신의 목숨이 얼마나 협상에 유리한 가치가 있는지는 스스로도 알고 있다. 비록 그동안 자신을 반대해 온 자들의 방해는 있겠지만 국왕은 버리지 않을 것이다. 구차하게 살아 돌아간다 하더라도 이미 아세이드의 침공에 성공한 것으로 자신의 가치는 인정받았다. 얼마간의 손해 정도는 충분히 감수할 수 있었다. 추락하더라도 얼마든지 다시 기어올라 갈 자신이 있었다.

하지만 옆에 서 있는 소년은 입장이 다르다. 에페트리아 인이 적국의 태자를 도왔다. 페르나슈 공가의 사람이라지만 반역은 면죄부가 없다. 이 자리에서 목숨을 잃을지도 모른다. 아니, 애초에 목숨 걸고 자신의 편에 섰을 것이다. 몇 번 마주칠 때마다 아깝다는 생각을 했다. 페르나슈 소공녀도 꽤나 맘에 들었지만 그래도 이 소년이 더 손에 넣고 싶은 존재였다. 올곧은 마음 차갑고 냉정한 눈으로 모든 것을 바라보는 모습. 조사에 조사를 거듭하며 소년에게 감춰진 것을 찾아냈지만 포기할 수 없었다. 에페트리아 왕가의 피가 흐르지만 손에 넣고 싶었다. 납치까지 해가며 약에 취하게 해 소년의 본심을 들었다. 어쩌면 자신이 이 소년을 가질 수 있을지도 모른다 생각했다. 그리고 손에 넣었다. 그런 것을 이렇게 금방, 눈앞에서 빼앗기는 건 정말 마음에 들지 않는 일이었다.

"곤란해, 정말 곤란해."

눈을 내리깔고 혼잣말로 중얼거렸다. 바로 옆에 있던 루사인만이 아켈란스의 목소리를 듣고 슬쩍 곁눈질했다. 초조함도, 낭패감도 없는 얼굴. 오히려 평온할 정도였다. 처음부터 자신의 안전 따위 전혀 고려하지 않은 것마냥 아켈란스의 곁에 오기로 결심했을 때부터 목숨 따위 이미 버렸다고 생각하는 것 같은 모습이었다.

"마티아스 공작."

국왕이 무거운 입을 열었다. 모두의 시선이 국왕에게로 집중됐다.

"크라노와 관련된 모든 사람을 체포하게. 태자와 루사인은 반드시 생포하도록. 그리고 페르나슈 공작은 손끝 하나 건드리지 않게 조심하길 바라네."

"예, 폐하."

마티아스 공작이 공손히 고개를 숙이며 명령을 받았다. 그 이후 주변이 소란스러워졌다. 국왕의 명령을 이해할 수 없다는 표정들이다.

"폐하, 무슨 뜻입니까? 그것은!!"

"페르나슈 공작은 반역을 행했습니다! 폐하에게 반기를 들었습니다!!"

"그냥 용서하시는 겁니까!!"

밖에서 안쪽의 대화에 귀를 기울이던 대신들이 벌 떼같이 몰려들어 외쳐댔다. 이 기회에 페르나슈 공작가를 무너뜨리자는 속셈을 가진 자도 다분히 보였다. 막대한 재산과 권력을 가진 페르나슈 공작가를 쓰러뜨리면 그 이권은 왕가와 다른 귀족들에게 돌아가게 된다. 순식간에 계산하고 조금이라도 더 앞에 나서 큰 덩어리를 노리는 자들도 있었다.

"상대할 수 있으면 귀공들이 해보시게."

"예?"

가소롭다는 얼굴로 미소 지으며 딱 잘라 제안하는 국왕의 모습에 대신과 귀족들이 고개를 들어 멍한 눈으로 올려다보았다. 국왕은 친절하게 설명을 시작했다.

"인간 속에 들어온 드래곤은 인간에게 함부로 힘을 쓰지 못한다지. 하지만 자신에게 종속된 인간의 위험에 한해서 제약이 사라진다. 페르나슈 공작을 위협하는 것은 드래곤을 상대해야 한다는 것이야. 물론, 페르나슈 공작이 직접 나선다면 이야기가 달라지지만. 안 그렇습니까, 공작 부인?"

국왕이 페르나슈 공작 부인에게로 시선을 돌리며 동의를 구했다. 공작 부인은 살짝 미소 지으며 답했다.

"물론 엘페이온과 세라만 안전하다면 난 움직이지 않는다. 둘에게 공격한다면 그 즉시 내 힘을 눈앞에서 보게 될 거야. 하지만 만약 엘페이온이 직접 위험에 뛰어든다면 나로선 그의 목숨만 보장할 수 있겠지. 구해내기만 할 뿐, 끼어들진 못해. 인간의 왕 주제에 잘 알고 있구나."

"그걸 알고 있으니 세라를 자신의 태자와 결혼시키려고 그렇게 노린 거였지. 태자비로 삼으면 에페트리아를 치는 것 자체가 세라에게 공격을 하는 게 되니."

페르나슈 공작이 투덜거렸다. 그리고 국왕은 부인하지 않았다.

이제야 페르나슈 공작 부인의 정체를 알게 된 사람들은 하얗게 핏기 가신 얼굴로 하나둘 뒤로 물러서기 시작했다. 그리고 자신들이 서 있던 자리에 기사들을 밀어 넣었다. 접견실부

터 밖으로 나가는 복도에 이르기까지 더더욱 많은 기사들로
가득 들어차기 시작했다.

"그러니 마티아스 공작, 크라노의 태자와 루사인 저 둘을
내 앞에 대령시키도록 하게."

"예, 폐하."

마티아스 공작이 다시 한 번 크게 대답하며 앞으로 나섰다.
어느새 그의 뒤로 자리 잡은 실버나이트들이 검을 뽑아 들며
전투 태세를 취했다. 그리고 근위대들이 포위하기 시작했다.
아켈란스 일행이 금방이라도 무너질 듯 위태로워 보이는 순
간이었다.

Chapter 6
광기, 필사의 도주

“루사인!!”

키르라이안이 날카롭게 외치며 칼부림이 시작된 곳으로 달려들려 했다. 하지만 그 순간, 페르나슈 공작이 거칠게 잡아 채 자신의 품으로 끌어당겼다.

“이거 놔, 아버지! 루사인이 위험하단 말이야!!”

눈에 핏발까지 세우며 있는 힘껏 소리치는 자신의 아이를 공작은 더욱 세게 잡아끌었다.

“루사인이 원한 길이다.”

“달라!! 저건 세뇌야! 아켈란스 저 변태 놈에게 이용당하고 있는 거라고! 속은 거야! 루사인은 다시 돌아올 거라고!!”

루사인의 배신을 부정하며 고개를 젓는 아이를 보며 공작은 연민을 느꼈다. 이 미칠 것 같은 심정 충분히 이해한다. 자신도 그랬었으니까. 누님이 자신의 곁을 떠났을 때 누님의 판단이 틀렸던 거라고 몇 번을 외쳤으니까.

밝힐 수 없는 사정에 루사인을 사촌이라 알려주진 않았지만 그래도 늘 붙어다니게 했다. 키르라이안과 루사인의 유대감은 자신과 누님의 그것과 같을 것이다. 아니, 어쩌면 더 강할 것이다. 그렇게 만들었으니까, 처음부터 의도적으로.

"세라, 진정해라. 네가 날뛴다고 될 일이 아니다."

낮은 목소리로 키르라이안의 귓가에 대고 속삭였다. 키르라이안은 불안한 감정이 가득 찬 얼굴로 페르나슈 공작을 올려다보았다.

"그렇다고 그냥 보고만 있을 수도 없잖아, 아버지. 이대로는… 루사인이 죽을지도 몰라."

"세라, 아무리 그렇다 해도 네가 저 틈에서 루사인을 구해낼 수 있겠니?"

페르나슈 공작이 루사인과 아켈란스를 둘러싸고 점차 포위망을 좁혀가는 근위대를 가리키며 물었다.

"저기서 구해낸다 하더라도 저 사람들을 뚫고 도망시킬 수 있겠니?"

이번엔 접견실의 입구에서부터 이어진 기사들의 벽을 가리켰다. 어느 곳 하나 물샐틈없이 빡빡하게 들어찬 기사들이 자리를 지키며 만일의 사태에 대비하고 있었다.

키르라이안은 고개를 가로저었다. 아버지의 말처럼 불가능했다. 아무리 실력이 뛰어나다 하더라도 인간으로서 한계가 있다. 아버지의 말이 옳다. 자신이 나선다고 될 일이 아니었다. 하지만 그렇다고 가만히 보고 있을 수만도 없는 일이었다.

"허튼 생각하지 마라. 저길 뚫는 건 나도 힘들다. 네 힘으론 절대 안 돼."

키르라이안의 팔목을 잡고 있던 손에 더욱 힘을 주었다. 그래, 불가능하다. 지금으로선 절대 불가능하다. 웬만한 미친놈이 아니고선 저곳에 뛰어들 생각조차 할 수 없다. 그렇다. 미친놈. 제대로 미쳐서 제정신이 아니어야 가능한 일이었다.

"아이라. 내 병… '그것'. 고친 게 아니라 봉인시킨 거라고 했었지?"

"…페이온?"

나직이 묻자 페르나슈 공작 부인이 우아한 눈썹을 꿈틀거리며 공작을 불렀다. 하지만 공작은 더 이상 아무 말도 하지 않았다. 무언가 고민하는 얼굴. 혼자 열심히 생각하며 답을 내리려 하는 모습이었다.

페르나슈 공작은 아켈란스와 루사인을 바라보았다. 키르라이안이 말한 것처럼 방법이 없었다. 이대로 저 둘이 사로잡히는 것을 구경하듯 바라볼 수밖에 없었다.

그나마 루사인은 걱정이 덜 된다. 녀석에겐 자신보다 더 큰 후견인이 있으니까. 이런 일 정도는 손쉽게 처리해 줄 테니 그다지 염려가 되지 않는다. 문제는 아켈란스였다. 다음 크라노의 국왕. 그는 쉽게 놓아주진 않을 것이다. 누구 말대로 세뇌라도 해서 뜻대로 움직이는 인형으로 만드는 한이 있더라도 온전히 돌려보내진 않을 것이다. 살아 있어도 살아 있는 것 같지 않게 만들 거다.

크라노의 국왕에겐 여러 번 신세를 졌다. 무엇보다 눈앞의 국왕에게 진 빚을 갚게 도와줬다. 아들을 자객으로 보내 국왕과의 계약에서 해방시켜 주었다. 물론 자의는 아니었겠지만 결과적으로 도움받았다. 지금 이렇게 국왕과 반목하며 마음대로 할 수 있는 게 모두 크라노의 국왕과 아켈란스 덕분이었다.

"덕분에 빚을 졌어. 그러니까 그 빚을 갚으려면 적어도 그의 아들이 멀쩡하게 살아 돌아가게는 해야겠지."

"페이온……."

여전히 인상을 쓰고 페르나슈 공작의 표정을 살피던 공작 부인은 한숨을 쉬었다. 페르나슈 공작의 성격상 절대 뜻을 굽히지 않을 거라는 사실을 눈치 챈 것이다. 하지만 그래도 말리고 싶었다.

"봉인을 푸는 건 쉬워. 하지만 다시는 봉인할 수 없어. 억눌렸던 만큼 커져 버렸을 테니까."

"상관없어, 죽진 않으니까."

그래, 목숨은 건진다. 봉인을 푼다고 죽는 건 아니다. 날뛰다 목숨이 위험해지면 그땐 아이라가 간섭할 것이다. 언제나 지는 도박은 하지 않는다. 이번에도 역시 이기는 패다. 저들은 아이라란 존재의 위협에 함부로 자신에게 공격해 오지 않을 것이다. 그만큼 아켈란스를 데리고 성을 나가는 데 유리한 고지를 차지하게 된다. 그러니까 목적만 놓고 보면 절대 자신에게 유리하다.

"봉인 풀어줘."

"…바보."

공작 부인은 영 못마땅하다는 얼굴로 페르나슈 공작을 노려보았다. 그리곤 긴 주문을 외우기 시작했다.

마티아스 공작은 조금 물러서서 상황을 지켜보고 있었다. 실버나이트와 근위대의 포위가 점차로 좁혀지고, 아켈란스를 지키던 호위들이 하나둘 쓰러져 가고 있었다. 자신까지 나서지 않더라도 손쉽게 사로잡을 수 있을 거라 계산했다.

그때였다. 익숙한 살기가 등 뒤에서부터 느껴졌다. 흠칫 놀라 뒤돌아섰다. 온몸이 긴장하고 있었다. 이 느낌, 알고 있는 기척이다. 이미 수년 전에 사라졌다고 여기던 것이다.

푹! 털썩

근처에 누군가가 검에 찔려 쓰러졌다. 바닥이 검붉은색으로 물들어가고 있었다. 마티아스 공작은 검을 찌른 자를 찾았다. 쉽게 찾을 수 있었다. 그의 존재감은 단번에 느껴지니까. 수백 수천의 사람들 사이에 숨어 있어도 그 광기를 숨기기란 힘드니까.

그와 눈이 마주쳤다. 풀려 있던 눈이 빛을 내며 소름 끼치는 광기가 돌아오고 있었다. 그도 자신을 바라보았다. 싱긋 웃으며 아는 척을 했다. 그리고 피가 묻은 검을 천천히 들었다.

"모, 모두 피해!! 페르나슈 공작에게서 떨어져!!"

쉬익! 푹!! 촤아악―

마티아스 공작이 평소 같지 않게 당황하며 외쳤지만 '그것'의 검이 더 빨랐다. 아무런 준비 동작도 없이 손쉽게 이리저리 휘둘려진 검은 돌아올 때마다 착실하게 한 명씩 베고 찔러 버렸다.

"뭐, 뭐야!!"

"으아아아악!!"

그제야 무언가 사태가 이상해진 것을 깨달은 기사들이 비명을 지르며 페르나슈 공작에게서 떨어졌다. 페르나슈 공작을 중심으로 반경 5미터 안에 서 있는 자는 아무도 없었다. 그리고 공작은 자신이 베어낸 자들의 피가 흐르는 애검을 사랑스러운 듯 바라보고 있었다.

순식간에 벌어진 일이다. 눈으로 보고도 믿을 수 없었다.

아무것도 느껴지지 않았다. 눈 깜짝할 새에 여럿이 페르나슈 공작의 검에 쓰러졌다. 쓰러진 자들의 목숨 또한 장담하기 힘들었다. 어쩌면 즉사한 것은 아닐까 염려될 정도로 크게 베이고 많은 피를 흘렸다. 평소의 페르나슈 공작을 생각하면 있을 수 없는 일이었다. 그 이전에 저곳에 서 있는 자가 페르나슈 공작인지 의심스럽기까지 했다. 저건 똑같은 얼굴을 가진 다른 사람이었다.

"아, 아버지?"

키르라이안이 멍한 눈으로 페르나슈 공작을 불렀다.

"위험해. 나서지 마."

페르나슈 공작 부인이 자신의 아이를 끌어당기며 주의를 줬다. 조심해야 한다. '그것'의 심기를 건드려선 안 된다. 저 자라면 자신의 아이도 망설임없이 베어버릴지도 모른다.

접견실은 고요했다. 모두들 숨을 죽이고 그 남자를 바라보고 있었다.

한참 자신의 애검을 바라보던 남자는 얼굴 가까이 검을 가져왔다. 그리고 씨익 미소 지으며 검에 묻은 누구의 것인지 알 수 없는 피를 핥았다. 그리고 웃기 시작했다.

"큭큭큭큭! 큭큭! 크하하하! 큭큭큭! 크크크크크!"

광기가 가득 찬 웃음. 실성이라도 한 것처럼 미친 듯이 웃어대는 모습이 점점 더 괴기스럽게 느껴졌다.

"저… 미친놈."

마티아스 공작이 질린 얼굴로 중얼거렸다. 작은 목소리였지만 주변이 조용했기에 생각보다 크게 울렸다. 그리고 그 소리를 눈앞의 페르나슈 공작이 들어버렸다. 페르나슈 공작은 마티아스 공작을 발견하고 미소 지었다. 손까지 흔들어가며 반가운 듯 인사했다.

"여, 오래간만이야."

"미친놈, 한동안 조용하더니 또 튀어나왔군."

여전히 인상을 쓰며 불쾌한 얼굴로 되받아쳤다. 하지만 페르나슈 공작의 얼굴에선 미소가 사라지지 않았다. 연신 방긋방긋 웃으며 마티아스 공작에게서 눈을 떼지 않았다.

"그래, 한동안 못 나왔지. 이십 년 만인가? 크크크크크크! 역시 바깥 공기는 상쾌해."

미소 지으며 손에 쥔 검을 고쳐 들었다. 그리고 마티아스 공작을 향해 성큼 성큼 다가섰다.

"공작 전하!"

"위험합니다!"

실버나이트와 기사들이 페르나슈 공작에게서 느껴지는 위험을 감지하고 마티아스 공작의 곁으로 몰려들었다. 하지만 마티아스 공작은 고개를 저으며 기사들을 향해 명령했다.

"오지 마. 저건 못 막아. 내가 저걸 상대하는 사이 너희는 서둘러 크라노의 태자와 루사인을 생포해."

마티아스 공작도 자신의 검을 빼어 들며 페르나슈 공작의 앞으로 가까이 다가갔다. 그리고 곧 둘 사이에 검과 검이 요란하게 부딪치는 소리가 울리기 시작했다.

눈앞에서 수십 번 검이 오가고 두 남자의 시선이 여러 번 뒤섞였다. 보통 사람은 눈으로 따라가기도 힘들 정도의 빠르기, 그리고 화려함. 언제까지고 끝나지 않을 환상에 빠지기라도 한 듯 접견실 안의 모두가 넋을 놓고 바라보고 있었다. 하지만 그 환상은 곧 이어지는 신음 소리와 바닥에 떨어지는 핏자국에 의해 쉽게 끝나 버렸다.

"큭큭큭! 뭐야? 하나도 안 늘었군."

페르나슈 공작이 광기 어린 미소를 지으며 비아냥거렸다. 마티아스 공작은 크게 베여 피가 뚝뚝 흐르는 팔뚝을 잡고 페르나슈 공작을 노려보았다.

"좋은가 보지? 안 그래도 미친놈이 즐거워 미칠 것 같아 보이는군."

"그래, 아주 짜릿하다. 이게 얼마 만의 피냄새인지……."

페르나슈 공작이 검을 들어 자신의 검에 묻은 마티아스 공작의 피에 코를 박으며 중얼거렸다.

"세상이 신선해 보일 정도야. 크크크크큭."

마티아스 공작은 분한 얼굴로 페르나슈 공작을 노려보았다. 분했다. 진심으로 분했다. 단 한 번도 이겨보지 못했다. 저 계집애 같은 외모의 이중인격자에게, 미친놈에게 자신이 뒤떨어진다는 것을 용납할 수 없었다. 성인이 되어서도 그건 계속 트라우마로 남아 자신을 괴롭혔다. 인간의 한계를 넘어서 버린 듯한 그 존재. 처음으로 좌절을 맛보게 한 그가 드래곤의 마법으로 사라졌어도 결코 페르나슈 공작과는 친해질 수 없었다. 자신의 힘으로 해결할 수 없는 일이 생기면 반드시 나타날 테니까, 지금처럼.

"후우. 그나저나 내가 다시 나올 수 있게 된 게 저 녀석 덕인데 말이야. 그러니까 살려는 보내야겠지."

어느새 마티아스 공작에게서 시선을 떼고 모든 관심을 아켈란스에게 향하는 페르나슈 공작을 보며 마티아스 공작은 다시 소리쳤다.

"뭣들 하고 있어!! 왜 구경만 하는 거야!! 나는 신경 쓰지 마라. 당장 태자와 루사인을 생포해! 놈보다 빨리!!"

그리고 다시 검을 들어 페르나슈 공작을 향해 달려들었다. 하지만 이미 마티아스 공작에 대한 흥미가 사라진 페르나슈 공작은 그런 그를 가볍게 피했다. 그리고 달려들던 관성에 의해 몸이 앞으로 쏠리는 마티아스 공작에게 검을 세웠다.

푹!

검이 살에 파고드는 소리가 손의 느낌으로 전해졌다. 망설이지 않고 다시 검을 뽑았다.

툭, 투둑, 투두둑.

"크윽!"

마티아스 공작은 신음을 흘리며 바닥에 무너져 내렸다. 피가 계속해서 쏟아져 내렸다.

"아, 아버지!!"

프리츠가 놀라 소리치며 달려왔다. 페르나슈 공작은 자신의 검격 안에 프리츠가 들어오는 것을 용납했다. 그리고 별거아니라는 얼굴로 툭 내뱉었다.

"봐줬다. 당분간 검을 들지 못하게 어깨를 찔러줬을 뿐이야."

원래의 자신이라면 망설이지 않고 심장에 찔러 넣었을 것이다. 하지만 근 20년 만에 밖에 나온 즐거움과 비록 친하진않지만 오래간만에 만난 사람이란 사실에 조금은 손끝이 물러졌다. 하지만 봐주는 것은 여기까지다. 더 이상 방해하면더는 망설일 것 없이 바로 베어버릴 거라 생각하며 다시 아켈란스에게로 시선을 돌렸다.

한 발 걸어나갈 때마다 지켜보는 사람들이 뒷걸음질치는것이 보였다. 검에 있어 국내 최강이라던 두 공작이었다. 그중 한 명인 마티아스 공작이 쓰러졌다. 그를 쓰러뜨린 페르나슈 공작은 전혀 지친 기색도 보이지 않았다. 오히려 놀고 있는 듯, 마티아스 공작 따윈 아무것도 아니었다는 듯 여유를가지고 성큼성큼 다가서고 있었다.

"세라."

"으, 응?"

아버지의 전혀 새로운 모습에 놀라 멍하니 있던 키르라이안이 퍼뜩 놀라 대답했다.

"길은 내가 뚫겠다. 루사인을 데리고 도망쳐라. 아켈란스는… 성 밖으로만 나가면 알아서 움직이겠지."

"어, 어디로 도망쳐?"

"영지로. 영지의 성에 틀어박히면 국왕도 어찌할 수 없을 거다. 내 영지는 곧 나와도 같으니, 그곳을 건드리면 드래곤이 날아오르겠지."

그리고 말이 끝나기도 전에 아켈란스와 루사인을 에워싸던 기사들을 향해 미친 듯이 달려들었다. 여전히 광기가 가득 찬 눈으로 괴기스러운 웃음까지 곁들이며 기사들을 베어나갔다. 누구도 제대로 검을 들어 반격하는 자가 없었다. 반격할 수 있는 자가 없었다.

미친놈은 힘이 세다고 했다. 인간이라고 할 수 없는 괴력을 가지고 있다고 했다. 인간 이상의 힘, 능력, 짐승과도 같은 반응 속도로 베어나가자 순식간에 한쪽 벽이 뚫려 버렸다.

그 틈에 키르라이안이 끼어들었다. 그 역시 실버나이트. 검 실력만으론 왕국에서 열 손가락 안에 충분히 들어가는 기사다. 페르나슈 공작만큼은 아니지만, 평범한 근위대나 기사들 정도론 상대하기에 턱없이 부족했다. 그리고 그건 아켈란스나 루사인도 마찬가지다.

광기에 취한 페르나슈 공작이 길을 뚫고 키르라이안과 아켈란스, 루사인이 정리하며 접견실의 문을 향했다. 누구도 막을 수 없을 정도로 무시무시한 기운이 느껴졌다. 무엇보다 페르나슈 공작의 광기가 보는 자를 오한이 들게 만들었다. 두려움에 온몸이 떨려 도저히 달려들 수 없게 하고 있었다.

한참을 말없이 바라보던 국왕이 손에 턱을 괬다. 그리고 드디어 침묵을 끝내고 입을 열었다.

"막아라. 크라노의 태자는 놓쳐도 좋다. 루사인만은 잡아라. 어느 정도의 부상은 상관없다. 살려서 내 앞에 데려와라."

국왕의 칙명이 내려졌다. 하지만 전혀 예상하지 못한 방향이었다. 크라노의 태자까지도 포기하며 사로잡아야 할 정도로 루사인이 가치가 있을지 의심스러웠다. 하지만 곧 몇몇 신하들이 국왕의 뜻을 이해하겠다며 고개를 끄덕였다. 오늘에야 모두 앞에 밝혀졌지만 루사인은 페르나슈 공작가의 일원이다. 지금 가장 급한 것은 미쳐서 날뛰는 페르나슈 공작을 막는 것이다. 페르나슈 공작이나 페르나슈 소공녀에게 직접 위해를 가할 순 없다, 드래곤이 나설 테니까. 하지만 루사인이라면 문제없다. 아마도 그래서 루사인을 사로잡으라고 명한 것이라 생각하며 신하들은 기사들을 향해 외쳤다.

"뭣들 하느냐! 루사인님만 노리거라!! 페르나슈 공가의 도련님이다! 목숨을 내던져서라도 사로잡아라! 폐하의 칙령이다!!"

　기사에게 있어 국왕의 명령은 절대적이다. 아무리 두려워도, 역부족이어도 해야만 했다. 접견실의 입구에서부터 벽이 되어 자리를 지키던 기사들까지 움직이기 시작했다. 계속해서 꾸역꾸역 접견실 안으로 몰려들기 시작했다.

　페르나슈 공작의 검이 점차 움직이는 게 더뎌졌다. 아무리 인간의 한계를 넘어섰다 하지만 이 정도로 밀려들어 오면 힘에 부치게 마련이다. 그것도 뒤따라오는 사람들을 위해 길까지 뚫어주는 상황이라면 더욱.

　"아버지, 지쳤어?"

　뒤따라오던 키르라이안이 걱정이 가득한 목소리로 물었다. 그 소리에 어쩐지 힘이 솟는 느낌이다. 귀여워하는 자식의 존재가 힘이 되어 줄 줄은 몰랐다. 그 이전에 자신이 이 아이를 자신의 자식이라 생각하고 있었다는 것 자체가 신기했다. 이럴 때면 인정할 수밖에 없게 된다. 지금 자신의 안에 자고 있는 또 다른 자는 결국 자신이라는 것을. 본의 아니게 갈라져 버렸고 서로가 서로를 인정하려 들지 않지만, 아니, 오히려 저쪽은 이쪽을 증오하고 소멸시키고 싶어 하지만 결국 시작은 같았음을 납득할 수밖에 없다. 내가 그고 그가 나라는 것을 인정할 수밖에 없다.

　"애 주제에 어른을 걱정하지 마라. 모두 다 몰려들어와 주니 오히려 편하다. 입구의 가드가 얇아지면 그쪽으로 치고 나가거라. 이쪽은 내게 맡기고."

언제 지쳤냐는 듯 힘차게 바닥을 차고 뛰어올랐다. 그리고 여전히 빠른 속도로 검을 휘둘렀다. 겁에 질린 기사들의 수가 하나둘 줄어들고 있다. 하지만 아무리 베어도 앞이 뚫리질 않았다. 이대로라면 결국 체력이 바닥나 모두 잡혀 버릴 거라는 계산만 나올 뿐이었다.

그때 갑자기 환한 빛이 시야를 가렸다. 갑작스러운 빛의 급습에 모두 눈살을 찌푸렸다. 휘두르던 검까지 움직임을 멈췄다.

빛이 사라지고 그 속에 한 여자가 모습을 드러냈다. 검은색 머리에 검은 눈. 어딘지 도둑 길드의 간부 같은 차림새의 여자가 무언가를 찾는 듯 주위를 두리번거렸다. 그리고 곧 찾는 것을 발견했는지 생긋 웃으며 걸음을 옮겼다.

"영 소식이 없다 했더니 여기 있었군, 아켈란스."

"뭐지? 사티!"

아켈란스가 퉁명스레 물었다. 불만이 가득한 눈. 사티를 마주하는 게 좋을 리가 없었다. 당연했다. 에페트리아와의 전쟁을 위해 기껏 데려왔는데 정작 중요한 순간에 뒤로 빠져 버렸다. 지금 이렇게 고생 중인 것도 결국 그녀 때문이었다.

"화났군. 약속을 지키지 못한 것은 나니까 그 점은 사과하지. 결국 티아라와 화해를 하게 되어서… 티아라는 전쟁을 원하지 않아. 그러니 그 뜻을 존중해 주어야지."

"에페트리아의 수호룡과 만나는 목적만 풀면 끝이었나? 처음부터 계약하지 않았던 이유가 그것이었군. 그렇게 이를 갈기에 계약 따위 없어도 좋다고 생각했는데. 유감이야. 결국 일이 이렇게 꼬인 건 내 실수들 때문인가."

"너무 그렇게 비꼬지 마. 나도 약속을 끝까지 지키지 못한 것은 애석하니까. 그래서 무마라도 시키기 위해 이렇게 찾아 왔잖아. 일단 살고 봐야지."

이 자리에서 구해줄 테니 약속은 없었던 것으로 해달라는 제안이었다. 아켈란스는 그런 사티를 보며 가볍게 코웃음 쳤다. 이미 다 끝나 버린 일이다. 여기서 사티를 거절해도 크라노가 다시 에페트리아를 치는 것은 불가능하다. 그렇다면 결론은 이미 나 있었다.

"그렇지. 살아 돌아가긴 해야지."

순순히 사티의 제안에 고개를 끄덕이자 사티는 미소 지었다.

"착한 아이군. 그럼 나도 상을 줘야지. 당분간 네 국가의 수호룡이 되어주겠다. 에페트리아를 치는 것만 아니라면 어디까지나 날 이용해도 좋아. 난 티아라 같지 않게 전쟁을 좋아하니까. 기간은 티아라가 에페트리아를 떠날 때까지다. 어때?"

"침공하는 데 있어 드래곤의 힘을 써야 할 정도로 강한 국가는 남지도 않았지만 호의를 봐서 감사하게 받아들이기로

하지."

"잘 생각했어. 그럼 돌아가 볼까."

사티가 손을 내밀어 아켈란스의 손을 잡았다. 그리고 텔레포트 마법의 주문을 외우던 중 아켈란스의 옆에 있던 루사인을 보며 멈칫했다.

"이 아이… 내가 준 약을 쓴 건가?"

"그래."

아켈란스의 대답에 사티는 다시 한 번 루사인을 위아래로 훑어보았다.

"흠… 부작용도 없고, 중독도 없지만 그래도 약이니까."

"뭐야? 결국 뭔가 문제 있는 거야!?"

키르라이안이 금방이라도 달려들듯 소리치며 인상을 썼다. 사티는 미소 지으며 간단하게 설명했다.

"전혀. 단지 속에 담긴 걸 밖으로 꺼내주는 정도랄까. 그러니까 본질은 변하지 않아. 결심한 것을 밀어주는 정도야."

"웃기지 마! 겨우 그런 걸로 루사인이 저런 행동을 했다는 거야? 루사인의 성격에 저렇게 앞뒤 보지도 않고 모두가 보는 눈앞에서 적국 태자의 편을 들 것 같아?!"

"그래, 맞아. 그게 저 소년의 진심이야. 아니라고 생각한다면 그건 지금까지 네가 저 소년을 잘 알지 못했다는 거지. 난 인간의 인격 정도는 존중해 주고 있어. 그 사람을 함부로 바꿀 약 따윈 만들지 않아."

"거짓말하지 마!! 내가 뭘 알지 못한다는 거야!!"

키르라이안의 외침에 사티는 더 이상 신경 쓰지 않았다. 조금 전 외우던 텔레포트 마법을 다시 완성하고 조용히 인사했다.

"그럼 다음에 보자고, 아이라."

"다음에 찾아오도록 하지, 페르나슈 소공녀, 페르나슈 공자."

아켈란스는 끝까지 루사인에게서 시선을 떼지 않았다. 가능하면 데려가고 싶었다. 살리고 싶었다. 하지만 불가능했다. 크라노가 에페트리아를 침략해 주지 않는 이상 루사인과 자신의 계약은 성립하지 않는다. 루사인은 결코 자신을 따라오지 않는다는 것쯤은 계산하고 있었다.

처음 왔을 때와 같이 빛에 휩싸였다. 눈부시게 밝은 빛이 또다시 인상을 쓰게 만들었다. 그리고 빛이 사라졌을 때 사티와 아켈란스의 모습도 함께 사라졌다.

"어딜 간 거야! 루사인을 되돌려 놓고 가야 할 것 아냐!!"

키르라이안이 분한 목소리로 외쳤다. 하지만 그 순간 국왕이 또다시 입을 열었다. 여전히 가라앉은 음성이 접견실을 울렸다.

"방심하고 있다. 잡아라."

그리고 동시에 기사들이 순식간에 달려들며 루사인과 키르라이안을 붙잡았다.

"이, 이거 놔! 아버지!!"

키르라이안이 다급한 목소리로 페르나슈 공작을 불렀다. 하지만 대답은 들리지 않았다. 불안한 느낌에 뒤돌아보자 공작 부인의 품에 안겨 있는 페르나슈 공작을 발견할 수 있었다. 두 눈을 꼭 감고 있는 것이 잠든 것 같아 보였다.

"이쪽은 한꺼번에 힘을 폭발시키는 타입이라… 힘을 다 쓰고 잠들어 버렸어. 곧 깨어나긴 할 거야."

소중한 사람을 안고 있다는 듯 힘없이 쓰러진 페르나슈 공작을 다정하게 껴안으며 공작 부인이 설명했다.

키르라이안은 초조한 마음에 주위를 둘러보았다. 부상을 입은 마티아스 공작을 지키고 있는 프리츠, 국왕의 곁에서 국왕을 지키는 카린, 그리고 지금까지 자신과 싸우던 실버나이트와 근위대, 그 밖의 기사들. 더는 자신들을 도와줄 자가 없었다. 아버지는 잠들었고 어머니는 움직일 수 없다.

고개를 돌려 함께 붙잡힌 루사인을 바라보았다. 후회라곤 한 점도 찾아볼 수 없는 경건하기까지 한 얼굴. 기사들에게 억압된 채로 반항 한 번 하지 않고 국왕의 앞으로 끌려가는 루사인을 보며 입술을 깨물었다. 앞으로 무엇을 어떻게 해야 할지 아무것도 모르기에, 자신이 할 수 있는 건 이제 더는 없기에 절망감이 몰려왔다. 주체할 수 없을 정도로 큰 절망감이 덮쳐 오고 있었다.

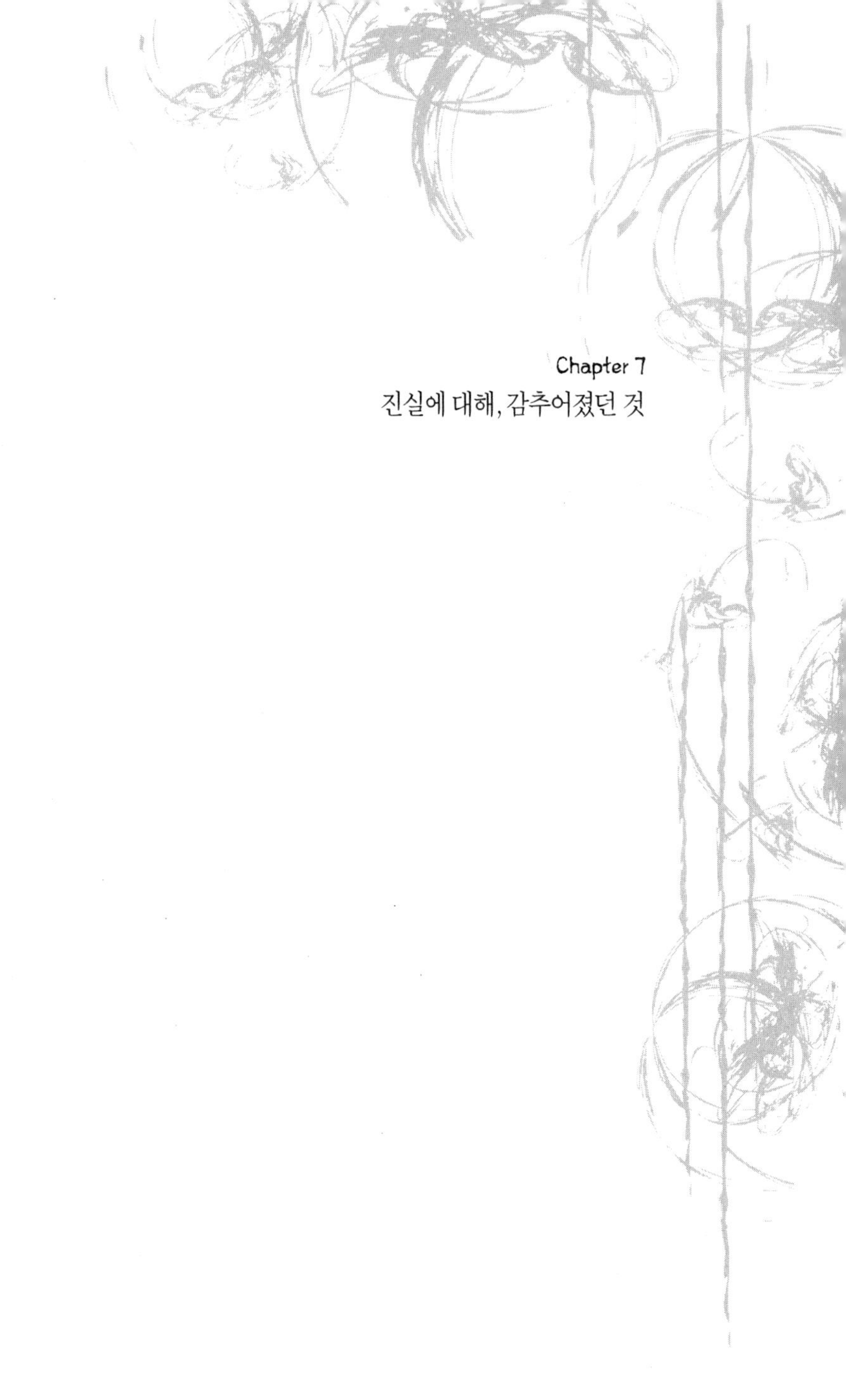

Chapter 7

진실에 대해, 감추어졌던 것

페르나슈 공작의 광기에 기가 질려 물러났던 사람들이 하나둘 몰려들기 시작했다. 그들은 하나같이 입을 모아 국왕에게 청하고 있었다.

"폐하, 반역입니다. 페르나슈 공작가는 반역을 하려 했습니다."

하지만 국왕은 그저 지켜볼 뿐 단 한마디도 입 밖에 내뱉지 않았다. 부상을 입은 마티아스 공작이 지혈을 위해 임시로 붕대를 감은 어깨를 손에 쥐며 국왕의 곁에 섰다. 침통한 얼굴. 고민하고 고뇌하는 얼굴로 페르나슈 공작가의 사람들을 바라보고 있었다.

“그냥 넘어가시면 안 됩니다. 같은 왕가라고, 친척이라고 예외를 두시면 안 됩니다.”

“왕족이라 해도 반역은 반역. 죄에 합당한 벌을 내려 후세에 본보기가 되어야 합니다.”

국왕과 마티아스 공작의 분위기에 다시 입을 모아 간청했다. 바로 그때, 아이라가 조용히 입을 열었다. 딱히 큰 목소리도 아니었지만 이상하게 접견실 전체를 울리고 있었다.

“내 종속자들이다. 나는 골드 드래곤 아일란스. 그대들이 감히 내 종속자들에게 손을 대려 하는가. 드래곤의 분노를, 제약 없는 간섭을 겪어보고 싶다면 말리지 않겠다.”

페르나슈 공작가의 처결을 청하던 무리들이 새파랗게 질린 얼굴로 떨기 시작했다. 잠시지만 잊고 있었다. 순식간에 접견실의 공기마저 장악한 듯한 아이라의 음성에 머리끝까지 소름이 밀려오는 것을 느꼈다. 이것은 순수한 공포였다. 뱀 앞에 놓인 개구리의 그것이었다.

“그, 그렇지만……”

차마 아이라를 똑바로 바라보지 못하고 시선을 돌리면서 중얼거렸다. 하지만 딱히 방법이 없었다. 드래곤의 힘이라면 조금 전 겨우 전쟁을 피해 멸망을 면한 이 나라가 다시 화염에 뒤덮일지도 모른다.

“페, 페르나슈 공작과 소공녀는 건드리지 않습니다!! 감히 드래곤님의 분노를 살 수야 없지요. 하지만 저 소년!”

누군가 나서며 쓰러져 있는 루사인을 가리켰다. 그리고 큰 소리로 외쳤다.

"저 소년은 당신과 상관없을 겁니다!! 폐하, 페르나슈 공작가의 저 소년을 처형해야 합니다. 비록 페르나슈 공작은 어찌할 수 없다 하더라도 혈육은 혈육. 저 소년으로라도 반역에 대한 대가를 치르게 해야 합니다!!"

그리고 그대로 모든 이의 관심이 루사인에게로 향했다.

"반역은 즉결 처분!"

"반역을 꾀한 소년입니다. 명을 내려주십시오, 폐하."

"이리로 끌어내!!"

페르나슈 공작을 어찌하지 못하는 분풀이라도 하듯 눈에 핏발까지 세우며 소리치는 사람들을 국왕은 여전히 침묵하며 바라보았다. 아무런 표정도 없는 얼굴. 그저 멍하니 앉아 있는 것은 아닐까 의심이 갈 정도였다.

"안 돼, 루사인!!"

기사들에 의해 국왕의 발치까지 끌려 나가는 루사인을 향해 소리쳤다. 이미 기사들 여럿이 사지를 붙잡고 있기에 꼼짝할 수 없는 처지였다. 자유로운 입으로 그저 소리치는 것밖에 할 수 있는 일이 아무것도 없었다.

"뭣들 하는 게야! 이것 놓지 못하느냐!!"

"죄송합니다만, 페르나슈 소공녀. 당신이 끼어들게 할 수 없습니다."

기사 하나가 딱딱한 소리로 대답했다. 키르라이안은 분노에 찬 목소리로 다시 소리쳤다.

“루사인은 죄가 없어!! 다들 들었잖아. 드래곤의 약을 쓴 거라고!! 루사인은 그저 세뇌당했을 뿐이야!! 죄가 없다고!!”

물론 사티는 자신의 약에 대해 정확히 언급했다. 세뇌와는 다른 거라고. 하지만 드래곤의 힘이 들어간 약을 썼다는 시점에서 이미 약 때문이라고 우길 수 있는 상황이었다.

“아니, 아닙니다.”

침묵하던 루사인이 입을 열었다. 모두의 시선이 루사인에게로 향했다. 루사인은 쓴웃음을 지으며 고개를 저었다.

“아니요. 전 계속 칼을 갈고 있었습니다. 약이 아니었다 하더라도 이렇게 행동했을 겁니다.”

“루사인…….”

갑작스런 루사인의 고백에 키르라이안은 넋이 나간 얼굴로 루사인을 불렀다. 정작 당사자인 루사인이 저리 나오면 방법이 없다. 정말, 처음부터 죽으려고 작정하지 않고서야 이 상황에 이렇게 행동할 수가 없다.

“루사인, 저 바보가.”

프리츠가 낮은 목소리로 중얼거렸다. 그 역시 소꿉친구인 루사인의 위기에 식은땀을 흘리고 있었다. 키르라이안과 마찬가지로 루사인을 구해낼 방법을 떠올리기 위해 있는 대로 머리를 회전시키고 있던 차에 저렇게 막 나가는 루사인의 발언은 곤란했다. 이러면 정말 어떻게 손도 쓰지 못하고 친구가 죽어가는 꼴을 보고 있을 수밖에 없게 된다.

"프리츠."

카린이 조심스레 손을 뻗어 땀에 전 프리츠의 손을 꼭 쥐었다. 역시 걱정스런 표정이다. 어찌 됐든 이 넷은 모두 친구. 형제처럼 함께 자라온 사이다. 몸의 일부와도 같았다. 그런 친구의 위기를 그저 지켜볼 수밖에 없다는 게 가슴이 아팠다.

"세뇌라고요? 말도 안 되죠. 그 드래곤이 말했잖아요, 그저 조금 적극적으로 해줄 뿐이라고. 네, 정말 감사합니다. 혹시 모를 고민을 하지 않아도 되게 해주었으니까요."

"루사인."

"처음부터 모든 걸 노리고 페르나슈 공작의 밑에 숨어 있었습니다. 숨죽인 채 기회를 노리고 있었습니다."

루사인은 고개를 들어 국왕을 올려다보았다. 공허한 눈빛. 모든 걸 포기한 것 같은 얼굴. 입가에 쓴웃음이 맺혔다. 허탈한 비웃음이 삐져나왔다.

"아쉽네요, 적어도 저 국왕만큼은 제 손으로 끌어내리고 싶었는데."

루사인의 중얼거림과도 같은 고백에 여기저기 분노의 탄성이 울리기 시작했다.

"저, 저 자식이!!"

"저건 명백한 반역의!!"

"죽여! 즉결이다! 폐하의 명을 기다릴 것도 없어! 죽여!!"

"발칙한 것. 어디 감히!! 기사들은 뭣들 하는가. 반역자를 지금 당장 처리하라!!"

루사인을 붙잡고 있던 기사들이 움직이기 시작했다. 포박하고 있던 루사인의 몸을 억누르고 머리를 당겨 무릎을 꿇게 했다. 정갈하게 정리된 검은 머리칼 사이로 새하얀 목덜미가 드러났다. 기사 하나가 검을 빼 들고 팔을 높이 들었다.

"아, 안 돼, 루사인!!"

키르라이안이 큰 목소리로 소리쳤다. 하지만 기사는 망설이지 않고 루사인에게 검을 내려치려 했다. 그리고 그때 침묵하던 국왕이 드디어 그 무거운 입을 열었다.

"멈춰라."

아이라와는 다른 위압감이 느껴졌다. 이것은 같은 사람을 지배하는 지배자에게서만 나오는 위엄이었다.

루사인을 향해 검을 내려치던 기사가 그 순간 검을 멈췄다. 그리고 접견실 안에 있던 모든 이들의 시선이 다시 국왕을 향했다. 한동안 국왕이 무슨 소리를 했는지 이해하지 못한 듯 멍한 표정을 지었다. 그리고 곧 그 뜻을 이해하고 어리둥절한 표정을 지었다.

"폐하?"

"어째서? 설마 저 소년을 살리려는 것입니까?"

"그건 말도 안 되는… 반역죄를 가진 자를 어찌!!"

계속해서 국왕을 추궁하지만 국왕은 결코 자신의 명령을 바꾸지 않았다. 그는 차가운 얼굴로 자신을 향해 열심히 외치는 신하들을 바라보았다. 그리고 퉁명스레 물었다.

"언제까지 떠들 건가. 저 소년은 마음껏 말하게 했으면서 난 단 한마디도 못하게 막으려는 건가?"

그제야 대신들이 하나둘 입을 다물기 시작했다.

"왜 살리려 하냐고 묻다니. 그야말로 어리석은 질문이군. 루사인을 처결할 이유가 없지 않은가?"

"무, 무슨 소리십니까, 폐하!!"

대신 하나가 경악에 찬 얼굴로 소리쳤다. 아무리 국왕이라지만 법을 무시할 순 없다. 하물며 루사인은 반역죄다. 그런데 지금 이렇게 많은 증인들을 앞에 두고 그 죄 자체를 아예 묻어버리려 하는 국왕의 행동은 이해할 수도, 용납할 수도 없었다.

"소리치지 마라. 법에 대해선 나도 안다. 그에 따라 루사인에겐 반역죄를 씌울 수 없다. 반역이 아니다. 자신의 자리를 찾으려 하는 것뿐인데 반역일 리가."

그리고 그 순간 접견실은 정적에 감싸였다. 도무지 이해조차 할 수 없는 국왕의 발언에 경악할 뿐이었다. 하나둘 사건에 관련된 사람들을 향해 시선을 돌리기 시작했다. 페르나슈 공작은 잠들어 있기에 어떤 대답도 할 수 없다. 각 공작가의 아이들은 대신들과 마찬가지로 국왕의 말에 눈을 동그랗게 뜨고 경악하고 있었다. 단 한 명, 마티아스 공작만이 씁쓸한 얼굴로 루사인을 바라보고 있었다.

"무슨 소릴 하려는 거야!"

루사인이 있는 대로 노려보며 으르렁거렸다. 국왕의 말에 분노한 듯 이를 갈고 있었다. 국왕은 그런 루사인에게 얼굴 가득 미소를 지으며 답했다.

"이왕 벌어진 거 끝까지 가야지. 그래, 사실은 나도 이런 때를 기다려 왔다, 너만큼이나."

그리고 그는 정말로 즐거운 듯, 그리운 듯 루사인을 바라보며 웃었다.

키르라이안은 침묵했다. 이미 상황은 자신의 이해 범주를 넘어섰다. 알 수 없는 대화들이 오가고 있다. 평소 같으면 친절히 설명해 줄 루사인은 자신의 곁에 없다. 그리고 이 이해하지 못할 난해한 대화들의 중심에 자리 잡고 있다.

하지만 한 가지 알고 있는 건 있다. 오래전에도 한 번 봤던 모습이다.

국왕의 얼굴, 표정, 저 미소, 저건 건국 기념일에 학교를 안내하는 루사인을 바라보던 것과 같았다. 그리운 듯, 사랑스러운 듯, 무언가 아련한 것을 떠올리며 애처로워하던 그런 얼굴이었다.

국왕은 한참 침묵하며 루사인을 바라보았다. 누구도 섣불리 나서서 침묵을 깨는 자가 없었다. 모두들 숨죽이고 눈치를 살피며 국왕이 말하기를 기다리고 있었다.

"루사인에게 반역이 적용될 리가 없지. 루사인, 넌 이십 년 전 진짜 태자로 내정되었던 내 쌍둥이 형의 유일한 아들이니까."

접견실의 침묵이 깨졌다. 경악한 대신들이 술렁거리기 시작했다. 말도 안 되는 소리였다. 전혀 처음 듣는 소리였다. 하지만 그중 나이 있는 몇 대신들은 무언가 떠오르는 것이 있는지 얼굴을 구겼다. 이것은 그것이다. 분명 그것이다. 그것을 국왕이 직접 말하고 있는 것이다.

"그래, 그랬지. 그래서 그의 아들인 내 존재를 숨겼지, 함구령을 내려서. 내가 알려지면 당신의 자리가 위태로워질지도 모른다고 생각했겠지. 그래서 그렇게……."

루사인이 이를 갈며 국왕을 노려보았다. 하지만 국왕은 여전히 루사인을 향해 너그러운 표정을 지으며 미소 지었다.

"아니, 그건 선대 국왕의 짓이다. 불미스러운 사건으로 종적을 감춰 버린 태자. 하지만 한 번 결정된 태자를 물릴 순 없지. 그래서 날 성으로 불러들였다. 어차피 형과 난 쌍둥이. 형이 태자가 되면 내가 왕족이란 것 또한 알려지기에 난 공작의 이름을 받고 준비하던 때였다. 그런 나를 태자로 삼았지. 그리고 아버진 한 나라에 두 명의 태자는 인정할 수 없다며 형을 추격해 암살했다."

국왕이 토로하는 엄청난 진실에 안에 있는 사람들은 숨조차 제대로 쉬지 못했다. 오래전 선대 국왕의 측근으로 사건의 내막을 조금이나마 알고 있던 대신들이 희미하게 고개를 끄덕일 뿐이었다.

그렇다. 국왕은 쌍둥이였다. 아직 왕자라 밝히지 못했던 때, 상인 가문의 차남이었던 그에겐 쌍둥이 형이 있었다. 학교도 졸업하기 전, 말 그대로 불미스러운 일로 종적을 감춰 버린 희대의 천재. 연회장에서 페르나슈 공작이 루사인이 엔마이아의 아들이라 했을 때 눈치 챘어야 했다. 하지만 오래전 일이었기에, 함구령이 내려져 기억에서조차 지웠어야 했던 일이었기에 떠올리질 못했다. 그와 국왕의 관계는 전혀 생각하질 못했다.

"웃기지 마!"

루사인이 차가운 목소리로 부정했다.

"웃기지 말라고 해. 선대 국왕의 짓이라고? 하! 모든 건 죽은 자에게 돌리는 것인가? 그래, 죽은 자는 말이 없으니까. 뒤집어씌우더라도 할 말이 없지."

싸늘하게 노려보는 루사인을 보며 국왕은 다시 미소 지었다. 여전히 그리워하는 얼굴. 그는 루사인에게서 또 다른 무언가를 떠올리고 있었다. 그것은 분명 자신의 혈육. 쌍둥이라던 루사인의 아버지일 것이다.

"왜 그렇게 날 부정하려고 하는 것이냐. 찾아보면 증거는 많다. 그래… 네 엄마가 목숨을 건진 것도, 그리고 네가 지금 이렇게 살아 있는 것도 모두 그 증거가 되겠구나.”

그 순간 루사인의 눈썹이 꿈틀거렸다. 그리고 있는 대로 소리쳤다. 웬만해선 흥분해서 소리치지 않는 루사인에게 과연 저런 격정적인 모습이 있었는지 고민하게 만들고 있었다.

“무슨 소릴 하려는 거야! 내가 살아 있는 게 뭐!! 당신이 내 목숨을 구해주기라도 했다는 거야!? 어머니는… 어머니는!!”

“아버지, 선대 국왕은 네 어머니도 노리고 있었다. 당신의 아들을 제 손으로 죽였는데 그 원인이 되게 했던 여자 또한 살려둘 리가 없지.”

국왕은 처음으로 굳은 표정을 지으며 루사인을 바라보았다. 감춰두고 숨겨뒀던 음습한 비밀이라도 꺼내는 심정으로, 지금까지 유지하던 웃음기를 모두 지워 버렸다.

“아버지가 엔마이아에게 손을 뻗기 전, 난 내 모든 힘을 동원해 전 국왕을 실각시켰다.”

루사인이 눈을 동그랗게 뜨고 국왕을 올려다보았다. 놀란 얼굴. 지금 국왕이 말하는 것은 전혀 모르던 사실이었던 듯 표정을 감추지 못했다.

대신들도 마찬가지였다. 국왕 그 스스로가 자신이 반역을 저질러 왕위에 올랐음을 실토하는 것이었다. 물론 나이있는 대신들 중엔 지금 국왕의 뜻에 따라 전 국왕을 실각시키는 데 도움을 준 사람들도 있었다. 하지만 그건 극소수. 어디까지나

실버나이트를 장악하고 최소한의 피를 보며 조용히 저지른 짓이었다. 때문에 이제야 처음 진실을 알게 된 자들은 경악할 수밖에 없었다.

"도박이었다, 조금이라도 어긋나면 내가 당할 테니까. 그래서 조금이라도 더 내 사람을 만들어야 했고 조심해야 했다. 그리고 거기엔 페르나슈 공작 엘페이온도 포함되어 있었다. 엘페이온이 말하던 목숨 하나의 빚. 그게 바로 그거지. 내가 움직였기에 자신의 누이를 살릴 수 있었으니까. 그 하나의 목숨은 엔마이아의 목숨이었다."

루사인은 멍하니 국왕을 바라보았다. 도무지 이해할 수 없다는 표정이었다. 국왕이 말하는 것은 자신이 알던 사실과 전혀 달랐다. 이런 건 생각해 본 적도 없었다. 어디까지가 진실이고 어디까지가 허구인지 알 수가 없었다.

"비밀리에 실각시키고 왕위에 올랐기에 전 국왕이 내린 함구령을 거둘 수가 없었다. 때문에 넌 내 형의 아이가 아닌 엔마이아의 아이가 되어 그녀의 이름을 받았지. 페르나슈 공작에게 너에 대한 모든 권리가 가버렸다."

국왕은 자리에서 일어섰다. 그리고 천천히 한 걸음씩 루사인을 향해 다가섰다. 몇 발짝 안 되는 거리가 천리만리라도 되는 듯 움직이는 한 걸음마다 시간이 더디게 느껴졌다.

드디어 루사인의 앞에 선 국왕이 루사인과 시선을 맞췄다. 또다시 그리움 가득한 표정이 얼굴에 드러났다. 조심스레 손을 뻗어 루사인의 얼굴에 손을 댔다. 소중한 무언가라도 다루듯이 살며시 어루만지며 쓴웃음을 지었다.

"계속 널 찾아올 생각을 해왔다. 눈앞에 있는데 엘페이온에게 빼앗겨 버렸지. 내가 아버지를 끌어내린 것은 널 살리기 위해서였는데, 나야말로 널 위해 모든 것을 걸었는데… 엘페이온은 잘도 꼭꼭 숨겨 버렸지. 귀족이 아닌 시종의 신분으로 널 위장시켜 내가 네게 직접 다가갈 수 없게 만들었지."

감격에 겨워 떨리는 목소리엔 진심이 가득 차 있었다. 오랫동안 고대하고 그리워했던 자를 눈앞에 대한 것마냥 계속해서 루사인의 얼굴과 머리를 쓰다듬었다.

정말 오래 걸렸다. 이렇게 크도록 나서지 못한 자신의 처지가 싫었다. 갈망하던 아이가 이제야 이렇게 손을 뻗으면 닿는 곳에 있다는 것이 기뻤다.

형은 자신의 분신이었다. 태어날 때부터 단 한 번도 떨어져 본 적이 없는 소중한 사람. 결코 떨어질 거라 생각하지 않던 또 하나의 자신. 그런 그가 남긴 유일한 혈육이었다. 함구령으로 존재 자체를 부정당한 자신의 형이 이 세상에 있었다는 것을 알리는 단 하나의 흔적이었다.

"이제 일렉트리아란 이름으론 안 된다. 안 그래, 엘페이온?"

국왕이 루사인의 뒤로 시선을 돌리며 물었다. 어느새 정신을 차린 페르나슈 공작이 굳은 얼굴로 국왕과 루사인을 바라보고 있었다.

"루사인에겐 반역죄가 걸려 있어. 이 게임은 루사인을 내게 줘야만 끝나. 일렉트리아가 아닌 국왕의 성, 에페트리아란 이름을 가져야만 내게 들이댄 검을 무효로 만들 수 있다."

페르나슈 공작의 대답을 기다리기라도 하는지 눈을 빤히 바라보고 있자 공작은 한숨을 쉬었다. 어쩔 수 없다는 포기가 담긴 한숨이었다. 국왕의 말을 부정할 수 없었다. 지금 이 상황에서 루사인을 살리려면 그의 부계 혈통을 인정해야만 한다. 왕이 되었어야 할 자의 아들. 그래야만 국왕의 말대로 반역죄를 벗어날 수 있었다.

"네 마음대로, 루사인."

마지막 이름을 강조하며 페르나슈 공작은 돌아섰다. 부른 이름은 루사인이지만 그것은 국왕이 감싸고 있는 소년, 루사인을 향한 것이 아니었다. 분명 국왕을 가리키며 한 말이었다.

"오래간만이군. 그 이름으로 불린 것."

싱긋 웃으며 대답하는 국왕의 말에 그제야 국왕의 소년 시절 이름이 루사인이었다는 것을 기억해 내는 사람들이 있었다. 국왕의 이름은 루사인, 그리고 루사인의 이름도 루사인. 누가 보더라도 명백하게 알 수 있었다. 루사인의 이름은 국왕의 이름에서 따온 것이었다고 확신할 수 있었다.

루사인은 멍하니 서 있었다. 자신에게 다가와 다정스레 손을 뻗은 이 남자는 자신을 보호하려 했다고 한다. 아버지를 죽인 게, 어머니를 그렇게 비참한 구석으로 몰아넣은 게 자신이 아니라 한다.

무언가 알고 있던 것이 하나둘 무너져 내리고 있었다. 지금까지 서 있던 곳이 발판부터 흩어지고 쓰러졌다.

아버지는 왕자였고 태자였다. 그리고 어머닌 왕비 후보였다. 하지만 둘은 모든 것을 버리고 도피했고 자신이 태어났다. 그리고 얼마 후 성에서 보낸 암살자들에 의해 아버지가 죽고, 어머닌 어린 자신을 데리고 다시 도망쳤다. 신분을 감추고 빈민가를 떠돌다 결국 쓰러져 다시는 일어나지 못했다.

늘 왕가를 조심하라고 했다. 도망칠 수 있는 한 도망치라고 했다. 함부로 왕가에 신분을 밝히지 말라 했다. 혼자가 되거든 페르나슈 공작가에 몰래 몸을 의탁하라고 했다. 할아버지에겐 알리지 말고, 외삼촌인 지금의 페르나슈 공작에게만 모든 것을 드러내라 했다. 그것이 어머니가 죽어가며 남긴 유언이었다.

페르나슈 공작가로 와 수도로 온 후, 틈나는 대로 부모님에 대해 조사했다. 그리고 부모님에 대한 일에 함구령이 걸려 있다는 것을 알게 되었다. 함구령 때문에 페르나슈 공작 역시 입을 다물었다. 한 번 한 약속은 지키는 사람이었다. 국왕에게 충성을 맹세한 실버나이트가 된 이상 국왕의 명령은 무슨 일이 있어도 완수하는 사람이었다.

어른들은 모든 걸 자세히 말해주지 않는다. 어렸을 땐 어리다고, 조금 크면 비밀이라고. 때문에 스스로 알아내야 했다. 그리고 결론을 내렸다. 국왕이 내린 함구령. 국왕은 지금 눈앞의 이 사람이었다. 그래서 이 사람이 한 짓이라고 확신했다.

하나를 결론지으면 나머진 쉽다. 다음 왕의 자리가 예정된 왕자이면서도 도망쳐야 했던 아버지. 그리고 상대가 누가 됐든 왕비가 되어야 했던 어머니. 그런 그들이 도망쳐야 했을 이유라면 무엇이었을까. 무언가 도망쳐야만 했을 이유가 있었을 거다. 예를 들면 불투명한 미래. 아버지의 자리가 위태로웠을지도 모른다거나…….

모든 것을 지금 국왕이 한 것이라 생각하면 답은 쉬워진다. 그가 아버지의 자리를 노렸다. 그리고 아버진 거기에 위협을 느꼈다. 태자의 자리에서 밀려나면 어머니도 빼앗긴다. 어머니는 다음 왕의 아내. 원래대로라면 어머닌 지금 국왕의 아내여야 했다. 국왕의 옥좌에 앉은 자의 아내여야만 했다. 하지만 도망쳤다, 태자의 자리에 올랐지만 왕이 되지 못한 자와.

왕이 된 그때 국왕의 아내가 될 여자가 선택한 것은 결국 자신의 형제. 때문에 그의 칼날이 자연스레 아버지에게로 향했을 거라 생각했다. 어머니에게 마음이 있어서가 아니다. 단지 왕가의 체면, 직계 왕가로서의 자존심, 그리고 자신이 자리를 빼앗은 자에 대한 철저한 뒤처리. 그런 것들이 결국 이런 결과를 만든 것이라 생각했다, 그렇게 믿어왔다.

그런데 그는 지금 그것을 부정했다. 뿌리째, 송두리째 쥐고 흔들었다. 완전히 뒤집어 버렸다.

"웃기지 마……."

떨리는 손을 들어 자신을 쓰다듬고 있는 국왕의 팔목을 쥐었다. 그리고 거세게 뿌리치며 소리쳤다.

"웃기지 마! 웃기지 마!!"

거센 흥분에 숨이 차올랐다. 거친 숨을 몰아쉬며 국왕을 노려보았다. 시야가 좁아졌다. 주변은 컴컴했다. 눈에 보이는 건 오직 국왕 한 사람뿐이었다.

"웃기지 마. 어머니가 죽고 나서 평생을 당신에 대한 증오로 살아왔어. 언젠가 모든 걸 갚아주겠다며 숨죽이고 모두를 속이며 살아왔어. 그런데 그게 사실은 다 거짓이라고? 진실은 다르다고?"

실성이라도 한 듯 빠른 목소리로 뱉어내는 루사인의 외침을 국왕은 아무 말없이 듣고 있었다. 루사인은 더더욱 큰 목소리로 계속해서 쏘아붙였다.

"하! 어머니의 목숨? 어머니를 살려줬다고? 당신의 이름이… 당신의 이름이 나와 같다고?!"

있는 대로 노려보지만 순식간에 울 것 같은 표정으로 바뀌었다. 국왕의 이름이 자신과 같은 루사인이라면 인정할 수밖에 없다. 아버지는 그를 자신의 쌍둥이 동생인 지금의 국왕을 미워하지 않았다. 아니, 오히려 좋아했다, 가족으로서. 그러니 아들인 자신에게 그와 같은 이름을 지어주었겠지. 좋아하지 않고선 있을 수 없는 일이었다. 서로가 서로를 그만큼 생각하지 않고선 절대 성립할 수 없는 이야기였다.

때문에 지금 저렇게 그리운 듯, 사랑스러운 듯 너그러운 눈길로 자신을 바라보는 국왕을 인정할 수밖에 없었다. 저 눈길이, 표정이 진심이라는 것을 부정할 수 없었다.

하지만 그렇다고 쉽게 납득하기도 어려웠다. 어머니가 죽고 십 년. 그동안 한 사람에 대한 원한을 품고 성장했다. 국왕에 대한 원한은 이미 자신의 일부가 되어버렸다. 그런 것을 이렇게 쉽게 '아, 그렇습니까.' 하고 납득할 수도 없는 일이었다.

"안 믿어, 못 믿어. 당신의 말 따위 믿지 않을 거야. 이제 와서 그렇게 말해봤자 정작 당신의 말을 인정해 줄 어머니나 아버지는 없으니까. 그러니까 난 당신을 못 믿어. 당신에게 갈 이유가 없어."

국왕의 청을 차갑게 가라앉은 목소리로 거절하자 주변이

다시 술렁이기 시작했다. 국왕의 말대로라면 확실히 저 소년에게 반역죄를 씌우긴 어려워진다. 반역죄는 순식간에 남의 가정사가 되어버린다. 하지만 그건 어디까지나 저 소년이 에페트리아란 성을 가지고 있어야 성립되는 것이다. 저렇게 완강히 거절하면 이야긴 어려워진다. 국왕은 어찌 되든 저 소년을 살리려 하고 있다. 때문에 이 일을 결론지으려면 어떻게든 루사인을 국왕에게로 넘겨야 한다.

"그럼 눈에 보이는 증거를 보여줄까? 그렇게 하면 순순히 인정해 주겠니?"

국왕의 물음에 루사인은 흠칫 놀라 고개를 들었다. 아버지나 어머니가 직접 나서지 않는 한 인정하지 않겠다고 선포해놨다. 그리고 두 분은 이미 돌아가신 지 오래였다. 그런데 대체 무슨 증거를 눈앞에 보이겠다고 하는 것인가.

"마티아스 공작, 움직일 수 있는가?"

"예, 폐하."

국왕은 루사인의 대답을 기다리지도 않고 마티아스 공작을 불렀다. 어느새 달려든 힐러들에게 상처를 보이고 있던 공작은 아직 제대로 아물지 않는 부상을 무릅쓰고 자리에서 일어나 허리를 굽히며 대답했다.

"미안하지만 그때 그것을 가져다주게. 내가 자리를 뜰 수도 없고, 그것을 아는 자는 자네밖에 없으니… 힘들겠지만 부탁하네."

국왕의 명에 마티아스 공작은 서둘러 접견실을 나가 어딘가로 향했다. 마티아스 공작의 뒷모습을 보며 국왕은 안에 있는 다른 사람들에게도 명령했다.

“자, 이제 집안 문제가 되었네. 그러니 신경 쓰지 말고 모두 물러가게.”

“폐하, 그것이…….”

하나둘 사태를 파악하고 물러나기 시작했지만 여전히 버티고 서 있는 자들이 있었다. 그들은 곤란하단 얼굴로 국왕을 바라보았다. 국왕은 그들을 향해 굳은 표정으로 다시 한 번 말했다.

“무슨 일이 있든 이방을 나갈 때 루사인은 일렉트리아의 루사인이 아니라 에페트리아의 루사인이 되어 있을 거네. 그러니 그에 대한 걱정은 다 접고 물러들 가게.”

그제야 모든 사람들이 접견실을 나갔다. 국왕이 저렇게까지 이야기하면 일단은 인정해야 한다. 그의 말대로 과정은 어찌 되든 방 밖에서 루사인을 보게 될 때 그는 국왕의 말대로 에페트리아의 이름을 사용하고 있을 것이다.

한동안 접견실을 메우고 있던 인파가 모두 사라지고 남은 자는 두 공작가와 실버나이트, 그리고 무슨 일이 있어도 국왕의 곁을 떠나지 않는 근위대뿐이었다. 그리고 물론 모든 이들의 중심엔 국왕과 루사인이 서 있었다.

얼마간을 기다리자 마티아스 공작이 돌아왔다. 그의 손엔 작은 상자가 쥐어져 있었다. 그는 그것을 국왕에게 내밀었다.

"가져왔습니다."

"고맙네."

마티아스 공작에게 상자를 건네받은 국왕은 잠시 그 상자를 쓰다듬었다. 소중한 것이라도 되는 양 정성스레 매만졌다.

루사인은 국왕이 들고 있는 상자를 슬쩍 바라보았다. 어딘지 낯익은 상자였다. 그리 오래되지 않은 언젠가, 어디선가 본 듯한 물건이었다. 왠지 먼지라도 뒤집어쓸 것 같은 기분이 들었다. 그리고 곧 그 상자의 정체를 떠올렸다.

건국 기념일, 학교 도서관의 어딘가에서 먼지를 뒤집어써가며 프리츠와 찾아낸 그것. 국왕이 찾아오라던 숨겨두었던 상자였다. 그 상자엔 분명 엔마이아, 어머니의 이름이 새겨져 있었다.

"네 것이다."

"……?"

갑자기 상자를 내미는 국왕의 기세에 눌려 루사인은 자신도 모르게 얼결에 상자를 받아 쥐었다. 역시나 뚜껑에 써진 글자는 엔마이아. 마모되어 희미한 '마' 자까지, 그날 자신이 본 그 상자가 확실했다.

"왜 이것을……."

"네 어머니가 쓰고 네 아버지가 모아놓은 물건. 그러니 주인을 따진다면 네 것이 확실하지."

루사인은 조심스레 낡은 상자의 뚜껑을 열었다. 처음 찾았을 때 잠겨 있던 상자는 어느새 열기 쉽게 자물쇠가 따져 있었다. 상자 안엔 예상했던 대로 편지가 들어 있었다. 여러 개의 봉투로 보아 오랜 시간에 거쳐 쓰고 모은 것이었다.

"두 사람은 남들 모르게 여러 차례 편지를 주고받았던 듯하다. 사실 나도 잘 모른다. 두 사람의 사이도 그 편지를 보기 전까지 몰랐으니까. 내가 그 상자를 발견한 날 엔마이아와 형은 도망쳤다."

그랬다. 처음 형의 방에서 그 상자를 발견했을 때, 그야말로 기가 찰 뿐이었다. 자신의 쌍둥이가, 죽을 때까지 곁에 있을 거라 믿어왔던 분신이 자신을 버리고 다른 여자와 도망쳤다. 그 허탈감과 분노는 이루 말할 수 없었다.

하지만 그는 모든 것을 덮어야 했다, 형을 위해서. 그래서 그 상자를 학교에 숨겼다. 오밤중에 학교로 들어가 아무도 오지 않는 도서관까지 찾아가 의자 밑을 팠다. 그리고 그곳에 형과 그 여자의 관계가 담긴 모든 것을 숨겼다. 조금이라도 더 멀리 도망칠 수 있게. 잡히면 형까지 파멸이니까. 두 사람의 관계는 좀 더 오랫동안 감춰둬야 했으니까. 그 뒤 형이 페르나슈 소공녀와 함께 도망친 사실이 알려진 것은 정확히 열흘 뒤였다. 그리고 모든 것이 알려졌을 때 두 사람의 행방은 그야말로 묘연해졌다.

"그건 형이 네 어머니에게 받은, 네 어머니가 쓴 편지들이다."

루사인은 조심스레 편지를 들었다. 하나하나 펼치며 읽어 내려갔다. 아버지에 대한 어머니의 애정이, 주변 사람들에 대한 어머니의 생각이 물씬 풍겨나는 내용들이었다. 어머니의 고민, 아버지의 고민에 대한 상담. 그리고… 그곳엔 아버지의 쌍둥이 동생에 대한 이야기도 간간이 끼어 있었다. 그것은 분명 애정이었다. 다른 감정은 어떠한 것도 끼어들지 않은 순수한 호의였다.

그리고 마지막 편지. 편지 봉투부터 이미 다른 편지들과는 느낌부터 달랐다. 장식이 되어 있는 다른 편지들과 달리 마지막 편지는 하얀색이었다. 어떠한 것도 없이 오직 정갈한 어머니의 글자만이 종이 위를 차지하고 있었다.

친애하는 라넬

이것은 이별을 고하는 편지이며 또한 함께 가길 바라는 권유이기도 해.

수많은 날들을 고민했어. 그리고 결정했어.

그래, 네가 태자라면 어차피 난 너와 결혼을 하겠지. 하지만 난 싫어. 왕비란 게 싫어. 성에 가고 싶지 않아. 왕족이란 게 싫어. 왕가의 모든 것이 싫어.

왕가의 규율, 규칙. 거기에 난 없어. 그냥 그렇게 정해져 있으니까. 내 생각은 아무 소용 없지. 그것 때문에 내 평생이 휘말렸는데도.

아버진 내게 정을 주지 않아. 언젠간 떠날 거니까.

난 그저 평범하게 행복하게 살고 싶었을 뿐인데 왜 이렇게 되었을까?

네가 태자라면 난 너와 결혼하겠지. 네가 국왕을 포기하면 난 네 동생과 결혼하겠지. 그래, 처음부터 그렇게 정해져 있는 거야. 소름 끼치지.

그래서 난 도망칠 거야. 가난해도, 배고파도. 이곳이 아닌 곳에서 행복해지고 싶어. 그리고 그런 내 옆에 네가 있으면… 정말 기쁠 거야.

나를 위해 모든 것을 포기할 수 있어?

물론 선택은 네게 맡겨. 어떤 결과가 나오더라도 난 원망하지도 그리워하지도 않아.

오늘 밤 떠나. 그러니까 이별이야. 너의 그 모든 것에게, 아니면 네가 두고 올 모든 것에. 어쨌든 이별이구나.

안녕.

너의 마이아.

각각의 편지는 모두 공백이 있어 그사이에 어떤 일이 있었는지 모른다. 게다가 어머니가 아버지에게 보낸 일방적인 편지들만 있어 더욱 상황을 알지 못한다. 먼저 본 편지와 지금 보는 마지막 편지 사이에 무슨 일이 있었는지는 모른다. 하지만 정확한 건 국왕이 결코 아버지의 자리를 노리지 않았다는 사실.

그렇다면 둘 사이에 문제가 없는 것은 확실했다. 하지만 정식으로 인정받을 수 있는, 축복받는 결혼을 버리고 둘은 사라졌다. 빛나는 모든 미래를 버리고 떠나 버린 도피. 그리고 떠나자고 한 건 어머니였다.

인정할 수밖에 없었다. 국왕이 아버지를 죽인 게 아니란 사실을 인정하는 수밖에 없었다. 그는 형의 자리를 지킨 거다. 형이 사랑한 여자와 형의 아이를 위해 아버지를 실각시켰다. 형이 사랑하는 여자와 무사히 달아날 수 있게 증거가 될 편지 상자를 감췄다. 그것이, 숨겨진 장소를 아는 것이 그 증거. 감춘 사람만이 찾아낼 수 있으니까.

국왕은 자신이 요구하던 대로 어머니의 편지로 대답했다. 국왕의 말이 사실임을 어머니가 인정하게 했다.

"하. 뭐야, 지금까지 알던 게 다 틀린 거잖아?"

뚫어져라 편지를 바라보며 루사인은 중얼거렸다. 몇 번을 반복해 봐도 내용은 변함없었다.

키르라이안은 인상을 쓰며 루사인을 살폈다. 어딘지 이상했다. 아무도 눈치 채지 못한 것 같지만 무언가가 거슬렸다.

자신은 알 수 있었다. 누구보다도 오랜 시간을 함께해 온 혈육 같은 존재니까. 아니, 혈육이니까.

불안했다. 가슴이 두근거렸다. 무언가 일이 벌어질 것 같은 긴장감이 계속해서 온몸을 찌르르 울리고 있었다. 그리고 그 불안의 중심에 루사인이 있었다.

"난… 대체 무엇을 위해 살아온 거지."

루사인은 허탈감에 가득 찬 목소리로 한숨을 쉬었다. 사라져 버렸다. 어머니가 죽고 나서부터 지탱해 온 삶의 이유가 무너져 내렸다. 허상의 원망 속에 키워온 모든 것을 부정당했다.

고개를 돌리자 바닥에 나뒹구는 검이 보였다. 기사들에게 사로잡힐 때 놓쳐 버린 자신의 검이다. 천천히 다가가 그것을 손에 쥐었다. 그리고 멍하니 바라보았다.

참 힘겹게 살아왔다. 숨 가쁘게 살아왔다. 페르나슈 공작의 밑에 숨어서 키르라이안의 시종으로 행세하며 무던히도 노력했다. 공부도, 검도. 모든 것에 최고여야만 국왕에게 다가갈 수 있을 거라 생각했다. 완벽해지고 싶었다. 그렇게 만들어진 완벽한 가면 속에 자신을 숨기고 국왕 앞에 당당히 서서 복수의 칼날을 세우는 것만 생각했다.

끝났다. 무언가 제대로 마무리 지은 것도 없는 허무함만 남았다. 삶의 목적이 사라지면 어떻게 되는 걸까. 삶의 의지도 사라져 버렸는데 어떻게 할까.

그래, 그렇다면 끝이다. 죄가 있지도 않은 자를 원망한 죄. 비뚤어진 원한에 희생당한 자들을 위한 사죄. 그것은 역시 목숨인가. 이미 의욕조차 남지 않은 망가져 버린 이 영혼이나마 그들을 위해 바칠 수 있다면… 아무것도 남지 않은 자신이 할 수 있는 유일한 것이라면…….

이곳에 쓰러진, 바닥에 붉은 피를 뿌리며 사라져 간 자들을 위한 진혼곡. 그건 역시 붉은색이어야겠지.

다시 한 번 검을 바라보았다. 누구도 눈치 채지 못하고 있다. 그저 진실을 알고 당황한 자신을 바라보는 눈길들뿐.

국왕을 바라보며 씨익 웃었다. 처음으로 그를 향해 미소 지었다. 무슨 일이 벌어졌는지 알게 되는 건 모든 게 끝나고 난 후일 것이다. 수년간 단련된 솜씨로, 보이지도 않을 빠른 속도로 스스로의 목을 향해 검의 날 끝으로 찔러갔다.

그리고 그 순간,

"안 돼, 루사인!!"

루사인의 동태를 살피던 키르라이안이 큰소리로 외치며 뛰어들었다. 그리고 루사인의 검을 낚아챘다. 하지만 이미 늦었다. 검은 이미 가느다란 목에 파고들고 있었다. 갑작스러운 방해로 즉사는 모면했지만 그건 말 그대로 즉사만 아닐 뿐. 이대로라면 오히려 고통스럽게 죽을 뿐이었다.

"무, 무슨 짓이야, 너! 왜 이런 짓을 하는 거야!!"

키르라이안은 울부짖었다. 루사인은 여전히 웃고 있었다.

하지만 곧 검에 베인 상처에서 고통이 올라오는지 얼굴을 찡그렸다. 그리고 그의 목에서 왈칵 피가 쏟아지기 시작했다.
"안 돼!!"
키르라이안이 다시 한 번 소리쳤다. 그 순간, 주변의 시야는 빛에 감싸여 하얗게 물들었다.

사이드 스토리 1

페넬로페 엔마이아 일렉트리아

태어났던 날부터 인생은 이미 정해져 버렸다.

화창하다고 말할 수밖에 없는 어느 봄날, 자리에서 일어선 엔마이아의 곁에 한 무리의 소녀들이 다가섰다. 모두 똑같은 옷. 왕립 루베르크 고등부 여학생 교복을 말끔히 차려입은 모습들이 하나같이 다들 귀한 집 아가씨로 보였다.

소녀들은 신기함과 동경 어린 시선으로 엔마이아를 우러르고 있었다. 허리에 닿는 새카만 생머리, 단정하게 잘린 앞머리, 새하얀 피부와 살짝 치켜 올라간 눈, 무엇보다 차갑고 조용한 분위기까지. 어느 모로 보나 전형적인 왕족의 모습이었다. 그리고 또한 아름다웠다.

"엔마이아님, 학교는 어떠세요."

"생각보다 어렵지 않습니다."

이미지 그대로 어딘지 차가운 느낌이 드는 목소리였다. 소녀들은 얼굴 가득 친근감을 띠우고 엔마이아의 곁에 더욱 다가섰다.

"지금까지 시골 영지에만 계셨던 공녀님이라 어떤 분이실지 걱정했는데, 이렇게 완벽한 숙녀님이셔서 정말 다행이어요."

"고등부 편입 시험 성적도 매우 우수하다고 들었습니다. 과연, 모든 귀족의 모범이 되는 공작가의 영양. 그리고 왕족이시군요."

황홀한 듯 두 손을 모아 쥐고 감탄 어린 한숨을 쉬는 소녀들에게 엔마이아는 절제된 목례를 하고 교실을 나왔다. 그야말로 완벽한 예법, 그리고 모습이었다.

엔마이아가 인사를 했음에도 소녀들은 그녀의 뒤를 따라 나왔다. 어차피 방과 후, 집에 돌아가기 위해서는 엔마이아와 같이 교문을 향해야 했다. 물론 그런 이유가 아니더라도 소문으로만 듣던 왕족을 조금이라도 더 곁에서 보기 위해 따라 나왔을 것이다.

통학로를 가로질러 교문으로 향할 때였다. 어디선가 들리는 소년들의 목소리에 소녀들은 물론 엔마이아의 고개도 자연스레 그쪽으로 향했다.

어려 보이는 소년들이 몰려 있었다. 그중 눈에 띄는 것은 무리의 대장으로 보이는 금발의 소년, 그리고 그 곁엔 검은색 머리의 쌍둥이었다. 소년들은 모두 중등부의 교복을 입고 있었다.

"어머. 마티아스 소공자 파로군요. 고등부에 올라오면 못 볼 줄 알았는데."

"마티아스 소공자… 파?"

이름만은 익히 들었던 또 다른 방계 왕족의 작위 명에 엔마이아는 자신도 모르게 되물었다. 그녀의 관심에 소녀들은 신이 나서 자신들이 아는 것을 풀어놓기 시작했다.

"이곳 루베르크의 소년들은 지금 두 개의 파로 나뉘어 있어요. 마티아스 공작을 중심으로 한 귀족 소년들의 연합. 그리고 이름도 잘 기억나지 않는 어떤 평민 소년을 중심으로 한 그 반대 파."

"두 세력의 중심 모두 현재 중등부 3학년에 재학 중이에요. 늘 사이가 좋지 않아서 두 세력이 부딪치면 학교 전체가 시끄러워지죠."

소녀들의 설명에 엔마이아는 다시 소년들을 바라보았다. 분명 가운데의 저 금발 머리가 마티아스 소공자일거란 확신이 들었다.

"그런데… 저 검은 머리 소년들은 누구죠? 제가 보기엔 쌍둥이 같은데."

"잘 보셨어요. 쌍둥이가 맞아요. 라넬, 루사인 형제입니다. 대부호, 할트엔리드 가의 장남과 차남입니다만… 평민이지요. 귀족 연합인 마티아스 소공자 파에 단둘밖에 없는 평민이에요."

쓸쓸한 듯 살짝 눈을 내리까는 소녀를 보며 엔마이아는 고개를 갸웃거렸다. 소녀들 모두 아쉬운 듯한 얼굴이었다. 갑자기 이러는 이유를 알 수가 없었다.

"무슨 문제가 있습니까?"

엔마이아의 물음에 소녀들은 곤란한 얼굴로 서로 눈치를 보았다.

"루베르크를 졸업하면 종신 귀족의 자리를 얻을 수는 있다지만… 그래도 평민. 우리 같은 귀족 아가씨의 상대로는 부족합니다."

"라넬님은 희대의 천재로 언젠가 월반을 할지도 모르는 인재에다 루사인님 역시 검에 있어 누구에게도 지지 않는다지만, 신분의 벽이란……."

"엔마이아님도 조심하세요. 평민은 결국 평민. 우리 귀족의 배우자로는… 아차, 실례했습니다!!"

엔마이아에게 충고를 하던 소녀가 갑자기 흠칫 놀라 소리쳤다. 그리고 허리를 숙여 사과했다. 영문을 알 수 없는 소녀의 행동에 엔마이아는 말없이 해명을 하라며 눈짓을 줬다.

"엔마이아님은 왕족. 언젠가 직계 왕가로 시집가서서 왕비님이 되실 분이신데 함부로 나서서 무례를 범한 점, 정말 죄송합니다."

"저희가 생각이 짧았습니다, 엔마이아님!"

소녀들이 모두 입을 모아 사과했다. 엔마이아는 쓴웃음을 지었다. 정말 잊고 싶은 사실을 이렇게 주변에서 상기시켜 준다. 그게 오히려 기분이 나빴다.

"괜찮습니다. 모두들 고개를 드세요."

기분 나쁜 감정은 속으로나마 삭이고 겉으론 웃어야 했다. 그게 지금까지 받아온 교육이었다. 늘 자신을 죽여야만 했다.

엔마이아가 미소 짓자 소녀들은 모두 안도의 숨을 쉬었다. 눈앞의 완벽한 숙녀는 마음까지 너그러운 것 같았다. 자신들과는 상대도 되지 않는 기품이었다. 그리고 물론 자신들도 그녀와는 겨룰 생각이 없었다. 겨룰 필요도 없었다. 어차피 그녀는 왕가로 시집갈 몸. 자신들과는 영역이 달랐다.

"정말 다행이어요. 엔마이아님이 마음씨도 고운 분이셔서."

"혹시라도 이상하신 분이시면 어쩌나 고민했었는데."

소녀들이 눈치를 보는 것은 이유가 있었다. 오랜 근친혼으로 직계 왕가엔 여자가 태어나질 않았다. 물론 간혹 태어나는 왕녀가 있긴 했지만 그건 살아 있는 게 아니었다.

정신병.

왕녀들에겐 이 고질적인 문제가 늘 따라다니고 있었다. 그 때문인지 보통 15세를 넘기기도 전에 모두 죽어버렸다.

엔마이아는 가장 최근에 분가한 왕족으로 그 아버지가 바로 직계 왕족인 선왕의 왕자였다. 때문에 엔마이아가 태어났을 때 정신적인 문제에 대한 검사가 가장 많이 행해졌다. 물론 정상이라고 결론지어졌지만 그래도 많은 사람들이 왕족 여자에 대해 불안해하는 것은 사실이었다.

"오랜 근친혼으로 왕가의 혈통에 문제가 있긴 하지만, 제 어머니는 혈통에 전혀 문제가 없는 카델란의 분이십니다. 괜한 걱정하지 않으셔도 좋습니다."

온화하게 미소 지으며 소녀들을 안심시켰다. 그제야 소녀들도 엔마이아를 향해 웃어 보였다.

"그렇군요. 정말 다행이네요."

"왕가고 귀족이고 모두 근친혼이 문제였는데, 타 대륙 분의 피가 섞이셨으니 엔마이아님은 걱정없으시군요."

모두들 웃고 서로 다행이라며 안심하곤 교문을 향했다. 그리고 교문 앞에 대기하고 있던 집안의 마차에 하나둘 올라타기 시작했다.

"수업은 잘 마치셨습니까? 오르시지요."

엔마이아의 앞에도 집안의 문장이 새겨진 마차가 섰다. 시종이 허리를 굽혀 인사하며 엔마이아가 마차에 쉽게 오르도록 도왔다. 마차에 올라서고 문이 닫히는 순간 엔마이아의 얼굴에 조금이나마 떠돌던 미소가 순식간에 차갑게 가라앉았다. 무표정한 얼굴. 세상을 살아가는 재미 또한 하나도 없다는 얼굴로 그녀는 명령했다.

"출발해."

엔마이아의 이런 모습에 익숙한 시종은 아무런 동요 없이 마부를 향해 출발하라 외쳤다.

늘 같은 일상이었다. 오늘은 수도의 학교에 처음 등교했던 날이지만 별다를 바 없었다. 언제나 같았다. 인생은 처음부터 하나로 정해져 있었으니까. 그 위로 세월과 함께 달릴 뿐이었다.

마차의 창문 밖으로 얼핏 아는 얼굴이 스쳐 지나갔다. 마티아스 소공자와 함께 있던 쌍둥이 중 하나. 무언가 이상한 느낌이 들었다. 이질감이었다. 시선을 거슬리는 무언가가 있었다.

하지만 그게 무엇인지 그때는 몰랐다. 순식간에 옆을 스쳐 지나간 소년의 얼굴 따위 오래 기억할 것도 아니었다. 그저 한 번 스쳐 지나간 사람이었다고 생각했다.

그리고 그것이 엔마이아와 라넬의 첫 만남이었다.

집에 도착해서 옷을 갈아입었다. 이미 계절은 여름을 향해 다가서고 있었다. 슬슬 냉방 마법이 걸린 마차를 준비시켜야겠다고 생각하며 방을 나섰다.

언제나 생각하지만 이곳은 마음이 놓이질 않는다. 지금까지 계속 영지의 성에서 살아왔는데, 아버지는 어느 날 갑자기 그래도 정규 교육 과정은 거쳐야 한다며 루베르크 고등부에 편입을 명령했다. 아버지의 말은 절대 거역할 수 없기에 싫다는 말 한마디 못하고 끌려왔다.

하지만 이곳은 정말 싫었다. 늘 함께 지내던 동생이 없다. 그 착하고 귀여운 동생을 보러갈 수도 없다. 아버지 역시 일 년의 절반 이상을 카델란에서 보내기에 이곳 수도의 저택에서 보는 날이 드물었다. 그래서 이곳에 있는 건 한 사람뿐이었다.

"흐윽… 흑흑. 흑흑흑흑. 흐으으윽. 흑……."

어디선가 소름 끼치는 울음소리가 들려왔다. 더운 기운이 올라오는 초여름이건만 순식간에 소름 끼치도록 오싹해지는 울음소리였다.

"흑흑흑. 흐으윽. 흐으으윽. 흑흑."

엔마이아는 자신도 모르게 주먹을 꽉 쥐었다. 이 울음소리의 정체를 알고 있다. 마음이 진정되지 않을 정도로 짜증을 유발시키는 이 소리의 주인을 알고 있다. 그리고 이 울음 뒤에 이어져 올 소리도 알고 있다.

"아아아. 아아아아. 싫어, 싫어. 흐윽. 흑흑. 갈래. 돌아가고 싶어. 아하하. 아하하하하하!!"

울음소리에 웃음소리까지 끼어들었다. 일관성없는 소리가 계속해서 복도를 울렸다. 어린아이가 떼를 쓰는 것 같은 외침. 하지만 그건 정상인의 소리가 아니었다. 듣는 사람을 두렵게 만드는 귀곡성과도 같은 외침이었다.

"마이아님, 마이아님!! 마님이 또!!"

어디선가 시녀 하나가 겁에 질린 얼굴로 엔마이아를 부르짖으며 달려오고 있었다. 그리고 그 순간 엔마이아의 인내심도 바닥이 났다.

"소란 떨지 마. 누가 저 여자를 깨웠어. 낮에 깨면 거의 저 모양인 거 몰라?"

"하, 하지만 오늘은 의사 선생님께서 오시는 날이라……."

"의사가 어찌할 병이 아니란 것은 뻔히 알잖아. 왜 새삼 일을 만들지?"

한쪽 입가를 가느다랗게 끌어올리며 비웃는 엔마이아의 모습에 시녀는 겁에 질려 움찔거렸다. 이렇게 싸늘하게 나올 때의 엔마이아는 감당하기 힘들다. 이런 그녀를 말릴 수 있는 건 단 한 명, 영지의 성에 있는 남동생 엘페이온뿐이었다.

"마법사를 불러 방에 사일런트를 걸어버려. 실컷 울어보라지. 혼자 진이 빠지도록 울부짖다 보면 알아서 지치겠지."

"하, 하지만 마이아님. 그럼 마님이 혹시라도 우리에게 무언가를 시킬 때 부르는 소리가 들리질 않아요."

"방 안에 들어가 있으면 되잖아. 교대로 들어가 있어. 어머

니의 시녀는 너 하나가 아니잖아. 아니면 어머니에 대해 알고
있는 집 안의 시녀를 더 데려가.”

미친 여자의 방을 지키고 있으란 소리에 시녀는 겁에 질렸
는지 안절부절못했다. 어떻게든 빠져나가기 위해 변명거리
를 붙들고 늘어지려 했다.

“마이아님, 안 돼요. 주인어른께서 아심 경을 치셔요. 주인
어른이 돌아오셔서 그걸 보시면 어쩌시려고요.”

“카델란에 가신 지 아직 한 달밖에 안 됐어. 돌아오시려면
한 달은 더 있어야 해. 시키는 대로 해놔. 돌아오기 전에 다시
마법사를 불러 풀어놓으면 돼. 입막음만 잘 시켜놔. 앞으로
한 번만 더 저 여자의 미친 소리가 들리면 그땐 나도 미치는
꼴 보게 될 거야, 각오해.”

싸늘한 눈으로 노려보고 엔마이아는 다시 돌아서서 방으
로 향했다. 완전히 기세가 눌린 시녀는 덜덜 떨며 엔마이아의
명령대로 마법사를 찾기 시작했다.

저녁때가 되자 바람이 선선해졌다. 엔마이아는 방의 창문
을 활짝 열고 테라스로 나갔다. 뒤뜰이 훤히 보이는 이곳은
그나마 수도의 저택에서 유일하게 마음에 들어 하는 장소였
다. 주변을 밝히는 마법이 담긴 등불을 켜고 환한 빛 아래 책
을 폈다. 한장한장 넘겨가며 초여름의 꽃향기와 오래된 책장
의 냄새를 즐기고 있을 때 누군가 허락도 없이 이 낙원에 발

을 들이밀었다.

"마, 마이아님! 마이아님!! 큰일 났습니다!!"

어머니의 시녀였다. 겁에 질린 얼굴로 식은땀을 흘리는 그녀의 모습에 순간 어머니가 잘못된 것은 아닌가 하는 생각이 들었다. 물론 걱정은 되지 않는다. 그 여자가 어찌 되든 자신은 아무 생각 없으니까. 그녀가 살든 죽든 그건 그녀의 인생. 남보다도 더 관심없는 존재였다.

"무슨 일인데?"

퉁명스레 묻자 시녀는 고개를 숙였다. 온통 겁에 질려 울 것 같은 목소리로 대답했다.

"주, 주인어른께서 오셨습니다! 갑자기 일정이 변경되었다고… 그래서 마님의 방으로 가셔서……."

"어머니의 방에 마법 걸어놓은 걸 알아버리셨군."

엔마이아는 피식 웃으며 자리에서 일어섰다. 재미있게 됐다. 아버지는 분명 길길이 날뛰며 누가 그런 짓을 저질렀는지 묻고 있을 것이다. 아버진 어머니를 무척이나 아끼고 사랑하니까.

모두들 페르나슈 공작은 정략결혼으로 떠넘기다시피 한 공작 부인을 증오하고 있을 거라 생각한다. 그도 그럴 것이 미친 여자니까. 감히 왕족에 대귀족의 상대론 턱도 없는 여자니까. 하지만 그렇기에 더욱 아버지가 그녀를 사랑하는 마음이 드러난다. 말 그대로 전혀 가능성도 없는 여자가 공작 부인이다. 아버지의 진심이 없으면 불가능한 일이다.

"누구냐. 누가 감히 공작 부인의 방에 저런 마법을 걸어놓았느냐. 감히 주인을 감금하는 것이냐!!"

기대했던 대로 공작 부인의 방 앞에서 고용인들을 향해 소리치는 페르나슈 공작을 발견할 수 있었다. 모든 고용인들은 고개를 숙이고 아무 말도 하지 못했다. 물론 범인은 알고 있다. 하지만 그 범인을 말할 순 없었다. 그저 참고 있을 뿐이다.

"제가 그랬습니다, 아버지. 어느 고용인이 감히 주인의 방에 그런 짓을 하겠습니까, 저니까 가능한 거죠."

차가운 목소리로 대답하자 공작이 돌아봤다. 이곳에 엔마이아가 있는 것이 매우 의외인 것마냥, 처음부터 엔마이아의 존재는 생각도 못했던 것마냥 놀란 얼굴이었다. 네가 왜 여기에 있느냐고 묻기라도 하고 싶은 모습이었다.

"시험 기간인데 시끄러워서요. 영지의 성에서 조용히 살다 오래간만에 겪게 되니 어떻게 다른 방법이 없었습니다."

비웃음을 가득 띠우고 변명했다. 시비라도 걸고 있는 모습이었다. 아니, 시비 그 자체였다. 어디 한 번 해보자라는 공격성 발언이었다. 하지만 페르나슈 공작은 전혀 아랑곳하지 않았다. 이미 엔마이아의 모습을 인지한 시점에서부터 그의 화는 가라앉아 버렸다.

“시험이라… 왕족으로서 타의 모범이 되는 성적을 내거라.”

조용히 대답하고 돌아섰다. 엔마이아는 발끈했다.

“그것뿐입니까? 더는 화내지 않으십니까, 저를 혼내지 않으십니까?”

“네게 화를 내서 무엇 하겠느냐?”

그것은 화낼 가치도 없다는 쪽에 가까웠다. 전혀 상관없는 타인을 대하는 눈빛. 그게 더욱 엔마이아의 기분을 나쁘게 했다. 주먹을 세게 쥐고 공작의 뒷모습이 사라질 때까지 노려보았다. 공작이 완전히 보이지 않게 되어서야 이를 부드득 갈며 돌아섰다. 그리고 자신의 방으로 향했다. 이런 때까지도 그녀의 움직임은 우아했다.

방에 들어오자마자, 엔마이아는 닥치는 대로 손에 잡히는 건 모두 바닥에 던져 버렸다. 그래도 분이 풀리질 않았다. 바람에 하늘하늘 살랑거리는 커튼을 낚아채 있는 힘껏 당겼다. 투둑거리며 천이 뜯어지는 소리가 들렸다. 하지만 만족하지 못했다. 힘이 되는 대로 당기고 찢고 내동댕이쳤다. 그래도 마음은 가라앉질 않았다.

“제길, 젠장!!”

귀족 영양으로선 도저히 입에 담을 수 없는 거친 소리가 튀어나왔다.

늘 그렇다. 아버진 단 한 번도 자신을 혼내본 적이 없었다. 아니, 그 이전에 관심조차 없었다. 여자로 태어난 날, 태어나자마자 왕가에 시집가는 것이 결정되어 버렸다.

귀족 특히나 왕가의 결혼 문제에 대해선 이미 개인 간의 문제가 아니라 집안과 가문과 재산의 문제가 된다. 직계 왕가에서 분가하여 나오는 방계 왕가는 막대한 영지를 갖는다. 그것은 모두 직계 왕가의 재산이었던 것들이다. 때문에 방계 왕가는 그 재산을 가지고 불려 나가며 딸이 태어나면 다시 막대한 지참금을 들려 왕가로 시집보내야 했다. 그렇게 해서 재산은 계속 돌고 돈다. 그게 귀족의, 왕가의 재산을 지키는 법이다.

엔마이아가 태어났을 때부터, 엔마이아는 페르나슈 공작가의 재산을 가지고 왕가로 시집가야 하는 운명이었다. 그게 왕가의 율법, 규율이었다. 한 번 성에 들어가면 웬만해선 나오기가 힘들다. 외출 자체가 힘든 곳이다. 가족의 방문도 몇 년에 한 번으로 제한될 정도인 그곳은 비밀에 감싸인 화려한 감옥이었다.

페르나슈 공작은 왕자였다. 때문에 그 성의 모든 것을 다른 자들보다 잘 알고 있었다. 그 이전에 그는 직계 왕족 그 자체였다. 생각하는 것도, 살아가는 것도 모두.

엔마이아가 여자로 태어났을 때, 아무런 의문도 거부감도 없이 당연하듯 엔마이아를 국왕에게 건넸다. 그것이 왕족의 의무라고 굳건히 믿고 있었다. 그렇게 자랐다. 그는 왕자였으니까. 왕이 될 수도 있던 자였으니까. 때문에 태어날 때부터 방계 왕가인 엔마이아와는 생각하는 것 자체가 달랐다.

"한 번쯤은… 한 번쯤은 돌아봐도 좋잖아."

아버지를 좋아했다. 아버지의 사랑을 받고 싶었다. 하지만 그에게 받는 건 늘 차가운 무관심뿐이었다. 어차피 왕가로 시집갈 딸. 한 번 들어가면 다신 보지 못할지도 모르는 딸. 그저 가문에 모나지 않게 흠없이 시집만 보내고 잊으면 된다고 생각하고 있었다. 그건 이미 남이었다. 한 집에 살고 있는, 같은 피가 흐르는 남.

포기했다. 애정은 애증이 되어 마음 깊이 남아버렸다. 하지만 이렇게 가끔씩 마주하게 되면 꼭꼭 숨겨둔 마음이 되살아나려 꿈틀댄다. 오늘처럼 존재하는 것 자체가 의외라는 눈빛을 정면으로 마주하게 되면 아버지는 진심으로 자신을 남으로 보고 있다는 것을 실감하게 된다. 그래서 마음엔 더욱 악이 쌓이게 된다.

성적표가 나왔다. 머리 좋은 학생들만 모인 학교답게 문제는 어려웠다. 하지만 수월히 풀어나갔다. 그리고 결과 역시 예상과 크게 벗어나진 않았다.

학년 석차 전체 1등.

비웃음이 삐져나왔다. 아버지가 말하던 왕족으로서 타의 모범이 되는 성적이었다. 하지만 그런다고 뭐가 좋을까. 1등을 하든 10등을 하든. 어차피 아버지의 관심 밖이다. 혹시 모른다. 꼴지라도 하면 왕가의 체면과 왕비의 자질에 대한 자격 지심 문제로 간섭하려 들지도.

거기까지 생각하니 더욱 한심해졌다. 10년은 더 전에 포기했던 애정이란 것에 아직도 미련이 남은 것 같아 기가 막혔다.

"하― 그 얼굴… 화가 나서 구겨지는 모습이라도 한 번 보고 싶은데 말이야."

물론 구겨지더라도 그건 자신 때문은 아닐 것이다. 아버지는 자신을 상대로 화를 내지 않으니까. 그 이전에 감정 자체를 두지 않으니까. 키우던 고양이가 아파도 그러진 않을 거다. 지나가던 병자가 쓰러졌어도 그렇게 무관심하지 않을 것이다. 남보다도 못한 관계. 차라리 남이 나을지도.

툭.

생각지도 못한 눈물이 흘러내렸다.

이미 학교에선 여왕이라 불리고 있었다. 무슨 일에도 감정 표현이 거의 없는 고고하고 차가운 여왕. 그런 그녀가 이렇게 학교 안에서 홀로 눈물 흘리고 있을 거라곤 아무도 상상하지 못할 것이다. 그리고 엔마이아 역시 남에게 그런 모습을 보이고 싶진 않았다. 그녀 스스로도 자신을 여왕이라 생각하니까. 자존심 강한 여왕은 남에게 약한 모습을 보이지 않는다, 그것이 설령 가족이라 할지라도.

하지만 이곳은 괜찮다. 마음 놓고 울 수 있다. 이곳은 몰래 찾아온 비밀 장소다. 부지가 넓은 루베르크의 구석 중의 구석에 있는 구교사. 허물고 다른 건물을 지으려다 계획 자체가 무산되어 낡아빠진 채로 아무도 쓰지 않는 곳이었다. 그러니까 이곳에서 만큼은 실컷 울 수 있었다. 집에서조차 보일 수 없는 눈물을 흘려도 좋은 곳이었다.

"훌쩍."

마음 놓고 실컷 울고 나서 뺨에 흐른 눈물을 닦아내려 손을 올리던 엔마이아는 '무언가'를 발견하곤 그대로 굳어버렸다. 머릿속이 새하얗게 변해가는 것을 느꼈다.

"아, 저……."

소년 하나가 난처한 얼굴로 바라보고 있었다. 엔마이아는 그저 멍하니 아무 생각 없이 소년을 바라볼 뿐이었다.

"지금 와서 이런 소리 하긴 좀 그렇지만 먼저 와 있었던 건 나야. 그리고 여긴 내가 초등부에 입학했을 때부터 놀러오던 곳이고."

소년은 변명했다. 하지만 엔마이아의 귀엔 어떠한 것도 들리지 않았다. 그리고 그렇게 한동안 정적이 흘렀다.

루베르크 중등부 교복. 짧게 자른 새카만 머리와 그에 대조되는 새하얀 피부. 그리고 가늘게 살짝 위로 올라간 눈매. 익숙한 얼굴이었다. 아니, 익히 보던 얼굴이라 하는 쪽이 더 정확할 것이다. 할트엔리드 가의 쌍둥이. 그중 첫째 라넬. 워낙에 유명한 인물들이라 이젠 어느 쪽이 형이고 어느 쪽이 동생인지 구분이 가능할 정도였다.

물론 외모는 똑같아 구분할 수 없다. 하지만 이 쌍둥이는 풍기는 분위기가 상극이었다. 동생은 늘 마티아스 소공자와 붙어 다닌다. 그리고 얼굴에 미소가 떠나는 날이 없다. 물론 그 미소는 결코 호의적이지 않았다. 툭하면 로베르트라는 평민에게 시비를 걸며 늘 싸웠다. 반면 형 쪽은 말이 없고 조용했다. 늘 온화했다. 그의 곁에 있는 자들은 그에게서 안락을 얻기라도 하듯 편한 얼굴이었다. 특히 그의 쌍둥이 동생의 형 사랑은 유별났다. 정작 본인은 세상은커녕 동생에게도 관심이 없는 것 같았지만.

눈앞의 이 소년은 동생과 같은 미소가 없었다. 사람을 강하게 후리는 기운도 없었다. 넓은 포용력을 가진 온화한 분위기였다. 물론 스스로는 따분하다는 얼굴이었다. 조금 전까지 난처해하던 기운은 어느새 사라지고 없었다.

"잊어."

소년을 향해 딱 잘라 명령했다. 소년의 곁을 스쳐 지나가며 더욱 차가운 목소리로 충고했다.

"어디 가서 입이라도 뻥긋하면 죽여 버린다."

소년의 눈이 커졌다. 조용히 놀라고 있었다. 아무리 타인에게 관심이 없다지만 옆에서 주워들은 건 있다. 인간이라곤 생각할 수도 없을 정도로 좋은 머리는 한 번 보고 들은 건 결코 잊지 않기에 그녀에 대해 알고 있었다. 감정이란 건 한 올도 가지고 있지 않을 거라 소문이 자자한 완벽한 숙녀. 학교의 여왕님. 그런 그녀에게서 이런 소리를 듣게 될 줄은 전혀 짐작도 못했다. 그녀에게 이런 면이 있다는 것 또한 생소했다.

"나… 당신에게 관심이 가려고 해."

엔마이아를 향해 고백했다. 타인에게 이렇게 관심이 가는 것, 처음이었다. 스스로도 놀라울 정도였다. 때문에 그런 계기를 만든 그녀를 놓치고 싶지 않았다.

엔마이아는 돌아섰다. 그리고 차갑게 비웃었다.

"웃기지마, 중학생."

"내년에 고등부에 들어가면 상대해 줄 거야?"

"천만에. 그래 봤자 넌 내 동생하고 동갑이야. 네가 고등부에 들어와도 난 선배고."

싸늘하게 노려보며 대답했다. 영 다른 것엔 관심없을 것 같던 소년이 뜬금없이 이리 들러붙을 건 생각도 못했다. 귀찮아졌다. 생각지도 않게 약점이 잡힌 판에 이런 상황은 사양이었다.

"그럼 같은 학년이 되면?"

"월반이라도 하려고?"

"가능하다면."

엔마이아는 피식 웃었다. 전혀 생각하지 못했는데 오늘 보니 어쩐지 영지에 있는 동생이 떠올랐다. 조용하지만 무언가 마음에 드는 게 생기면 무한한 관심을 보인다. 닮았다. 그러고 보니 외모도 비슷했다. 검은 머리며 살짝 치켜 올라간 눈이며.

이제야 처음 마차에서 스쳐 지나갔을 때 느낀 이질감의 정체를 알게 되었다. 이 소년은 수도에서 만난 자신의 동생이었다. 이곳에 있을 리 없는 동생의 존재를 느끼게 해주고 있었다.

동생을 떠올리니 기분이 좋아졌다. 수도에 오고 나서 늘 가라앉아 있던 기분이 순식간에 풀리고 있었다. 동생은 그런 존재였다. 서로가 서로에게 위안이 되고 버팀목이 되는 존재였다. 조금 전 울었던 것도 잊어버릴 만큼 마음이 편해졌다.

다시 고개를 돌려 소년을 바라보았다. 동생을 떠올리게 해, 덕분에 마음이 풀어졌다.

"거기에 대해선 그럼 고려는 해보지."

처음으로 환한 미소를 띤 채 엔마이아는 돌아섰다. 아무 일도 없었던 것마냥 처음 왔던 그대로 고고하게 고개를 들고 다시 여왕의 얼굴로 돌아갔다.

소년은 홀로 남아 그런 그녀의 뒷모습을 빤히 바라보며 서 있었다.

마음까지 얼어붙을 것같이 추운 겨울이었다. 대낮부터 영 날이 어둑어둑 한 게 한바탕 눈이 쏟아질 것 같은 분위기였다. 찬바람이 몰아치는 가운데 수도의 페르나슈 공작가 저택은 이리저리 바삐 움직이는 고용인들로 정신이 없었다.

공작가의 후계자, 페르나슈 소공자가 새학기부터 루베르크의 고등부에 편입하기 위해 수도로 온다. 지방 영지의 성에서 태어나 단 한 번도 수도에 와본 적이 없는 도련님이었다. 작년에 저택에 온 엔마이아까지 온 가족이 수도의 저택에 모이는 것은 처음이었다.

"페이온!"

"누님!"

검은 머리의 소년이 마차에서 내리자 엔마이아가 얼굴 가득 웃음을 띠고 달려나왔다. 소년도 반가운지 달려나온 누님을 꼭 끌어안았다. 그리고 서로의 얼굴을 계속해서 바라보며 확인하고 또 확인했다.

남달리 우애가 깊은 남매였다. 영지에서 태어나 단 한 번도 떨어져 본 일 없이 함께 자라던 남매였다. 페르나슈 공작의 명령으로 엔마이아 혼자 수도로 오기 전까지 세상엔 단둘만 있는 것마냥 지내오던 남매였다.

"오느라 고생했구나. 춥지? 수도의 겨울은 영지보다 더 싸늘한 것 같아. 어서 들어가서 몸부터 녹이자."

상냥하게 미소 지으며 동생을 끌어안은 채 저택 안으로 향하는 엔마이아를 보며 고용인들은 당혹감을 감추지 못했다. 처음이었다. 저 아가씨가 저리도 다정하고 상냥하게 누군가를 대하는 것은 처음 보는 일이었다. 친어머니에게도 그리 냉정히 대하는 그녀였다. 친아버지와는 늘 전쟁이라도 벌일 것 같은 기세였다. 그런데 동생에겐 이 추운 겨울의 바람마저도 녹일 만치 따뜻했다. 세상에 더없이 차가울 것만 같던 소녀에게 이런 모습은 신기할 뿐이었다.

"뭣들 하고 서 있는 게냐, 어서 짐들을 옮기지 않고. 서둘러라. 저녁까진 모든 정리를 끝내도록 해라."

놀라서 어리둥절하는 고용인들의 뒤로 또 다른 여자의 음성이 울렸다. 평소의 엔마이아 만큼이나 차가운 목소리였다. 앞서 가던 엔마이아가 '획' 하고 뒤돌아섰다. 그리고 불타오르듯 싸늘한 눈으로 그녀를 노려보았다.

"페트다 부인……."

엔마이아는 작은 목소리로 중얼거렸다. 그리고 곧 다시 돌아서서 동생을 데리고 저택 안으로 들어갔다.

그렇다. 동생이 오면 그녀도 온다. 동생을 사랑한다. 동생을 너무나도 좋아한다. 그런데 동생에겐 그녀가 붙어 있다. 그게 늘 껄끄럽게 만든다.

미쳐 버린 어머니에겐 별 감정이 없다. 엔마이아에게 있어 어머니는 곧 자신을 낳아준 여자 이상도 이하도 아니었다. 그 정도로 아무 생각이 없었다. 하지만 단 하나. 저 여자에 관해

서만은 어머니가 밉다. 원망스럽다. 어머니만 저렇지 않았더
라면, 어머니만 제정신이었더라면 결코 그녀가 설 자리는 이
곳에 없었을 것이다. 기가 막힐 노릇이다.

안 그래도 근친혼으로 유전적 고질병들이 빈번히 발생하
는 와중에 페르나슈 공작은 아예 미친 여자를 아내로 맞아버
렸다. 아는 사람들만 아는 공공연한 비밀. 그런 어머니 덕에
페트다 부인은 점차로 자신의 입지를 늘려갔다. 처음엔 엘페
이온의 유모로 그다음엔 가정교사 그다음엔 집안의 안주인
노릇까지. 지금은 페르나슈 공작이 외국으로 나가면 국내의
모든 일을 담당하고 있다.

동생을 사랑한다. 어머니는 별 관심 없지만 가끔은 불쌍하
다고 여기기도 한다. 페트다 부인은… 동생을 보살피거나 집
안을 돌보는 것은 이해하지만 마음은 그녀를 받아들이지 못
한다. 미치도록 싫다.

"마리, 도착했느냐? 오는 길에 문제는 없었고?"

저택에 들어서자 2층에서 내려오던 페르나슈 공작이 페트
다 부인을 발견하곤 상냥한 목소리로 물었다. 이 집에서 수십
년을 일하며 공작을 모셔온 고용인들도 몇 번 보지 못한 상냥
함이었다.

"네, 오라버님. 그간 별일없으셨는지요."

페트다 부인이 미소 지으며 대답했다. 신뢰와 애정이 가득
한 미소였다.

엔마이아는 싸늘하게 페트다 부인을 노려보았다. 어머니의 이름은 마리다. 페트다 부인의 이름은 마거리트. 그녀도 역시 마리다. 두 사람의 마리를 부르는 아버지는 늘 따뜻하다. 엔마이아를 대할 때와는 너무도 다르다. 그 차이를 눈앞에서 볼 때마다 그녀가 싫어진다. 어머니는 상관없다. 어차피 어머니니까. 하지만 페트다 부인은 아니다. 그녀가 있는 자리는 그녀의 자리가 아니다. 남의 자리를 비집고 들어와 차지하고 있는 것뿐이다.

"누님?"

엘페이온이 조심스레 불렀다. 엔마이아와 페트다 부인의 관계가 소원한 것은 엘페이온도 익히 알고 있었다. 때문에 늘 감정이 고조되기 전에 중간에서 그 흐름을 끊어주었다.

"미안, 잠깐 한눈팔았어. 네 방으로 가자. 너 오길 기다리며 꾸며봤어. 상점에 나가 액자도 사왔단다."

동생을 향해 다시 미소 지으며 2층으로 향했다. 아버지와 페트다 부인의 곁을 스쳐 지나갔다. 하지만 그 뿐 그들과는 대화도, 인사도 나누지 않는다. 소 닭 보듯. 지금에 와선 그 말이 제일 어울렸다.

"흑흑. 흐윽. 흐으으윽. 흑흑흑."

어둑한 밤. 지긋지긋하게 울리는 어머니의 귀곡성 소리에 눈을 뜬 엔마이아는 인상을 쓰며 한숨을 쉬었다. 차라리 아버지가 없으면 저 방에 마법이라도 걸어버린다. 하지만 아버지가 이곳에 있는 한 그 방법은 안 된다. 오히려 아버지가 곁에 있으면 밤에도 저렇게 울어댄다. 보란 듯이. 들으란 듯이.

"차라리 내 방에 사일런트를 걸어놓으라고 해야……."

챙그랑—

침대에 앉아 짜증을 섞어 중얼거리던 엔마이아는 갑자기 들려오는 소리에 퍼뜩 정신을 차렸다. 어머니의 귀곡성. 그리고 물건이 깨지는 소리. 잊고 있었다. 아무리 오랫동안 잊고 지냈다 해도 반드시 기억해 냈어야 했다. 잊어선 안 되는 것이었다.

"페이온! 페이온! 엘페이온!!"

엔마이아는 사색이 되어 잠옷차림 그대로 방을 뛰쳐나왔다. 서둘러 동생의 방으로 향했다. 계속해서 깨지는 소리가 이어졌다. 깨지고 부서지는 소리가 커질수록 내버려 둔 동생에 대한 걱정에 초조해졌다.

"페이온!"

동생의 방으로 도착했을 때, 그녀와 똑같이 잠옷 차림으로 달려오는 페트다 부인이 보였다.

"마이아, 어서 문을!!"

평소라면 서로가 서로에게 말조차 걸지 않는다. 하지만 상황이 상황이니 만큼 그런 거에 신경 쓸 여유가 없었다.

방 안은 엉망이었다. 낮부터 하늘을 가린 구름에 달빛 한

점 들어오지 않는 어두운 방. 그 방의 한가운데에 음산한 기운을 내뿜는 '그것'이 있었다.

"크크크크큭. 이거 안녕들 하신가, 레이디들."

안광을 빛내며 '그것'은 엔마이아와 페트다 부인에게로 다가왔다. 둘은 꼼짝도 못하고 '그것'을 바라보고 있었다.

"요즘 들어 나오기가 힘들었는데 갑자기 문이 확 열리더라고. 그 소름 끼치는 울음소리 참으로 간만이지. 반가울 정도로 오래간만이야. 크크크크큭."

"그래, 오래간만이지. 그런데 아무래도 앞으로 자주 볼 것 같다. 그러니까 오늘은 이만 들어가."

"싫다면?"

"말했잖아. 너무 오래간만이라 준비를 하지 못했어. 한 번 나오기 시작하면, 그리고 저 통곡 소리가 계속 들리면, 네가 나오는 건 문제없잖아. 그러니까 다음에… 다음에 제대로 준비를 해놓을 게."

지친 얼굴로 내뱉는 엔마이아를 보며 '그것'은 고개를 갸웃거렸다. 조금은 고민하는 표정이었다.

"흐음. 하지만 아무것도 안하고 혼자 들어간 적은 거의 없는데. 저만큼 부숴댔지만 아직 전혀 지치질 않아서. 뭐… 피라도 본다면 얘긴 달라지겠지만."

엘페이온에게서 나온 '그것'을 잠재우는 법. 그건 무언가실컷 베고 부수며 지치게 만들거나 피 냄새에 취하게 하는 것

뿐이었다. 다른 건 알지 못했다. 지금으로선 녀석이 지칠 만큼 부숴댈 무언가를 마련해 놓지 못했다. 이 상태로 녀석을 넣어야 한다면⋯ 엔마이아는 '그것'의 곁에 다가갔다. 그가 기대고 서 있는 벽에 장식되어 있는 검을 뽑았다.

서걱─ 촤악!!

"흐으⋯⋯."

깊게 베인 팔뚝에서 피가 쏟아졌다. 화끈한 통증이 밀려 올라왔다. 싸한 피 냄새가 방을 채우기 시작했다. 팔에서 밀려오는 통증을 무시하고 피가 흐르는 팔뚝을 그것의 눈앞에 들이밀었다.

"이거면 됐나?"

그것은 손을 뻗어 엔마이아의 팔뚝을 잡았다. 그리고 상처에 코를 박고 피 냄새를 맡았다. 한참 동안 피에 취해 있던 그것은 곧 잡고 있던 엔마이아의 손을 놓았다. 그리고 싱긋 웃었다.

"다른 사람이라면 어림없었겠지만. 오늘은 고귀하신 누님의 피니 이 정도로 끝내주지. 다음엔 확실히 준비해 주도록."

'그것'이 눈을 감았다. 그러자 순식간에 영혼이라도 빠져나간 듯 '그것'은 그대로 바닥에 풀썩 쓰러져 버렸다. '그것'이 잠들면 이 몸은 더 이상 '그것'이 아니다. 이제부턴 엘페이온이다.

"페이온!!"

페트다 부인이 달려와 엘페이온을 살폈다. 엔마이아의 피로 얼굴이 지저분해진 것을 빼면 별다른 이상이 없다는 것을 확인하곤 고용인들을 불러 침대에 눕혔다. 그리고 깨지 않게 조용히 방을 모두 치울 것을 계속해서 당부했다.

"누가 서둘러 가서 의원과 힐러를 데려와라, 마이아의 상처가 깊다. 서둘러라!"

엘페이온에 대한 모든 조치를 취하고 나서야 엔마이아에게 관심을 주는 페트다 부인을 보며 엔마이아는 코웃음을 쳤다.

"밤중에 수고하셨습니다. 전 이만 방으로 가보겠습니다, 고모님."

"지혈이라도 하고 가거라."

"제 방에서 하겠습니다."

그녀에게 약한 모습을 보이지 않는다. 보이고 싶지 않다. 보일 수도 없다. 이빨을 으득 물어 아픔을 삼키는 한이 있더라도 그녀의 앞에선 신음하지 않는다. 그리고 그렇게 서서히 아침 해가 떠오르고 있었다.

엘페이온은 간밤에 자신에게서 '그것' 이 튀어나온 것을 알고 있었다, 어머니의 울음소리에 정신이 끊어진 것을 아니까. 겨우겨우 애지중지 다독여 주고 사랑으로 감싸며 얼굴에 피게 한 웃음이 순식간에 사라져 버렸다. 차갑고 감정없는 얼굴. 얼굴에 쓴 무표정한 가면의 뒤편엔 언제 튀어나올지 모르는 '그것' 에 대한 두려움이 새겨져 있었다.

"어머니는 영지의 성으로 보내라고!! 아니면 차라리 다른 별장에라도 보내!! 페이온과 같은 집에서 지내게 할 수 없단 말이야!!"

날로 야위어 가는 동생을 보다 못해 소리쳤지만 헛수고였다. 어머니의 거취에 대한 선택권은 아버지에게 있었다. 그가 허락하지 않는 한 어머니는 이 저택에 있어야 했다. 그리고 그는 자신들 또한 놓으려 하지 않았다. 그래서 정신은 점점 저 피폐해져 갔다. 어머니나 동생이 아닌 자신이 미쳐 갈 거라고 믿어 의심치 않았다.

다시 여름이 시작되었다. 무더위에 살아 있는 생물들이 지쳐 축축 늘어질 정도의 어느 날, 학교가 떠들썩했다. 왕립 루베르크의 역사상 세 번째로 월반을 하는 학생이 탄생했다. 고등부 1학년의 소년이 월반으로 2학년에 편입하게 되었다.

"약속대로 같은 학년이 됐어. 이제 고려해 줄 거야?"

당당하게 앞에 선 소년의 말에 엔마이아는 한참을 고민했다. 얼마간의 시간을 들여 기억을 거슬러 올라가고 나서야 소년이 하는 말이 무엇인지 이해할 수 있게 되었다.

"진짜 해버렸네, 월반."

멍하니 바라보며 중얼거렸다. 전혀 생각지도 못했던 일이었다. 언젠가 어느 구석에서 만난 쌍둥이 소년 따위 잊은 지 오래였다. 하지만 약속은 약속.

"그럼 결론. 아무리 고려해도 안 되겠다. 끝."

간단하게 결말짓고 돌아섰지만 소년은 끈질겼다.

"왜? 같은 고등부에 같은 학년, 뭐가 더 부족한데?"

"너, 네 동생과 함께 마티아스 소공자 파지? 내 동생을 실 컷 괴롭혔다고 들었어. 난 동생이 너무나도 소중해서 말이 야."

부정할 수 없는 사실을 꺼내 들며 변명했다. 이 정도쯤 하 면 녀석도 조금은 떨어질 거라 생각했다. 하지만 소년은 생각 외로 엉뚱했다.

"내가 왜? 그건 동생이지. 동생이 늘 나와 붙어 다니니까 마티아스 소공자도 내 옆에 오는 거야. 난 전혀 상관없는데 왜 날 거기에 붙이려 하는 거야?"

엔마이아는 잠시 멍한 얼굴로 소년을 바라보았다. 어쩐지 웃음이 나오려 했다. 동생과 마티아스 소공자 파와의 신경전 은 익히 들어 알고 있다. 그리고 눈앞의 이 천재를 따라다니 는 마티아스 소공자에 대해서도 잘 알고 있다. 그런데 정작 당사자는 이런 반응.

"너 그거 진심이야? 나중에 마티아스 소공자 앞에서도 똑 같이 말할 수 있어?"

"물론."

재미있어졌다. 같은 방계 왕가라지만 마티아스 소공자는

그다지 마음에 들지 않았다. 동생의 문제도 문제려니와 같은 왕족임에도 왕가에 휘둘리지 않을 정도의 영향력을 가진 그 힘이 부러웠다. 왕족 그 자체인 아버지를 가진 자신들과는 전혀 다른 사람 같아 시샘했다. 그렇게 행복한 조건이면서도 동생을 괴롭히는 게 괘씸했다.

"그래 좋아. 그렇다면 너에 대해 조금은 긍정적으로 생각해 보겠어."

"잘 부탁해. 참고로 난 '너'가 아니라 라넬. 친구들은 라넬이라 부르고 있어."

웃으며 자신의 이름을 말하는 소년을 보며 엔마이아는 어쩐지 묘한 기분을 느꼈다. 생각해 보니 처음이었다, 이렇게 다가오는 사람은. 모두들 자신을 미래의 왕비로 여기며 거리감을 뒀는데, 차내고 차내도 다시 옆에 붙는 사람은 가족 외엔 처음이었다. 조금은 사는 게 즐거워질지도 모른다는 생각이 들었다.

한 번 결정되면 모든 건 일사천리였다. 라넬을 인정하자 어느새 과제며 연구며 모든 게 한 조가 되어버렸다. 지금까지 학년 1등을 계속해 온 엔마이아와 세기의 천재라며 월반한 라넬. 이 둘의 조합은 최상이었다.

"오늘도 실례하겠습니다."

과제 준비로 방과 후엔 늘 페르나슈 공작가의 저택에 살다

시피 하는 라넬이었다. 평소대로 저택에 방문하며 인사하던 그는 볕이 잘 드는 거실에 앉아 이야기를 하는 여인들을 보며 고개를 갸웃거렸다. 그리고 시녀의 안내대로 엔마이아의 방으로 향했다.

"오다가 신기한 걸 봤어."

"너한테도 신기한 게 있었나?"

"마이아 당신의 어머니가 웃고 있었어."

"뭐?"

웬만해선 방 밖으론 나오지도 않는 어머니를 라넬이 본 것만 해도 가슴이 두근거릴 정도였다. 그녀가 웃고 있었다는 소리는 라넬이 환상이라도 본 것은 아닌가 의심이 갔다.

"초상화로 보긴 했었는데, 정말 예쁜 머리색이었어. 우리나라에선 보기 힘든 머리칼."

"전형적인 카델란 여자니까. 말했잖아 외국인이라고. 머리색을 들으니 어머니는 맞는데… 어디서 웃고 있었다는 거야 대체."

"거실. 옆에 그녀가 있었어, 잉게 소공녀. 엘프들의 숲에서 지낸다고 들었는데… 수도로 돌아왔나 봐."

의외로 귀족들의 동향에 대해 잘 아는 라넬이 조금은 신기했다. 세상에 대해 전혀 관심이 없을 줄 알았는데 이리 세세히 알고 있을 줄은 몰랐다.

"고모님이 초대했나 보지."

아버지와 잉게 공작은 친분이 두터웠다. 아버지가 어린 시절부터 잉게 공작이 옆에서 돌보았다는 소문도 있었다. 수도의 이 저택은 오래전 잉게 공작이 죽은 잉게 공과 함께 지내던 저택이었다고도 한다. 아버지가 성에서 독립할 때 잉게 공작이 선물이라며 떠넘겼다고도 들었다. 잉게 공작이 아버지와 그런 사이이니 고모인 페트다 부인과도 아는 사이일 것이다. 그리고 물론 잉게 소공녀와도 잘 알고 지내는 사이일 것이다.

저 주제를 모르고 오지랖 넓은 숙녀는 어머니를 위한답시고 선심 쓰는 척 잉게 소공녀를 어머니에게 소개했겠지. 카델란은 원래 이종족이 크게 활보하는 곳이니 어머니는 그녀를 보며 그렇게 그리워하는 고향을 떠올리며 즐거워할 것이다. 괜스레 기분이 나빠졌다.

"엘프의 눈은 탁한 바다색이야."

문득 라넬이 중얼거렸다.

"빨려 들어갈 것 같지. 바람이라도 불까?"

"바람개비 만들 줄 알아?"

"종이는 젖잖아."

"아플까?"

"아플 거야."

누군가 제 3자가 들으면 인상을 찡그릴 정도로 엉뚱한 대화가 오갔다. 하지만 엔마이아와 라넬은 즐겁게 웃으며 계속 말을 이었다. 누구도 이해할 수 없는 제멋대로 날뛰는 사념을 그들은 서로 알아듣고 있었다. 서로가 서로에게 즐거움을 주는 존재가 되어버렸다. 세상에 혼자일 거라 생각하던 마음이 어느새 둘이 되었다.

"이렇게 보면 신기하지. 라넬, 넌 절대 내 안에 들어올 수 없다고 생각했는데. 어쩌려고 그래? 내가 누군지 알지? 난, 다음대의 왕비야. 왕이 누구든."

"그게 좋아?"

"전혀. 라넬, 네가 더 좋아. 태어나서 처음으로 행복해졌어. 이제 더는 아버지를 떠올리지 않을 정도로. 아버지에게 인정받지 않아도 좋다고 생각할 정도로 좋아. 행복해."

금방이라도 사라질듯 아련한 미소를 띤 채 엔마이아는 웃었다. 깨질듯 불안한 행복. 하지만 그게 엔마이아가 가질 수 있는 가장 큰 마음의 안식처였다. 그리고 라넬은 늘 그런 엔마이아를 무표정하게 바라보았다.

시간은 흐르고, 고등부 3학년의 가을. 그날은 유년기의 마지막 행복이 산산조각 나던 날이었다.

라넬은 달려왔다. 상기된 얼굴, 어딘지 기쁜 표정을 지으며 엔마이아를 불렀다. 그리고 고백했다.

"마이아 됐어, 결정 났어."

"…응?"

"지금까지 밝히지 않아서 미안해. 난 왕자야. 그리고 어제 태자로 내정됐어. 앞으로 언제라도 내 이름을 세상에 밝혀도 좋다는 허락도 받았어. 정식으로 소개되는 건 성에서 준비가 끝나야 하지만… 당신에게 제일 처음으로 알리고 싶어서 달려왔어."

엔마이아의 표정이 굳어갔다. 경악한 듯 일그러지기 시작했다. 기쁨에 겨워 말을 잇던 라넬이 이상한 낌새를 눈치 채고 점차 얼굴에서 웃음을 지워갈 때, 엔마이아의 비명이 하늘을 울렸다.

"싫어어어어어어!!"

"마이아?!"

엔마이아는 두 귀를 막고 있는 힘껏 악을 쓰고 바닥에 주저앉아 버렸다. 라넬은 깜짝 놀라 쓰러져 가는 엔마이아를 부축해 안았다. 하지만 엔마이아는 그런 라넬의 손을 뿌리쳤다.

"저리가!! 싫어!! 왜, 왜, 왜 네가 왕자야? 왜 네가 태자야?"

"마이아? 왜 그런 거야? 내가 태자가 된 게 싫어? 왜? 왕이 누구라도 당신은 왕비가 될 거잖아. 그 왕이 나야, 내가 될 거야. 그런데 왜 싫다는 거야."

처음으로 엔마이아를 이해할 수 없었다. 엔마이아가 무슨 말을 하든 바로 연상해서 이어나갈 수 있었던 것이 처음으로 막혀 버렸다. 태자가 되기 위해 노력했다. 혹시라도 쌍둥이 동생이 선택되는 것은 아닌지 불안했다. 왕이 되고 싶어서가 아니라, 엔마이아의 곁에 있고 싶어서 그 길을 선택했다. 엔마이아가 기뻐할 줄 알았다, 자신을 좋아한다고 생각했으니까. 그래서 앞으로도 함께 있을 수 있게 되어 좋아할 줄 알았다.

"내가 말했지, 성이 싫다고. 그건 왕족에 관련된 모든 것이야. 날 왕비로 만드는 모든 게 싫어. 증오해. 내가 행복하지 못했던 이유니까. 그래서 증오라도 하며 살아가려 했어. 그런데 당신이 왕이라고? 그럼 안 돼, 안 되지. 마지막까지 내가 제정신을 유지할 수 있게 하던… 증오의 원천이 빠져나가 버리잖아."

"마이아……."

"널 미워하지 않아. 하지만 왕은, 태자는 미워, 증오해. 그런데 그게 너야?"

엔마이아는 충혈된 눈으로 라넬을 노려보았다. 눈물은 흐르지 않았다. 하지만 마음 어딘가에 피눈물은 흐르고 있었다.

"너는 안 돼. 너는 절대 안 돼. 왕인 너는 내가 용납할 수 없어. 하지만 네가 왕이 되지 못한다면 그건 또 그대로 끝이겠지. 나는 어쨌든 왕비니까."

그리고 뒤돌아섰다. 라넬의 대답을 기다릴 필요도 없었다. 무엇을 선택하든 결론은 반복된다. 끝나지 않는 뫼비우스의 고리. 어디서 시작했든 결국은 이어진다. 이쪽도 저쪽도 답일 수 있고 아니면 답이 아닐 수 있다.

저택에 돌아오자 페르나슈 공작이 눈앞에 보였다. 처음으로 그쪽에서 먼저 엔마이아를 불렀다. 그리고 통보했다.

"태자가 결정됐다. 슬슬 네 거취도 결정될 거다. 준비하고 있거라."

그것으로 끝이었다. 태어났던 날부터 왕가에 보내기로 결정됐다. 그에게 있어 엔마이아는 왕가에서 데려가기 전까지 아주 잠시 맡아놓은 짐 이상도 이하도 아니었을 거다. 이제 자신의 할 일은 모두 끝났다는 듯 뒤돌아서서 가는 아버지의 등이 원망스러웠다.

"후련한가요? 멋대로 끼어든 불청객이 빠져나가는 것 같은 기분인가요?"

노려보며 물었다. 아버지는 대답했다. 간단하게. 짧게.

"그래."

그리고 자신이 가려던 어딘가로 향했다. 뒤에 홀로 남은 엔마이아에 대한 감정은 털끝 하나 남기지 않은 뒷모습이었다.

분했다. 마지막의 마지막까지 거부당했다. 오래전 마음 어딘가에 억눌렀던 분노가 다시금 치솟아 올랐다. 부숴 버리고 싶었다. 아버지가 믿고 있는 세계를 깨부숴 버리고 싶었다. 한 번쯤은 그가 분노하는 것을 보고 싶었다. 아니, 화나게 만들고 싶었다. 자신 때문에, 그토록 배척하던 딸 때문에 그가 이를 갈게 하고 싶었다. 아주 조금이라도, 잠깐이라도, 스쳐 가는 찰나의 순간이라도.

방에 올라가 편지를 썼다, 라넬에게. 정성들여 내용을 곱씹으며 써 내려갔다. 마음을 담아 간략하게 썼다. 그러면 자신이 말하는 것을 이해할 수 있을 거라 믿었다. 그가 무엇을 선택하든 개의치 않았다. 자신이 떠나는 것만이 최대의, 최선의 목적이었다. 그 길에 라넬이 함께한다면 조금은 즐겁지 않을까 하는 생각에 마지막 남은 그에 대한 애정을 담아 편지를 썼다. 평소에 둘 사이에 편지가 여러 번 오가던 터라 시녀는 망설임없이 편지를 들고 라넬의 집으로 향했다.

엔마이이아는 방을 둘러보았다.

이곳에 추억은 그다지 많지 않아. 고작 2년 반만 지내왔으니까. 언제나 그리운 건 고향, 영지에 있는 성이었다. 조금 관대하게 생각해 보면 라넬과 같이 지낸 추억 정도는 있으려나? 그 정도만 남아 있는 방이었다. 그리고 아마 오늘이 마지막일 거다. 성공하든 성공하지 않든.

밤이 되자 엔마이이아는 조용히 집을 빠져나왔다. 가끔 고용인들과 마주쳤지만 산책을 하고 있다고 하면 모두 물러섰다. 짐 하나 없었다. 조금 싸늘해진 날씨에 외투 하나만 집어 들고 나온 길이었다. 설명하지 않아도 산책이려니 생각했을 것이다.

집 앞을 지나는 대중용 마차를 집어타고 라넬에게 따로 적어 보낸 약속 장소로 향했다. 지갑엔 약간의 돈만 들어 있었다. 아버지가 준 어떤 것도 가져오기 싫었지만 어딘가로 떠나려면 지금 입고 있는 옷 한 벌과 차비 정도는 있어야 하기에 최소한의 돈은 챙겼다.

한참을 기다렸다. 라넬은 오지 않았다. 그럴 거라 생각했다. 스스로도 모든 걸 버리고 몸만 훌쩍 떠나는 것을 바보 같다고, 어리석다고, 미쳤다고 생각한다. 그런 걸 머리 좋은 그 소년이 저지를 리가 없다. 여기 이곳에 서 있는 건 그나마 남은 미련 때문이었다.

뎅. 뎅. 뎅.

자정을 알리는 종소리가 울렸다. 날이 바뀌었다. 이제 떠나야 할 시간이었다. 더는 기다릴 수 없었다. 뒤돌아서서 지나가는 마차를 잡으려 할 때 등 뒤에서 숨을 헐떡대는 소리가 들렸다. 낯익은 목소리였다.

“기, 기다려… 하아, 하아, 하아…….”

“라넬?”

기대하지 않았던 목소리에 놀라 물었다. 하지만 소년은 거칠게 숨을 쉬며 말을 잇지 못했다. 허리를 숙여 두 손을 무릎에 짚고 가쁜 숨을 내뱉던 소년은 한참이 지나서야 진정시키고 고개를 들었다.

“미안. 아무것도 없이 몸만 나왔더니 마차를 탈 돈도 없었어.”

“그래서 달려온 거야? 여기까지?”

“나도 생각한 게 있으니까. 그렇게 싫다면 역시 떠나야지. 그런데 다 버리고 떠나는 길에 돈까지 챙겨들고 나오긴 좀… 그렇잖아.”

“바보. 난 그래도 차비 정돈 예의상 집어 들고 왔다고. 지금까지 속상하게 만든 보복이야. ‘당신 돈으로 잘 도망가요. 억울하죠? 랄까?”

엔마이아의 핀잔에 라넬은 웃었다. 그 눈엔 후회도 고뇌도 없었다. 마음 그대로 엔마이아를 따라나선 진심이 담겨 있었다.

“갈까?”

“그래.”

웃으며 손을 맞잡았다, 뿌듯했다. 자포자기했던 마음이 라넬의 등장으로 순식간에 풀어졌다. 마차 앞으로 가려 할 때 또 다른 목소리가 그들을 세웠다.

“거기 서거라.”

엔마이아의 표정이 순식간에 차갑게 굳었다. 라넬을 잡고 있던 손에 힘이 들어갔다. 불안함에, 초조함에 눈치 보며 뒤돌아섰다. 이곳에서 전혀 달갑지 않은 그녀, 페트다 부인이 그곳에 서 있었다.

“당신……”

이를 갈며 노려보았다. 끝이다. 끝장이다. 어디서부터 들커 버렸는지 모른다. 하지만 그녀는 이미 모든 걸 알고 있다. 그러니까 이 자리에 나왔겠지. 그러니까 저기 서 있는 것이겠지. 하지만 이건 안다. 그녀가 알게 된 이상, 짧았던 도주는 끝이 났다. 이대로 끌려가 성에 가는 날까지 갇혀 지낼 거다. 아니, 이 길로 성으로 들어갈지도 모른다.

"이거 가져가거라."

"……?"

엔마이아가 노려보는 눈길에도 전혀 아랑곳하지 않고 페트다 부인은 불쑥 손을 내밀었다. 조그만 자루가 쥐어 있었다. 생각하던 것과는 전혀 다른 진행에 엔마이아는 놀란 얼굴로 페트다 부인의 얼굴을 빤히 바라보았다. 완전히 허점을 찔렸다. 예상치 못했던 반응이었다.

"팔 아프다. 가져가거라."

얼결에 페트다 부인이 건네는 것을 받아 들었다. 자루를 열어 내용물을 확인한 엔마이아의 표정이 다시 굳었다. 속엔 화려한 세공의 보석들이 몇 개 들어 있었다.

"필요없어. 당신한테 이런 걸 받을 이유가……."

"내가 주는 것이 아니다."

자루를 그녀에게 던지려 할 때 페트다 부인이 말했다. 한숨을 쉬며 다시 덧붙였다.

"네 어머니가 준 것이다. 그리고 전하라더구나, 미안하다고."

“…….”

자루를 쥐고 있던 손에 더욱 힘이 들어갔다. 몰랐다. 설마 하니 어머니가 알고 있을 거라곤 생각도 못했다. 엔마이아에게 있어 그녀는 그냥 인형이었다. 집 안 어딘가에 장식되어 가끔씩 자신이 살아 있다는 것을 알리기라도 하듯 울어대는 인형. 그 이상도 이하도 아니었다. 그런 그녀가 자신을 바라보고 있었다. 도주를 돕고 있다. 그리고 사과한다.

“어머니…….”

처음으로 진심을 담아 그녀를 불렀다. 저택에 있을 그녀에게 들리진 않겠지만, 지금 이렇게 부르고 싶었다. 이제야 그녀가 자신을 낳아준 것만이 아닌, 어머니란 존재로 다가왔다.

“감상에 젖어 있을 시간이 없다. 날이 밝기 전에 떠나라.”

페트다 부인이 엔마이아와 라넬의 등을 떠밀며 재촉했다. 그녀의 말대로였다. 날이 밝으면 시끄러워질 거다. 뒤를 쫓기 위해 사람들이 움직일 거다.

“마이아, 넌 당분간 영지의 성에 보낼 거라고 해놓겠다. 내가 보냈다고 하면 한동안은 눈치 채지 못할 거다.”

“하지만 고모님, 제가 라넬에게 보낸 편지가 발견될 거예요.”

엔마이아가 고개를 저으며 대답했다. 라넬이 전혀 긴장감 없는 목소리로 끼어들었다.

“그 편지 없어졌어.”

"뭐?"

"낮에 잠시 자리를 비운 새에 편지함째로 사라졌어. 누가 가져갔는지는 알아. 아직까지 말이 없던 거로 봐선 방해할 생각은 없을 거라고 봐."

자칫 모든 걸 들켜 버릴지도 모르는 상황에 태평하게 웃고 있는 라넬을 보며 어쩐지 힘이 빠졌다. 이 천재는 머리는 좋지만 가끔 바보는 아닐까 의심스러웠다. 너무나도 긴장감이 없는 성격이었다.

"가자. 어디든 발 가는대로 가버리자."

한숨을 쉬고 라넬을 잡아끌었다. 등 뒤에서 다시 페트다 부인의 목소리가 들렸다.

"마지막으로 이건 내 충고다. 페넬로페 엔마이아 일렉트리아. 네가 그 이름을 버리고 떠난 이상, 끝까지 도망가거라. 다시는 돌아오지 말거라. 버린 것에 두 번 다시 미련을 두지 말거라."

"그 말. 가슴에 깊이 새겨두죠."

돌아보지도 않고 뒤돌아선 채로 엔마이아는 대답했다.

마차를 타고 생각나는 대로 목적지를 불렀다. 그리고 제일 먼저 도착한 마을에서 입고 있던 옷을 팔아 평범한 옷으로 바꿨다. 보석도 하나 팔았다. 좀 더 멀리 떠날 수 있는 자금이 생겼다.

계속해서 마을을 옮기고 이동해 가며 어느 백작령에 도착했다. 그곳의 빈민가에 집을 구하고 살림을 차렸다. 처음엔 아무것도 할 줄 몰랐다. 어머니가 준 보석이 아니었으면 일찌감치 집으로 끌려갔거나 굶어죽었을 게 분명했다. 할 줄 아는 게 아무것도 없었다. 평민들의 일반적인 생활에 대해 아무것도 몰랐다.

보석을 판 돈이 떨어지기 전 겨우겨우 생활이 잡혔다. 라넬은 힘을 쓰는 일을 시작했다. 엔마이아는 근처의 아이들을 가르치며 사례로 음식을 받았다. 귀족으로 살 때와는 차마 비교할 수 없을 정도로 힘든 생활이었다. 하지만 행복했다. 모든 것을 버리고 나서야 비로소 모든 것을 손에 쥐게 되었다. 이 인생이 온전히 자신의 것이라고, 이 행복이 꿈이 아닌 현실이라고 확신할 수 있었다.

아이도 태어났다. 새카만 머리의 사내아이. 눈을 뜨게 되면 분명 살짝 치켜 올라간 눈일 것이다. 전형적인 왕족의 특징을 그대로 따르고 있을 것이다. 하지만 이 아이가 왕족으로 자랄 일은 없을 거라 생각했다.

"마이아, 이 아이 이름……."

"결정했어?"

한참이나 아들의 자는 얼굴을 바라보던 라넬이 조심스레 불렀다. 엔마이아는 웃으며 물었다.

"마이아만 괜찮다면 루사인으로 하고 싶어."

"…루사인? 그 루사인?"

라넬의 쌍둥이 동생의 이름. 지금쯤 라넬 대신 태자가 되어 있을 청년의 이름이었다.

"내 분신. 태어났을 때부터, 아니, 태어나기 전부터 한 번도 떨어져 본 적이 없는 나 자신의 또 다른 모습이던 녀석이야. 너무도 소중했던 사람이니까… 그 사람의 이름을 이 아이에게 붙여주고 싶어. 둘 다 모두 내겐 누구와도 바꿀 수 없는 존재들이니까."

라넬답지 않게 길게 설명하자 엔마이아는 한숨을 쉬었다. 그가 그의 쌍둥이를 생각하는 마음을 이해한다. 자신도 가끔씩 엘페이온이 그리워지는데, 한날한시에 태어난 분신이어서야 더욱 마음이 아플 거다. 그들에게는 정말 몹쓸 짓을 했다고 생각한다. 아무 말 없이 떠나왔으니까 상심하고 있을 거다. 배신감을 느꼈을지도 모른다.

"뭐, 할 수 없지. 그렇게 원하는데. 아가야, 눈떠보렴. 네 이름이 정해졌단다. 루사인 할트엔리드. 네 친삼촌의 이름이란다. 마음에 드니?"

물론 태어난 지 얼마 안 된 아이가 알아듣고 눈을 뜰 리가 없었다.

그렇게 영원할 줄 알았던 세 사람의 행복은 이 년 만에 깨졌다. 일을 하고 돌아오던 라넬이 강도를 만나 죽었다. 라넬의 상처를 본 엔마이아는 그것이 암살임을 눈치 챘다. 일반인이 낸 상처가 아니었다. 깨끗이 베어져 있었다. 오랜 기간 훈련을 받은 자의 솜씨였다.

라넬을 잃은 슬픔에 앞서 루사인이 걱정됐다. 그들이 라넬에게 손을 댄 이상, 그의 혈육인 루사인 역시 살려둘 리가 없었다. 서둘러 짐을 싸서 어린 루사인을 업고 도망쳤다. 이렇게 도망간다 한들 그들은 손쉽게 뒤를 캐겠지만 그래도 최소한의 발악이라도 해야 했다. 눈뜨고 당하고만 있을 순 없었다.

또다시 흘러흘러 또 다른 백작령의 빈민촌에 자리 잡았다. 라넬이 죽은 후로 뒤를 쫓는 자는 없었다. 처음엔 미행의 기척도 느꼈으나 그것도 어느 정도 시간이 지나니 아예 사라졌다.

생활은 더욱 힘들어졌다. 여자 혼자 아이를 키우며 사는 건 어려웠다. 굶는 날이 늘었다. 하지만 아이는 굶기지 않으려 애를 썼다. 나날이 자라나는 아이를 보는 게 행복했다. 죽은 라넬의 기억마저 지워주고 있었다.

그러면 그럴수록 슬퍼졌다. 귀여운 아이인데, 이렇게 사랑스러운데… 어째서 아버지는 자신의 아이들에게 그리 냉정했는지 이해할 수 없었다. 부모에게서 이런 사랑을 받지 못한 자신의 처지가 더욱 서러워졌다.

그래서 아이에게 잘해줬다. 자신이 느낀 비참함을 격지 않게 하기 위해서. 저 행복한 미소를 잃지 않게 하기 위해서.

처음부터 행복을 몰랐던 사람에게 끝까지 계속되는 행복이란 있을 리 없다. 그런 거라 생각했다.

다시 시작한 행복도 결국 얼마 가지 않아 깨졌다. 백작가의 웬 망나니가 접근하기 시작했다. 완강히 거절하자 경제적인 모든 수단을 막아버렸다. 그들에겐 잠깐의 호기심과 재미일지 모르지만, 하루하루를 근근이 살아가던 사람에게 그것은 사형선고였다.

전보다 굶는 날이 더 많아졌다. 나날이 말라갔다. 나중엔 아이의 끼니도 제대로 챙기지 못했다. 머리가 좋은 아이는 상황을 정확히 이해하고 있었다. 때문에 어린 나이에도 배고프다고 칭얼거리는 소리 한 번이 없었다.

그래서 굽힐 수가 없었다. 자신의 자존심뿐만 아니라, 아이의 긍지를 위해. 하지만 결국 정신을 잃고 쓰러졌다 깨어났을 때 정말 내키지 않지만, 두 번 다시 만나고 싶지 않았지만 연락했다. 마지막 남은 유일한 손길에 부탁할 수밖에 없었다.

"그새 결심이 무너졌느냐. 자존심까지 버린 것이냐."

며칠 뒤 찾아온 페트다 부인이 내뱉은 첫마디였다. 그녀의 독설에도 엔마이아는 발끈하지 않았다. 그녀의 말이 맞으니까. 하늘을 치솟던 자존심 따위 편지를 쓰는 날 깨끗이 버렸다. 아이를 살리기 위해서, 자신의 자존심 따윈 무참히 뭉그러져도 상관없었다.

"힘들어 보이는구나. 부러질 것같이 말라 버렸어. 고생했구나."

"제가 원한 삶이었으니까, 미련은 없습니다."

"…그럼 난 왜 불렀느냐?"

엔마이아의 앞에 놓인 낡은 의자에 앉을 생각도 하지 않고 거만하게 서서 빤히 내려다보며 물었다. 기껏 부탁이 있다며 불러놓고 저런 소리를 하는 게 괘씸했다.

"아이가 있습니다. 혹시라도 제가 어떻게 되면… 오갈 데 없이 세상에 혼자 남게 되는 아이입니다. 그 아이를 거둬들여 주셨으면 합니다. 고모님의 이름으로 소개장 하나만 써주세요, 나중에라도 혼자가 되면 그걸 들고 찾아갈 수 있도록."

"그것뿐이냐."

"예. 그거면 됩니다."

희미하게 미소 지으며 대답했다. 그 모습에 페트다 부인은 눈썹을 찡그렸다.

"끝까지 부탁은 하지 않는 거냐?"

"지금 하고 있잖아요."

"너 자신에 대한 부탁 말이다, 너 자신!! 네 몰골을 봐. 마지막으로 밥을 먹은 게 언제지? 기억도 하지 못할 정도 아냐? 넌… 넌… 그대로 죽어버릴 생각이냐? 그런 것이냐!!"

페트다 부인이 차갑고 침착한 자신의 이미지를 망각하고

소리쳤다. 길길이 날뛰었다. 하지만 엔마이아는 그저 힘없이 바라보고 있었다. 그녀에게 조소를 띄울 기운도 없어 보였다.

끼이익.

조심스레 문이 열리는 소리가 들렸다. 그리고 밖에 나갔던 아이가 고개를 내밀며 안을 바라보고 있었다.

"어머니?"

낯선 손님을 경계하며 엔마이아를 불렀다. 엔마이아는 손짓을 하며 루사인을 불렀다.

"이리 오렴. 엄마가 아는 분이시란다. 인사해야지."

"안녕하세요. 루사인 할트엔리드입니다."

엄마의 웃는 얼굴에 경계심을 풀고 인사했다. 이름을 듣는 순간 페트다 부인의 눈썹이 다시 한 번 꿈틀거렸다. 하지만 이번엔 대놓고 화내진 않았다. 대체 무슨 생각이냐는 눈빛으로 엔마이아를 노려볼 뿐이었다.

"머리가 좋은 아이입니다. 재능을 썩히기가 아까워요. 제 아버지를 꼭 닮았어요, 성격은 저를 닮은 것 같지만. 소개장… 써주시지 않겠습니까? 부탁드립니다."

루사인의 머리를 쓰다듬으며 똑바로 바라보는 엔마이아의 눈길에 페트다 부인은 한숨을 쉬었다. 그리고 엔마이아가 내민 종이에 그녀의 부탁대로 소개장을 써 내려갔다.

"아이 걱정은 하지 말거라. 언제라도 무슨 일이 생기면 받아들여주겠다, 네가 버린 집안의 이름으로."

“…네.”

아이의 문제이기에 차마 거기까지 싫다고 할 수는 없었다. 지금으로선 아이라도 받아들여주겠다는 게 더 감사했다. 소개장을 다 쓴 페트다 부인은 자리에서 일어섰다. 그리고 소개장과 함께 그녀가 끼고 있던 반지를 빼서 건넸다.

“마이아, 네가 아니라 네 아이를 위해 주는 것이다. 어릴 때 영양을 잘 섭취해야 아이가 잘 자란다. 그걸 모르진 않겠지? 아이를 위해서… 받아라.”

“…감사합니다.”

이번에도 거절하지 못하고 받았다. 아이가 어제부터 굶은 것을 알기에 받을 수밖에 없었다.

페트다 부인은 그 길로 수도로 돌아갔다. 엔마이아는 아이를 끌어안았다. 그리고 이야기하기 시작했다.

“루사인, 잘 들으렴. 엄마와 아빠에 대해 이야기해 줄게. 잊어버리면 안 된단다.”

자신에 대해, 라넬에 대해. 틈나는 대로 이야기해 줬다. 그리고 늘 덧붙였다.

“왕가는 싫다. 그래서 도망쳤다. 하지만 잊으면 안 된다. 네겐 왕족의 피가 흐르고 있다. 결국엔 왕가와 얽힐 거야.”

라넬의 죽음이나 그에 얽힌 사연들에 대해서까지 자세히 말하진 않았다. 이 어린아이는 그럼 분명 복수하겠다며 칼을 갈 테니까. 그런 것은 바라지 않는다. 그저 아무 일 없이 행복

하게 자라기만을 바랐다. 자신이 없더라도 훌륭하게 당당하
게 자라주길 바랐다.

　페트다 부인이 주고 간 반지도 반년을 버티진 못했다. 이런
시골에 그런 물건을 제값 주고 받아주는 곳이 없었다. 그리고
날이 갈수록 심해지는 영주의 아들의 극성에 돈을 벌기도 힘
들었다.
　엔마이아는 날이 갈수록 말라갔다. 풍족하게 살아왔던 그
녀였다. 배를 곯아본 적이 없는 그녀였다. 하지만 신음 소리
한 번 내지 않았다. 아이의 앞에서 늘 웃음 지으며 버텼다. 그
래도 아버지와 함께 살 때보단 살 만하다고 생각했다, 진심으
로.
　다시 한 번 쓰러졌을 때, 두 번 다시 일어나지 못할 거라 짐
작했다. 아이를 이웃에 부탁한 지 오래였다. 마음 약한 그들
은 아이까지 외면하진 못했다.
　"어머니……."
　걱정이 가득 찬 목소리로 부르는 소리에 엔마이아는 눈을
떴다. 아이의 얼굴을 보며 웃었다. 아무리 힘들어도 웃음이
나오게 하는 존재였다. 하지만 이제 더는 웃을 수 없다는 것
알고 있었다. 혼자 남게 될 아이가 너무도 걱정됐다.
　"루사인… 네 길을 찾으렴. 휘둘리지 말거라. 왕족의 긍지
를 잃지 말거라. 엄마는… 행복했단다. 너무너무 행복했단

다. 그러니까 너도 행복해지렴."

라넬을 만나서, 루사인을 만나서, 그리고 옆에서 지켜보며 감싸준 사람들 덕분에 행복했다. 마지막에 웃을 수 있을 정도로 행복했다.

루사인을 쥐고 있던 손에 서서히 힘이 풀렸다. 팔의 무게가 무거워 점차 아래로 처졌다. 그리고 감긴 눈은 두 번 다시 떠지지 않았다.

페넬로페 엔마이아 일렉트리아 페르나슈 소공녀. 향년 30세. 병사.

사이드 스토리 2

Kyrellian

유겐 엘페이온 잌렉트리아

'그것'은 어느 날 갑자기 튀어나왔다.

아이는 엄마와 커야 하는 거라며 아버지는 억지로 엘페이
온을 어머니의 방으로 떠밀었다. 어두운 방. 고용인들도 조심
스러워하며 필요하지 않으면 거의 들어오지 않는 곳. 툭하면
울어대는 그녀. 어린아이가 홀로 감당하기엔 벅찼다. 두렵고
초조해서 제정신일 수가 없었다.
어느 날부터 눈을 뜨면 주변의 물건들이 부서져 있는 것을
볼 수 있었다. 고용인들이 자신을 겁먹은 표정으로 바라보는
것이 보였다. 슬슬 피하는 것을 느꼈다.

그리고 어느 날 코를 찌르는 피 냄새에 눈을 떴다. 바닥에 피가 흥건했다. 그리고 자신의 두 손에 피가 묻어 있는 것을 보았다.

"으… 으아아아아아!!"

자신도 모르게 비명을 질렀다. 이 감촉 기억에 있다. 무언가를 벤 느낌이 몸에 남아 있었다. 바닥의 저 피는 자신이 저지른 것이다. 하지만 그것에 대한 기억은 없었다.

자신이 모르는 또 하나의 자신이 있다는 것을 확신했다. '그것'은 잔인하고 섬뜩했다. 주저하지 않고 베고 부순다. 어쩌면 사람을 죽였을지도 모른다. 저 피는 사람의 것일지도 모른다고 생각했다.

겁이 났다. 잠이 드는 것이 무서웠다. 한 번 잠들면 '그것'이 몸을 차지하고 다시는 내어주지 않을 것 같았다. '그것'에게 몸을 완전히 빼앗겨 버릴 것 같은 공포가 전신을 감쌌다.

하지만 '그것'은 잠이 들지 않아도 나타났다. 소년은 알게 되었다. '그것'은 어머니의 울음소리를 듣고 나타난다는 것을. 어머니의 울음소리에 자신이 미쳐 갈 때 '그것'이 고개를 든다는 것을.

"싫어! 싫어! 누가, 누가 저 여자를 죽여줘!! 입을 막아버려! 저 울음소리가 들리지 않게 해줘!!"

어머니가 미쳐 가는 동안 소년도 미치고 있었다. 그만큼 어머니에 대한 미움과 증오가 쌓여가고 있었다. 그것이 일곱 살

소년 엘페이온의 현주소였다.

　평생을 이어갈 거라 생각되던 고문은 생각보다 일찍 끝났다. 어느 날 갑자기 화려한 치맛바람을 일으키며 성에 방문한 고모님은 모든 것을 간단하게 끝내 버렸다. 누구의 말도 듣지 않을 거라 여겨지던 아버지의 의견 따윈 한순간에 묵사발 내 버리고 길길이 소리치며 성을 점령해 갔다.

　“뭐야, 이 꼴이 뭐야!! 오라버님! 자신이 없으면 차라리 유모에게 맡길 것이지, 어쩌자고 애를 저 상태로 만들어놨어요!! 마리를 데리고 당장 수도의 저택으로 가버리세요!! 어차피 마리만 아니면 영지까지 오지도 않잖아요! 뭣들 하는 게냐! 공작과 공작 부인의 짐을 싸거라!! 오늘 당장 수도로 떠나실 거다!!”

　“마리…….”

　페르나슈 공작이 머리가 아픈 듯 이마를 짚으며 그녀를 불렀다. 하지만 그녀는 전혀 아랑곳하지 않았다.

　“오라버니의 마리는 이제 제가 아니라 저 여자입니다!! 그런 표정 짓지 마세요. 봐주지 않아요. 아이들은 제가 맡겠습니다. 애를 저 꼴로 만들어놓고 또 헛소리하진 않으시겠죠? 알았으면 당장! 마차에 올라타세요! 짐을 챙길 필요도 없어요. 돈만 들고 그냥 가버리세요! 짐은 따로 실어 보낼 테니!!”

　그리고 그 길로 페르나슈 공작은 쫓겨났다. 못마땅한지 쑵

쓸한 표정을 지으면서도 결코 화내지 않았다. 그녀가 시키는 대로 얌전히 따를 뿐이었다.

엘페이온의 눈이 커졌다. 당혹감과 놀라움, 그리고 감탄이 어린 시선이었다. 멋졌다. 저 아버지를 저리도 마음껏 휘두르는 것에 존경심마저 피어올랐다. 저 사람이라면 '그것' 도 어떻게 해주지 않을까 하는 희망이 생겼다.

"안녕, 엘페이온. 나는 마리. 네 어머니와 이름이 같지? 진짜 이름은 마거리트란다. 마리는 애칭이지. 하지만 이름은 부르지 않아도 돼. 네 고모니까, 그냥 고모라고만 부르렴. 반갑다."

웃으며 내미는 그녀의 손을 꼭 잡았다. 평생을 마음의 어머니로 모신 페트다 부인. 그것이 그녀와의 첫 만남이었다.

어머니가 떠난 성은 조용했다. 더 이상 우는 소리도, 소름 끼치는 귀곡성도 울리지 않았다. 방에 틀어박혀 거의 나오지 않던 엔마이아도 모습을 드러냈다. 물론 그녀가 나온 건 아버지가 없기 때문이란 이유가 더 컸다. 매서운 겨울이 지나고 따뜻한 봄날을 맞이한 것 같았다. 성은 조용히 안정을 찾아가고 있었다.

단 한 가지를 빼고.

'그것' 은 그 뒤로도 계속 모습을 드러냈다. 어머니의 귀곡성에만 나타나는 게 아니었다. 한 번 눈을 뜬 '그것' 은 결코 사라지려 하지 않았다. 눈을 뜨면 방은 엉망이었다. 거기까진 좋다. 망가져도 부서져도 대체할 만한 건 얼마든지 있었다. 집에 돈은 넘쳐 났으니까. 하지만 진득한 피비린내에 눈을 뜨게 되는 날이면 스스로 목을 죄고 싶을 정도로 자신이 두려워졌다. 엔마이아나 페트다 부인이 자신을 위해 미리 준비해 놓은 어느 동물의 피라는 것은 알고 있다. 하지만 점차로 핏물을 뒤집어쓰는 날이 늘어갈 수록 이것이 진짜 동물의 피인지, 어쩌면 사람을 죽여놓고 모두들 감추고 있는 것인지 그 경계를 알 수 없게 되었다.

그것만 빼면 성의 생활은 행복했다. 생전 정이란 감정하곤 거리가 먼 것 같은 아버지도, 어머니도 없다. 아이들과 페트다 부인만이 이곳에 남아 자신들의 세계를 만들어가고 있었다.

그리고 문제의 '그것' 도… 날이 갈수록 깨닫게 되는 게 있었다. 아무리 '그것' 이라 하더라도 엔마이아와 페트다 부인에겐 해를 끼치지 않는다. '그것' 에게도 그 둘에 대한 애정은 있었다. 그래서 인정할 수밖에 없었다.

"'그것' 은… 결국 나인가?"

스스로가 두려워하는 또 하나의 자신. '그것' 이 튀어나올 때마다 신경이 쇠약해졌다. 하지만 그럴수록 자신을 감싸 안는 엔마이아와 페트다 부인의 존재에 마음은 풀렸다. 자신을 괴롭히는 '그것' 과 자신을 보호하는 그녀들 사이에 정신은 늘 아슬아슬한 줄타기를 하며 곡예를 부리고 있었다.

불안하게 조합된 균형은 순식간에 깨져 버렸다. 이번에도 역시 모든 원흉은 아버지, 페르나슈 공작이었다. 갑작스런 명령. 엔마이아가 1년 먼저 수도로 불려가고 이번엔 자신과 페트다 부인까지 모두 수도로 가야 했다. 적어도 한 번은 수도의 교육을 맛봐야 한다는 아버지의 아무 생각 없는 주장이었다.

그리고 그곳에서 잊고 있던 그 소리를 들었다. 찢어지는 듯한 울음소리. 속에서 울화가 치밀어 오르는 그 흐느낌에 결국 '그것'이 다시 눈을 떴다.

자고 일어나니 누나의 팔목에 붕대가 감겨 있었다. 무슨 일이 벌어졌는지 묻지 않아도 알 수 있었다. 원인은 자신이다. 결국 '그것' 때문에 사랑하는 사람들도 잃어버릴지 모른다는 불안감이 엄습해 왔다.

밤이 싫었다. 어머니의 울음소리가 울리면 그것은 깨어난다. 집이 싫었다. 집에 돌아가면 그 소리가 들린다. 밤에 잠드는 것도 두려웠다. 그래서 늘 돌아다녔다. 밤거리를 방황하고 배회했고 낮에는 아무 여관에나 들어가 잤다. 집에는 옷을 갈아입거나 돈을 가지러 돌아갈 때 외엔 거의 가지 않았다.

때문에 학교 생활은 당연히 소홀해졌다. 결석하는 날이 더 많았고 친한 친구는 없었다. 어차피 영지에서부터 또래라곤 누나 하나밖에 없는 생활이었다. 곁에 누군가를 두는 건 생각도 하지 않았었다.

"어이, 아가씨 일어나 보시지?"

누군가 책상을 두드리는 소리에 엘페이온은 눈을 떴다. 며칠 만에 나온 학교였다. 하지만 밤새 돌아다니다 바로 등교한 탓에 졸음이 밀려왔다.

"…시끄러."

다시 눈을 감고 엎드렸다. 누군지 모르지만 귀찮았다. 생각해 보니 그는 아가씨를 찾았다. 아가씨라 함은 여자. 그러니 자신을 부른 건 아니었다. 눈을 감자마자 단잠에 빠져들었다. 그런데 그 누군가는 이번엔 격하게 자신을 흔들어 깨웠다.

"이봐, 공주님. 사람 말이 말 같지 않아?"

정확히 엘페이온을 향한 적의였다. 다시 눈을 뜨고 자신을 붙잡고 흔드는 자를 보았다. 짙은 금발. 마티아스 공작가의 후계자였다. 루베르크 초등부 때부터 쭉 이 학교의 귀족들을 쥐고 흔드는 작은 권력자. 또한 같은 왕족이었다.

"눈… 나빠? 내가 입고 있는 건 확실한 남자 교복이다."

"그 허여멀건한 계집애 얼굴로 사내자식 취급해 달라는 거야?"

마티아스 소공자가 비웃으며 물었다. 명백한 시비였다.

"내 얼굴이 왜? 뭐가 불만인데? 너와 함께 다니는 저 쌍둥이들, 라넬이나 루우~도 나랑 비슷하게 생겼잖아."

"누, 누가 루우~ 란 거냐!!"

마티아스 소공자의 옆에 서 있던 루사인이 갑자기 발끈하며 소리쳤다. 엘페이온은 고개를 갸웃거리며 중얼거렸다.

"아닌가? 라넬은 늘 루우~ 라고 부르는 것 같았는데."

"그래! 그건 형만이 부를 수 있는 이름이다! 오직 라넬만이 날 루우~라고 부를 수 있어!!"

"……."

어딘지 대단했다. 대놓고 동네방네 '나는 브라더 콤플렉스요~!' 하고 광고하는 것 같았다. 하지만 주변 사람들은 이미 그의 그런 반응에 익숙한지 누구도 신경 쓰지 않았다. 정말 당연한 것을 이야기하게 시킨다는 얼굴이었다.

"그래서 용건은?"

귀찮음에 어서 빨리 볼일을 끝내고 녀석들을 보내 버리고 싶었다. 시끄러웠다. 좀 더 자고 싶었다.

"너 사실대로 실토해라. 무슨 짓을 한 거냐? 갑자기 고등부에 편입해선 다짜고짜 3등이라고? 네 아버지의 입김이냐? 아니면 시험문제라도 따로 받아본 거냐."

갑자기 마티아스 소공자가 정색을 하며 물었다. 눈이 이글이글 타오르는 게 진심으로 분한 모습이었다. 하지만 엘페이온은 전혀 다른 방향으로 놀랐다.

"3등? 내가 3등이라고? 어째서!! 2등이 누군데!"

성적만큼은 자신있었다. 지방의 영지에서 할 수 있는 거라곤 책과 공부뿐이었다. 물론 검도 죽어라 팠다. 그것 말고 어린아이가 할 수 있는 건 아무것도 없었다. 때문에 문제없을 거라 생각했다. 엔마이아도 오자마자 1등을 했다고 들었다. 자신의 학년에 세기의 천재라는 라넬이 있다는 것을 전제로 2등은 할 거라고 생각했다. 그런데 3등. 생각지도 못했다.

"뭐야, 이 자식 자기 성적도 몰랐던 거야? 2등이 누구냐고? 저기 저놈이다, 아무 배경도 없는 평민 놈."

마티아스 소공자가 가리키는 곳에 건방진 얼굴로 이쪽을 바라보고 있는 소년들의 무리가 보였다. 그중 한 명이 유독 눈길을 끌었다. 언제라도 기어오를 것 같은 도전적인 눈매가 계속 거슬렸다. 그 소년의 이름은 알고 있다.

로베르트. 마티아스 소공자도 함부로 어찌할 수 없는 대단한 평민이라고 기억하고 있었다.

"흠… 알겠다. 그러니까 넌 결국 나 때문에 성적이 떨어진 거로군. 그래서 다짜고짜 자는 사람을 깨운 건가?"

"뭐라고?"

"그럼 안 되지. 자기 실력이 안 된다고 다른 사람을 누르려고 해서야 자존심도, 긍지도 버리고 진흙탕 속에 뛰어드는 것밖에 안 돼."

"이, 이 자식이!!"

마티아스 소공자는 정곡을 찔렸다는 얼굴로 소리쳤다. 어떻게 부정할 말이 없어 더욱 부아가 치밀어 올랐다. 안중에도 없던 시골에서 막 상경한 녀석에게 뒤쳐진 것도 모자라 분풀이를 하려다 도리어 당했다.

허리춤에 차고 있던 목검을 빼 들어 녀석을 향해 후려쳤다. 하지만 그 순간, 엘페이온의 머리를 시원하게 날려줄 거라 생각하던 목검은 또 다른 목검에 부딪치는 소리와 함께 멈춰 버렸다.

"뭐……?!"

그 목검은 분명 엘페이온이 뽑아 든 목검에 붙잡혀 있었다. 자신이 먼저 뽑았다. 엘페이온은 그런 자신의 움직임을 보고 뒤늦게 뽑아 들었다. 하지만 검은 중간에서 멈췄다. 이 현상이 알리고 있는 사실은 간단하다. 녀석은 자신과 비슷하거나 혹은 그 위의 실력을 가지고 있다는 것이다. 성적도 뒤쳐진데다 자신있던 검마저도 눈앞에서 당했다. 꿈이라도 꾸고 있는 것마냥 정신이 멍해졌다.

"다짜고짜 폭력인가? …버러지. 왕족의 긍지도 없군."

"우, 웃기지 마! 왕족의 자존심으로 뽑아 든 검이다! 왕족의 명예를 위해!! 그래, 자신있다면 다시 붙자. 진검을 들어라."

"애는 상대하지 않는다."

엘페이온은 차갑게 말하며 자리에서 일어섰다. 그리고 거리낌없이 등을 보이며 교실을 나갔다.

"너, 이 자식! 어디 가는 거야!!"

“조퇴.”

그대로 교실 문을 닫고 녀석은 사라졌다. 찬바람이 쌩쌩 몰아쳤다.

“저, 저 자식! 당장 베어버리겠어!!”

분을 못 이겨 뒤따라 나가려 하는 마티아스 소공자를 루사인이 막았다.

“관둬, 봤잖아. 보통 실력이 아냐. 진검을 들면… 목숨을 걸어야 할 거다.”

“그렇다고 저걸 봐줘? 완전 제 잘난 맛에 사는 놈. 뭐야, 저 차가운 반응은? 아이고 추워라~! 지가 무슨 눈같이 차가운 백설공주야? 하! 딱이군. 그래, 눈같이 차가운 백설왕자시네, 백설왕자.”

그리고 그날로 엘페이온의 별명 하나가 생겼다. 눈같이 차가운 백설왕자.

그 뒤로도 마티아스 소공자의 시비는 계속되었다. 하지만 엘페이온이 그에게 당하는 것은 단 한 번도 없었다. 늘 마티아스 소공자만 시비 건 만큼 되돌려 받았다. 그리고 더욱 분을 품고 덤벼들었다.

잠은 모자라고 ‘그것’은 언제 튀어나올지 몰라 불안했다. 수도에 온 이래로 한 번을 제대로 자본 적이 없었다. 수많은 밤을 목적없이 헤맸고 학교는 수시로 결석했다. 그나마 가끔

나오는 학교에서 죽은 듯이 자려 했지만 그 단잠을 늘 방해당
했다. 때문에 계속 신경질적이 되어갔다. 조금만 건드려도 버
럭 소리치며 반응하기에 이르른 것이다.

그쯤 되니 또 하나의 별명이 생겼다. 히스테릭 걸. 물론 마
티아스 소공자가 직접 애증을 품고 만들어준 별명이었다.

밤이 되었다. 엘페이온은 또다시 저택을 빠져나왔다. 누구
도 그를 막지 않았다. 오히려 문제의 그 소리가 들리기 전에
어서 빨리 엘페이온이 밖으로 나가길 더욱 바라마지않았다.

밤의 뒷골목은 언제나 비슷했다. 이쪽에선 술에 취한 주정
뱅이가, 저쪽에선 그런 그들을 유혹하는 여자들. 몇 집 건너
어둠 속엔 도박판이 벌어지고 있고 어떤 골목엔 싸움이 벌어
졌다.

아무데나 들어가 술을 사고 길거리에 걸터앉아 병째로 마
셨다. 지나가는 사람들의 소음이 딴 세상인 것마냥 멀어졌다.
술집 안에서 술을 마시고 있으면 꼭 시비 거는 사람들이 생긴
다.

척 보기에 돈 좀 있어 보이는 어린 소년, 다른 불량한 아이
들처럼 무리를 이루는 것도 아니고 혼자다. 때문에 무언가를
노리고 다가오는 자들을 처리하는 것도 이젠 지쳤다. 적당히
아무데나 앉아서 이렇게 술을 마시며 지나가는 사람들을 구
경하는 것도 나쁘진 않았다.

"아… 자고 싶다."

술기운이 돌아 몽롱해진 정신으로 중얼거렸다. 늘 잠이 모자랐다. 그래도 잘 수 없었다. 물론 자지 않더라도 그것은 튀어나오지만 그래도 밤에, 잠을 자고 있을 때 나오는 확률이 더 컸기에 최대한 버텼다. 하지만 이젠 슬슬 한계였다.

"자면 되잖아."

누군가 친근하게 말을 걸며 옆에 주저앉았다. 들어본 목소리였다. 슬쩍 고개를 돌아보니 그였다, 로베르트.

"이곳에 자주 보인다고 듣긴 했지만 설마 진짜 이런 꼴로 길에서 뒹굴고 있을 줄은 몰랐어. 명색이 귀족님이시잖아. 그것도 왕족."

"시끄러 신경 쓰지 마. 저리 가."

짧고 간단하게 자신이 원하는 것을 충분히 전달한 엘페이온은 다시 고개를 돌렸다. 더는 로베르트에게 관심이 없다는 듯 멍하니 각기 제 길을 가는 행인들을 멍하니 구경했다.

"이거 원. 누가 보면 약이라도 한 줄 알겠네. 물론 알코올은 했지만. 이봐, 난 네가 무척 맘에 들거든? 저 마티아스 소공자를 그렇게 길길이 날뛰게 하는 거, 진짜 감탄스러울 정도야."

"시끄러. 조용히 해. 졸려."

"왜 자꾸 졸린다고 하는 거야? 졸리면 자면 되잖아."

여전히 곁을 떠나지 않고 말을 거는 로베르트가 귀찮았다. 이대로 두면 결국 녀석은 끝까지 옆에서 물어볼 거 같은 무서운 예감이 들었다. 엘페이온은 한숨을 쉬며 대답했다.

"잘 데가 없어. 집도 여관도 학교도 너무 시끄러. 도무지 잘 수 있는 곳이 없어."

"…그래?"

로베르트는 조금 고민하는 듯 보였다. 하지만 그것도 잠시 곧 웃으며 일어서서 손을 내밀었다.

"그럼 가자."

"…뭐?"

인상을 쓰며 물었다. 하지만 로베르트는 대답도 듣지 않고 엘페이온을 잡아끌었다. 술기운에 다리가 풀려 녀석이 끄는 대로 끌려갔다. 그리고 그대로 마차에 태워졌다.

"이거 유괴야."

"잔말 마, 주정뱅이. 일단 따라와 봐."

마차가 도착한 곳은 한적한 교외였다. 소년들을 내린 마차 는 다음 손님을 태우고 달렸다. 마차가 사라지자 주위는 고요 해졌다. 들릴 듯 말 듯 작은 풀벌레 소리가 귓가를 조금씩 간 지럽혔다.

"여긴?"

"우리 집. 어때, 좋지? 어머니가 불면증에 시달렸을 때 아 버지가 전 재산을 모아 마련한 곳이지. 덕분에 학교 다니기가 너무 힘들다니까."

"…부모님은?"

이 밤중에 남의 집에 이렇게 마구 들이닥치는 것은 교양있는 자로선 할 짓이 못됐다. 어쩌다 끌려와 그런 몰상식한 짓을 하게 된 것이 심히 불편했다.

"걱정 마라. 둘 다 돌아가셨으니."

"……."

"뭐해? 들어와. 너 잘 곳은 충분히 있으니 염려 안 해도 돼."

그리고 그렇게 로베르트에게 끌려 들어갔다.

집 안은 아늑했다. 딱 그 단어에 어울렸다. 심히 좁지도, 그렇다고 넓지도 않은 공간이었다. 작은 2층 집. 열린 창문 사이로 달빛과 풀벌레 소리가 함께 들어왔다. 귀에 거슬리지 않았다. 어쩐지 나른하게 잠들 것 같은 분위기였다. 조용했다. 사일런트를 건 것과는 전혀 달랐다. 사일런트라면 풀벌레 소리마저 모두 차단하니까. 그건 그야말로 정적. 이건 그것과는 전혀 다른 조용함.

"여기, 내가 어릴 때 쓰던 방이야. 나야 지금은 부모님이 쓰던 방을 쓰니까 여기서 자."

로베르트의 안내로 들어선 방에 놓인 침대에 앉았다. 그리고 쓰러지듯 누웠다. 로베르트가 이불을 끌어다 덮어주는 것을 느꼈다. 그대로 잠에 빠져들었다.

"…푹 잤다."

아침. 새소리를 들으며 눈을 뜬 엘페이온은 멍하니 중얼거렸다. 머릿속을 복잡하게 하던 사념이 없어졌을 정도로 푹 잤다. 상쾌했다. 주변에 어떤 물건도 부서져 있지 않았다. 피도 없었다. '그것' 이 나타나지 않았다는 증거.

"잘 잤나 보네?"

"…덕분에."

아침부터 부산하게 요리를 준비하던 로베르트가 돌아보며 인사했다. 엘페이온은 순순히 답했다. 그래, 그의 말대로였다. 정말 잘 잤다. 수도에 와서 처음으로 푹 잘 수 있었다.

그리고 그날부터 엘페이온과 로베르트는 함께 다녔다. 낮엔 엘페이온의 저택에서 공부를 하고 놀거리를 챙겼고 밤엔 뒷골목을 돌아다니며 실컷 놀았다. 그리고 잠은 로베르트의 집에서 잤다. 페트다 부인은 로베르트와 어울리는 것을 영 못마땅해했지만 '그것' 의 걱정 없이 점차로 밝아지는 엘페이온의 모습에 반대하진 못했다.

사건이 벌어진 것은 그 후였다.

안 그래도 엘페이온을 마음에 들어하지 않던 마티아스 소공자는 엘페이온이 아예 로베르트와 붙어 다니게 된 후론 완전히 이를 갈았다. 귀족의 수치, 왕족의 자존심도 없는 놈, 부끄러움을 모르는 자 등등 있는 대로 조롱하며 엘페이온을 괴롭혔다. 그리고 엘페이온은 폭발했다. 정확히는 엘페이온의 '그것' 이 튀어나왔다.

"평민과 어울리는데 전혀 괴리감이 없군. 딱 평민의 수
준……."

서걱!

갑자기 검이 뽑히는 소리와 함께 마티아스 소공자가 뒤로
물러섰다. 갑작스러운 살기에 본능적으로 물러선 것이 천만
다행이었다. 조금 전까지 마티아스 소공자가 서 있던 자리로
날이 선 검이 은색 선을 그리며 지나갔다.

"무, 무슨……."

당황하여 중얼거리다 순간적으로 검을 뽑았다. 언젠가부
터 목검이 아닌 진검을 들고 다녔다. 그리고 그건 이 교실에
검을 배우고 있는 소년들 모두 마찬가지였다.

검을 세우고 자신에게 검을 들이댄 녀석을 노려보았다. 마
티아스 소공자는 녀석의 눈을 볼수록 소름이 끼치는 것을 느
꼈다.

어두웠다. 마음속 깊이 공포가 기어올라 오고 있었다. 눈
앞의 소년은 페르나슈 소공자였다. 그런데 자신을 바라보는
눈은 그가 아니었다. 그건 살인자의 눈, 피에 미친 광인의 얼
굴이었다.

"너… 누구냐?"

낮은 목소리로 물었다. 검을 들고 있는 손이 미세하게 떨렸
다. 소년이 감당하기엔 너무도 깊은 심연의 광기였다.

"크크크크크크크크크크크크! 크크크! 크하하하하하!"

“미쳤군.”

챙!!

그 순간 ‘그것’의 검이 마티아스 소공자를 향해 날아들었다. 아슬아슬하게 막았지만 그것으로 끝이었다. 바로 이어지는 찌르기는 도저히 막을 길이 없었다.

푹.

그대로 검에 찔렸다. 그제야 놀란 소년들이 마티아스 소공자를 구하기 위해 달려들었다.

“너, 너!! 무슨 짓이야!”

“저 녀석을 막아!!”

하지만 역부족이었다. 그들에게 있어 엘페이온은, 아니, ‘그것은’ 너무 강했다. 인간이라 할 수 없는 빠르기, 순발력 어느 것 하나 따라갈 수 있는 게 없었다. 곧 하나하나 부상을 입고 떨어져 나갔다. 그리고 더는 아무도 달려드는 자가 없을 때 ‘그것’은 피가 묻은 검을 들었다. 눈앞에 검을 마주하고 씨익 웃었다. 혀를 내밀어 피를 핥았다.

“욱!”

“우웩!”

‘그것’에 대한 공포와 두려움. 그리고 눈앞에 자행되는 저 말도 안 되는 짓에 소년들은 구토했다.

“페이온?”

그제야 정신을 차린 로베르트가 조심스레 불렀다. 그리고

‘그것’이 꿈틀했다. 순식간에 눈에 맺힌 광기가 사라지고 엘페이온이 돌아왔다. 마음으로 인정한 친구가 부르는 소리에 돌아올 수 있었다.

“아…….”

정신을 차리자마자 눈에 들어오는 건 시뻘건 선혈이 묻어난 교실이었다. 여기저기 소년들이 부상 입은 곳을 쥐고 쓰러져 있었다.

“죽은 자는?”

차가운 목소리로 마티아스 소공자를 향해 물었다.

“없다.”

“그나마 다행이군.”

조용히 대답하며 뒤돌아섰다. 교실을 나가기 전 엘페이온은 다시 뒤돌아보며 마티아스 소공자를 향해 말했다.

“넌 가끔 내게 말했지, 미친놈이라고?”

“…….”

“딱 맞아. 잘 맞췄어. 제대로 본 거야.”

그리고 마티아스 소공자의 대답을 기다리지 않고 교실을 나갔다. 로베르트가 따라 나왔다.

“봤지? 저게 내 모습이야. 저게 잠들 수 없는 이유였다. 어때, 겁나지? 내게 다가오지 마. 언제 저 꼴이 될지 모르니까.”

“별로.”

“뭐?”

진심으로 충고하지만 로베르트는 특유의 껄렁거림으로 간단히 대답했다. 오히려 당황한 것은 엘페이온이었다.

"결국 당한 건 평소 널 못마땅하게 여기던 애들이잖아. 그리고 난 멀쩡. 분명히 나도 검이 닿는 곳에 서 있었는데 전혀 위험하지 않던걸."

"그, 그거야 네가 공격하지 않았을 테니까……."

"그래. 그거면 됐지. 내가 널 어찌하지 않을 테니 문제의 그 녀석도 날 어찌하진 않을 거라 생각해. 근데, 그거 대체 정체가 뭐야?"

오히려 호기심으로 다가서는 로베르트였다. 어쩐지 허탈해졌다. 무엇 때문에 지금까지 고민했는지 웃음이 나올 지경이었다.

"몰라. 나인 것 같으면서 내가 아닌 것 같아. 하지만 결국 나일 거라고 봐."

"무슨 대답이 그래?"

"그러니까 모른다니까."

둘은 웃었다. 그리고 함께 교외의 로베르트의 집으로 향했다. 그곳에서 한숨 자면 다시 기분이 상쾌해질 거라고 확신했다.

그렇게 한 명의 친구를 얻었다. 그리고 또 한 명의 친구는 그로부터 얼마 후 누님에 의해 생겨 버렸다.

마티아스 소공자의 단짝, 루사인의 쌍둥이. 그 천재가 월반을 하더니 엔마이아와 붙어버렸다. 늘 집에 들르고 얼굴을 마주치는 시간이 늘다 보니 자연스레 가까워졌다. 게다가 대놓고 마티아스 소공자를 무시하는 게 더욱 마음에 들었다. 그 태평한 얼굴로 마티아스 소공자를 무안 준 사건은 두고두고 학교의 전설이 될 것이다.

엘페이온, 로베르트, 라넬. 이 셋은 그야말로 단짝이 되어 늘 붙어 다니게 되었다.

일 년 반이 지나고 친했던 그 친구가 소중한 누나와 함께 도주했다. 처음엔 녀석 혼자 행방불명이 되었다. 하지만 얼마 후, 영지의 성에 돌아간 줄 알았던 누나가 사실은 녀석과 함께 달아났다는 것을 알게 되었다.

성은 발칵 뒤집히고 학교에도 대혼란이 일었다. 최고의 인재라던 천재가 왕비가 될 여자와 도주한 사건은 그냥 넘길 수 없는 일이었다. 녀석은 제적되고 학교에 녀석에 대한 흔적은 단 하나도 남지 않았다. 그리고 함구령이 내렸다.

"이건 말도 안 돼. 말도 안 돼는 일이야. 어떻게, 어떻게 라넬이 누님과……."

"전혀 몰랐냐? 그 둘이 보통 관계가 아닌 건 이미 여기저기서 뉘앙스를 풍겼는데."

"그래, 그건 알아. 그래서 녀석에게 누님만은 안 된다고 부탁까지 했어. 그런데 어떻게… 아무것도 없이 그렇게… 차라리 성으로 가는 게 낫지. 어떻게 살려고."

마음을 진정시키지 못하고 계속 중얼거렸다. 하지만 로베르트는 전혀 신경 쓰이지도 않는다는 얼굴로 태연하게 소파에 누워 책이나 보며 뒹굴거렸다. 성의없는 말대답만 이어갔다.

"서로 좋아한다는데 어쩔 거야. 그 둘이 좋아서 그렇게 나간걸. 사랑하는 연인은 강한 거란다, 어린 소년아."

"무슨 소릴 하려는 거야, 로베르트!!"

버럭 성질내며 일어섰다. 이건 완전 작정하고 불에 기름 붓는 꼴이었다.

"흥분하지 마. 이왕 벌어진 거 어쩌겠냐고. 러브 앤드 피스. 사랑은 인류를 구한다."

"하고 싶은 말이 뭐야?"

"사랑은 모든 것을 초월한다는 거지, 아무것도 없이 달아나도 좋을 정도로. 참고로 나도 사랑의 승리를 얻었다. 잉게 소공녀의 허락을 받았거든. 마법만 쓸 수 있으면 내 청혼을 받아들이겠다고 하더라. 사랑 앞에 안 되는 게 없지. 근데 이거 좀 어렵네. 이론은 되는데 말이야."

엘페이온은 로베르트가 들고 있는 책을 보았다. 굵은 고딕체로 '기초 마법 정석'이라 쓰인 제목이 눈에 들어왔다.

"…다 싫다. 진절머리나게 싫다."

"엥? 페이온?"

"몰라. 떠날래. 누님 일로 아버지는 한동안 이곳에 있을 테
니 내가 카델란으로 가버릴 거다."

"이봐, 페이온. 우리 아직 2학년이야. 학교는 졸업해야지."

"말리지 마. 질렸어."

그리고 그렇게 결혼을 위해 목숨 걸고 마법을 배우기 시작
한 마지막 남은 바보 친구를 뒤로하고 바다를 건넜다.

카델란 제도의 제국 학교는 카델란 제국의 각 왕국 출신 귀
족들과 엘페이온과 같은 타 대륙 귀족들이 다니는 최고의 교
육 시설이었다. 각국의 우수한 소년들이 모인 그곳은 초등부
부터 대학까지 쭉 이어져 있었고 수준만 맞는다면 어떤 수업
이든 마음껏 들을 수 있었다.

그곳에서 또 하나의 인연, 한마디로 바보 변태라 칭할 수
있는 그를 만났다.

보기 드문 옅은 푸른색의 머리. 훤칠한 키와 탄탄한 몸매.
핏빛과도 같은 짙은 갈색의 눈동자는 모든 것을 꿰뚫어보는
것 같아 긴장하게 만든다. 그의 이름은 카시안. 대학 과정의
수업을 듣던 중 만난 세 살 위의 남자로 그가 쓰는 성은 크라
노였다. 이 당돌한 왕자는 타국에서 당당하게 자신이 크라노
의 왕족임을 밝히고 있었다.

"헤이~ 페이온. 오늘도 여전히 아름답구나, 그 흑발은. 오
늘이야말로 내 수청을 들 준비는 되었는지?"

“…꺼져, 변태.”

그리고 이 남자는 당당한 양성애자였다. 아무리 크라노라는 국가 자체가 아름다운 소년을 찬양하는 전통을 지닌 곳이라지만 이렇게 대놓고 구애하는 것은 그 크라노에서도 극히 드문 일이었다.

“여전히 차갑군. 그래도 이젠 다짜고짜 검을 빼 들진 않는건가. 많이 유해졌구나.”

“쓸데없는데 힘을 빼기 싫을 뿐이야. 검을 휘둘러 봤자 다 피할 테니까. 노린다면 일격이지.”

진심으로 이를 갈며 살기를 띄웠다. 이 능글맞은 청년은 마음은 변태, 몸은 철인이었다. 타고난 전사였다. 검에 있어선 엘페이온도 다른 사람에게 뒤지지 않을 실력과 자신감을 가지고 있었지만 이 남자는 벽이었다. 처음으로 검으로 굴욕을 맛보게 한 자였다.

“세 살 차라면 궁합도 딱 맞고 가문도 그 정도면 어울리는데. 결코 뒤지지 않지.”

“…….”

처음 엘페이온이 이곳에 왔을 때부터 그가 에페트리아의 왕족이란 것 정도는 다 조사를 끝낸 상태였다. 딱히 좋다고할 수 없는, 아니, 오히려 사이가 나쁘다고도 할 수 있는 적국의 왕족에게 참으로 가당찮은 구애나 하고 있는 이 한심한 남자를 어떻게 해야 손쉽게 차내 버릴지 고민하는 게 요즘 들어

하루 일과가 되어버렸다.

"카시안, 당신 정말 계속 그러면 다음엔 진짜 베어버릴 거야, 내가 아니라 '그것' 이."

"호오. 그건 좀 겁나는데? 아무래도 그쪽의 넌 너무 강해서. 아아, 반해 버린 상대가 나보다 강한 건 매우 애석한 일이구나."

여전히 과장된 몸짓으로 애절하게 통곡하는 바보를 뒤로하고 엘페이온은 다음 강의실로 향했다. 그때 카시안이 갑자기 일어서서 엘페이온의 팔목을 잡아챘다.

"뭐 하는 짓이야?"

"수업 째자. 어차피 이거 지루하잖아. 좋은 데로 데려가지."

"…어디?"

그의 말대로 이번 수업은 아무래도 신청을 잘못한 것은 아닌가 고민할 정도로 머리에 들어오지 않는 과목이었다. 때문에 카시안의 제안이 조금은 솔깃했다.

"드래곤… 보러 가지 않을래?"

"드래고온?"

이곳에 와서 크라노가 할센 대륙으로 데려갈 드래곤을 찾기 위해 오랜 시간 조사를 해오고 있었다는 것을 알게 되었다. 물론 에페트리아에서 눈치 채지 못하게 비밀리에 진행하는 조사였다. 엘페이온이 알게 된 것은 어디까지나 저 바보 변태가 속도 없이 자기가 아는 걸 죄 말해준 덕이었다.

"조금 전 드래곤과 확실히 접촉했다는 연락이 왔거든. 내가 직접 가서 협상을 해보려고. 어때? 흔한 일은 아니지? 가자."

웃으며 재촉하는 카시안을 보며 엘페이온은 한숨을 쉬었다.

"너 대체 내가 에페트리아의 왕족이란 사실은 기억하고 있는 거냐?"

"물론. 사랑하는 상대에 대한 모든 것은 이미 내 머릿속에 자알 정리되어 있지."

"…진짜 바보."

안 간다고 해도 소용없었다. 한 번 잡은 팔목을 저 힘만 센 바보 변태가 놓을 리가 없었다. 결국 터덜터덜 끌려가며 크라노의 미래에 대해 애도했다. 저런 게 왕이 되면 끝장이다. 물론 어째서 에페트리아 인인 자신이 적국 크라노의 미래를 걱정해야 하는지도 의문이었지만.

말로는 잠깐 놀러가는 것 같더니 알고 보니 본격적이었다. 프라슈 왕국의 에토슈 지방. 그건 아무리 말을 빨리 달린다 해도 제도에서 이 주일은 충분히 걸리는 거리였다.

"속았어, 속았어, 속았어. 세상에 말이 2주일이지 왕복으로 치면 한 달이네. 무단결석은 3주까지라고. 이번 학기는 완전히 버렸어. 어쩔 거야. 완전히 남의 인생 계획을 1년이나 망쳐 버리려고 작정했지."

달리는 마차에 앉아 팔에 턱을 괴고 투덜거렸다. 스쳐 지나가는 풍경 따위 하나도 눈에 들어오지 않았다. 맞은편에 앉아 있는 저 민폐쟁이 왕자님 덕에 속만 부글부글 끓었다. 이 길로 마차에서 내려 다른 마차를 잡아타고 제도로 돌아가고 싶었지만 웃는 얼굴 속에 구렁이가 백 마리는 들어앉은 저 변태가 놓아줄 리가 없었다.

"걱정 마. 휴학계 완벽하게 내고 왔어. 무단결석은 아니야. 일만 빨리 끝내고 돌아가면 한 달 공백쯤이야 네 머리론 거뜬하잖아."

"하아. 누구 맘대로 휴학까지. 아주 멋대로시구나."

"사랑하는 사람의 미래를 망칠 순 없잖아."

"좀 작작해!!"

버럭 소리쳤다. 하지만 진심으로 화가 나진 않았다. 이 사람의 곁에 있으면 늘 마음이 편해진다. 에페트리아에 있을 때나 지금이나 늘 엘페이온의 정신을 좀먹어가던 '그것'은 여전히 출몰한다. 하지만 이곳에선 예전처럼 '그것'이 나타날 때마다 조마조마하며 히스테리를 부리지 않아도 괜찮았다. 눈앞의 이 남자가 평소에 하도 건드려 놔서 신경이 쇠약해질 정도로 쌓일 무언가가 없는지, 아니면 자포자기 될 대로 되라인지, 어쨌든 이곳에 와서 이 남자를 만난 후론 편해졌다. 그것에 대해선 고마웠다, 진심으로. 물론 그의 저 사랑 타령을 받아줄 생각은 추호도 없지만.

"하아, 목적지도 그렇지. 왜 하필 고르고 골라 거기야?"

"왜? 네 외가가 있는 곳이라?"

역시 엘페이온에 대해선 너무나도 잘 아는 카시안이었다.

"알면서 잘도 끌고 간다."

"뭐 어때? 너 외가는 한 번도 안 가봤다며. 이 기회에 한번쯤 네 뿌리를 확인해 보는 것도 좋잖아."

"아아, 차라리 없었으면 좋을 그 뿌리 말인가. 대체 어떤 작자들이 무슨 정신머리를 가지고 그딴 여자를 왕자에게 보냈는지 그 면상이나 보러 가볼까 그럼? 간 김에 확 다 엎어버리고."

"…됐다. 그만두자."

드물게 카시안이 먼저 항복했다. 다른 건 몰라도 엘페이온의 저 가족에 대한 삐뚤어진 근성은 평생을 가도 고치기 힘들 거라며 포기했다.

며칠을 걸려 목적지에 도착했다. 그리고 그곳에서 그녀를 만났다. 기다리고 있었는지 인간의 모습으로 엘페이온 일행을 맞이한 그녀는 자신을 아일란스라 소개했다.

"당신이 국경에 떡하니 버티고 있는 티아라의 여동생이란 것을 알았다. 언니를 만나러 가고 싶어했다지? 어때, 우리와 계약하는 것이? 우리가 바라는 건 그 티아라를 잠시, 아주 잠시만 멈추게 하는 것으로……."

카시안이 진지한 얼굴로 협상을 시작했다. 하지만 여자는 그런 그의 말은 듣는지 마는지, 엘페이온만 빤히 바라보고 있었다.

"이봐, 드래곤. 대체 누굴 그리 빤히 보고 있는 거냐?"

카시안이 경계하며 물었다. 여자는 멈칫하더니 생긋 웃었다.

"네 옆의 소년. 재미있네, 정신이 분열되어 있어. 완전히 둘로 명확하게 나뉘었는데 용케도 버티고 있네? 기본적인 정신력이 강한 건가? 마음에 들어."

"내 거다. 눈독 들이지 마라."

"누가 네 것이란 거야!!"

카시안의 선언에 엘페이온은 깜짝 놀라 벌떡 일어서서 소리쳤다. 이 포기를 모르는 변태를 어찌 처리해야 할지 참으로 고민스러웠다.

"흐음. 이봐, 인간."

"왜?"

"너 드래곤이랑 연적이 되고 싶어?"

"…뭐?"

카시안이 인상을 쓰며 되묻자 여자는 생글생글 웃으며 선언했다.

"나 저 아이가 마음에 들어. 계약은 없던 일로 하자. 이봐,
당신. 이름이 뭐야?"

"유겐 엘페이온 일렉트리아."

"난 아일란스. 아이라라고들 불러. 말한대로 너한테 흥미
가 있어. 네 분열된 정신을 진심으로 연구하고 싶어. 어때?"

"마음대로. 어차피 옆에 바보 변태가 하나 붙어 있는데, 연
구광이 끼어든다 해도 문제는 없겠지."

그리고 그 길로 드래곤은 엘페이온을 따라나섰다.

웃기고 어이없는 조합이었다. 크라노의 왕자, 그가 사랑하
는 에페트리아의 왕족, 그리고 드래곤. 하지만 셋은 의외로
잘 어울렸다. 카시안도 아이라도 엘페이온을 아꼈다. 너무나
도 소중히 여겼다. 처음 카델란에 올 때까지만 해도 녹지 않
을 거라 생각되던, 단단하게 얼어붙어 있던 엘페이온의 마음
이 서서히 녹아갔다.

늘 엘페이온을 괴롭히던 문제의 '그것'은 아이라가 봉인
시켰다. 없앨 순 없었다. '그것'도 당당한 엘페이온을 구성하
는 존재이기 때문이다. 그것이 사라지면 엘페이온도 사라진
다. 하지만 봉인시켜 잠들게 하면 봉인이 풀리기 전까진 두
번 다시 나타나지 않을 거라 했다. 그리고 그 봉인은 아이라
만이 풀 수 있었다.

그렇게 셋이 어울리며 익숙해져 갈 때, 카시안이 떠나게 되

었다. 어느 날 흐트러짐없는 정장 차림으로 나타난 그는 엘페이온과 아이라를 향해 말했다.

"나 돌아간다. 내 비가 아이를 가졌대. 지난번 방학 때 고향에 다녀왔었는데 그때 생겼나 봐."

"…너, 유부남이었냐?"

엘페이온이 인상을 쓰며 물었다. 유부남 주제에 참 잘도 자신을 꼬셨다고 빈정거렸다.

"네가 나한테 온다면 언제라도 비 자리를 넘겨줄 수 있는데. 비의 허락도 받았어. 내가 정말 사랑하는 남자라면 응원해 주겠다고."

"어떻게 돼먹은 집안이야, 거긴!!"

결국 끝까지 버럭 소리치게 만드는 남자였다.

"돌아가기 전에 미리 허락을 받을게. 아이가 태어나면 아이라의 이름을 따서 짓고 싶어. 남자 아이라면 아켈라스 정도일까?"

"무슨 악취미야, 그건."

엘페이온이 뱁새눈을 뜨고 물었다. 대체 무슨 생각을 하고 사는지 도무지 알 길이 없었다. 좋아하는 남자―물론 그 남자는 엘페이온 자신이다―의 여자친구의 이름을 자기 아이에게 주겠다니.

"연적에 대한 예의."

웃으며 대답하는 남자를 향해 한숨을 쉬었다. 진짜 악취미

다, 저 사람은. 도무지 그 속을 알 수가 없다.

"그럼 가볼게."

자리에서 일어서며 인사했다. 참 귀찮았지만 그래도 싫진 않은 사람이었다. 이대로 돌아가면 아마 두 번 다시 만나지 못할 것이다. 누가 뭐래도 그는 크라노의 태자. 그리고 자신은 에페트리아의 왕족이다. 둘이 만나는 건 모양새도 좋지 않을 뿐더러 만날 방법도 없었다.

"그렇게 보지 마, 페이온. 그대로 납치해서 데려가고 싶어지잖아."

"그건 내가 용납 못해."

아이라가 딱 잘라 거절했다.

"페이온, 곁에 있진 못하지만 늘 널 바라보고 있다는 것 잊지 마. 무슨 일이 있어도 네 힘이 되어줄게."

"그러다 나라 말아먹지. 내가 누군지 잊으면 곤란하다고."

"정 나라를 말아먹을 정도의 일이라면, 에페트리아를 점령해서라도 너는 구해줄게. 그런 일이라면 아이라도 도와주겠지. 편지할게."

그리고 그는 화려하게 웃으며 돌아갔다.

아이라와 함께 제국에서 지내는 것도 그렇게 오래가진 않았다. 카시안이 떠나고 3년 뒤, 아이라에게 아이가 생기자 에페트리아로 돌아갔다. 아무래도 아이는 고향에서 태어나 자라야 한다는 게 아이라의 지론이었다.

카델란을 고향으로 할 생각은 없기에 에페트리아에 돌아왔지만 집에는 돌아가지 않았다. 잉게 공작가의 데릴사위 작전에 성공한 로베르트에게 아이라를 소개하러 찾아갔다. 놀랍게도 그는 벌써 애 아빠가 되어 있었다. 아이라의 아이도 순조롭게 태어난다면 동갑이 될 것이다. 아이들도 친구가 된다면 참 즐거울 거라며 웃었다.

집은 수도에 마련했다. 저택과는 한참 떨어진 곳이었다. 물론 페르나슈 공작에겐 연락하지 않았다. 하지만 엘페이온이 부인을 데리고 돌아온 것을 그는 이미 알고 있을 것이다. 가끔 페트다 부인이 찾아와 아이라와 담소를 나누다 돌아갔다.

아이가 태어나기 전까지 아이라완 많은 대화를 나눴다. 아이의 성별에 대해 고민했다. 여자 아이는 무척 좋아한다. 여자 아이가 태어나면 진심으로 사랑하며 아끼고 행복하게 해주고 싶었다. 그것은 페르나슈 공작과 엔마이아를 보며 자란 것에 대한 반발심이었다. 페르나슈 공작을 부정하기 위해서라도 딸을 키우고 싶었다.

하지만 여자 아이라면 태어나면서부터 혼처가 결정되어 버린다, 엔마이아처럼. 엔마이아는 그래서 망가져 갔다.

엔마이아와 라넬이 도망치고 얼마 후, 엘페이온이 카델란으로 갔을 때 루사인이 태자가 되어 성으로 들어갔다는 소식을 들었다. 마티아스 소공자 패거리 중 유일한 평민. 결국 평민이

아니었다. 오히려 그래서 이해할 수 있었다. 아니, 어쩌면 짐작했을지도 모르는 일이었다. 저 마티아스 소공자가 아무 생각 없이 진짜 평민을 자신의 곁에 뒀을 리가 없다. 그는 분명 라넬, 루사인 쌍둥이가 왕족이란 사실을 알고 있었을 것이다.

루사인이 태자라면 자동으로 라넬 역시 왕족이 된다, 쌍둥이니까. 그렇다면 엔마이아는, 즉 왕족과 도주한 것이 된다. 그녀는 알고 있었을까? 물론 대답은 '예스'다. 그렇기 때문에 도주했을 것이다. 차라리 아무것도 없는 그냥 평민이었다면 오히려 대놓고 이 수도에서 결혼식이라도 올렸을 테니까. 왕족이란 것을 알기에, 라넬이 왕에 가까운 자라는 것을 알기에 도망쳤을 거라고 짐작했다.

어쨌든, 아이가 딸로 태어나면 그 루사인의 아이와 결혼해야 한다. 그렇게 정해져 있다. 그건 사양이었다. 마티아스 패거리는 딱 질색이다. 루사인 역시 마찬가지로 싫었다. 형인 라넬은 자신의 친구였지만 마티아스 소공자의 친구인 루사인은 그와 함께 엘페이온을 괴롭히던 패거리 중 한 명이었다.

"그 재수없는 루우~ 따위에게 내 아이를 주고 싶진 않아. 그래, 남자 아이로 하자. 그리고 나중에 다 커서 여자 아이가 되게 하는 거야. 조금 혼란스럽겠지만 다시는 남자 아이로 돌아가고 싶지 않게 해주면 되겠지."

"페이온, 무슨 음모를 꾸미려는 거야?"

"응? 그냥. 두 마리 토끼를 한 손으로 잡는 계획이랄까?"

그렇게 결정하고, 아이는 남자애로 태어났다. 이름은 극구 우겨 세라라고 정했다. 언젠가 이 아이가 크면 꼭 그 이름을 당당하게 부르리라 다짐했다.

성에서 연락이 온 것은 그 뒤였다. 급하게 적힌 장소로 오라는 전갈. 보낸 자는 루사인. 태자였다. 딱히 만나고 싶진 않았지만 그건 그쪽 역시 마찬가지일 것이다. 그럼에도 이리 급하게 자신을 부르는 것이라면 무언가 피할 수 없는 이유가 있을 것이라 짐작됐다.

전갈에 써진 장소에 도착하자 성에서 나온 것으로 짐작되는 사람들이 길을 막았다. 그리고 마티아스 공작가로 안내했다. 그곳에서도 은밀히 조용하게 움직이며 어느 어두운 방으로 안내받았다. 그곳엔 두 개의 인영이 이미 기다리고 서 있었다. 마티아스 소공자와 태자 루사인. 두 사람이었다. 물론 짐작은 하고 있었다.

"두 번 다시 보고 싶지 않은 재수없는 얼굴들이 모여 있네."

"저 자식이!"

마티아스 소공자가 발끈했다. 하지만 루사인이 막았다.

"쓸데없는 신경전은 벌이지 마. 시간이 없어."

루사인의 낮은 목소리에 일이 터져도 아주 단단히 터졌다고 짐작했다. 애초에 그러지 않고서야 부르지도 않았을 테지만.

"형이… 라넬이 죽었다."

“…뭐?”

갑작스런 비보에 엘페이온은 잠시 이해를 하지 못해 되물었다. 잘못 들은 것이 아니라면 그것은 분명…

“아버지가 계속 뒤를 캤고 결국 암살자를 보냈다.”

“누님은?”

라넬의 사망 소식도 소식이려니와 더욱 염려되는 것은 엔마이아였다. 라넬이 그리되었는데 누님이 무사할 것 같지 않았다.

“일단은 암살자들이 더는 마음껏 움직이지 못하게 막아는 뒀다. 하지만 그것도 시간문제겠지. 아직까진 엔마이아도, 아이도 무사하다.”

“아이?”

“형의 아이다. 올해 두 살이라더군.”

“…….”

엘페이온은 어떤 말을 해야 할지 갈피를 잡지 못했다. 마티아스 소공자와 루사인 태자가 왜 자신에게 이 소식을 알리는지 알 수 없었다. 관계자라서? 그건 아니다. 그것뿐이라면 저들이 자신에게 알릴 의무가 없다.

“고민하지 마, 다 말할 테니. 솔직히 말하겠다. 이대로는 누구도 살릴 수 없다. 하지만 난 네 누나는 모르지만 내 조카는 살리고 싶다. 무슨 수를 써서라도.”

“무슨 수를 써서라도…….”

“그래. 지금 난 선택의 기로에 서 있다. 지금 이 상태로는 힘들지만… 어때. 나와 손을 잡을 생각이 있나? 난 형의 아이를 살리고 싶다. 그 아이는 내가 살릴 거다. 네 누나는 네가 살려라.”

엘페이온은 루사인을 빤히 바라보았다. 말 그대로 그는 지금 선택을 하려하고 있다. 그리고 자신에게도 그 선택을 강요하고 있었다. 물론 선택의 여지는 없었다. 답은 하나였다.

“그래서 내가 해야 할 일은?”

“목숨엔 목숨을. 네 누이를 살려내는 대가는 그에 합당한 목숨으로 갚아야겠지. 네 목숨, 내게 줄 수 있나?”

루사인의 질문에 엘페이온은 아랫입술을 질끈 물었다. 틀린 말은 아니다. 엔마이아를 살리려면 자신도 그 정도는 내놓아야 한다. 그리고 루사인은 그보다 더한 것을 쳐내려 할 것이다. 그러기 위해 자신과 손을 잡으려 하는 것이다. 조금이라도 더 가능성을 높이려고.

루사인의 앞에 무릎을 꿇었다. 그리고 고개를 숙였다. 딱딱한 목소리로 맹세했다.

“유겐 엘페이온 일렉트리아 페르나슈 소공자, 당신에게 목숨을 바쳐 충성하겠다. 나의 왕.”

루사인은 손을 뻗어 그의 맹세를 받아들였다.

며칠 뒤, 국왕이 실각했다는 소문이 돌았다. 죽었다느니 요양을 갔다느니 어딘가에 갇혔다느니 등등 별의별 소문들이 이어졌다. 분명한 사실은 루사인이 왕이 되었다는 것이다.

겉으로 보기엔 아무 일 없이 조용히 왕위에 오른 것 같지만 그 안엔 유혈이 낭자했다. 전 국왕의 중신들이 암살되고, 국왕의 친위대 중 여럿이 사라졌다. 그들 중 몇 명은 엘페이온이 보낸 페르나슈 공가에서 키워낸 살수에게 당했을 것이다.

하지만 어디까지나 겉모양은 온화한 양위라 전 국왕이 해놓은 사안들을 다시 번복할 수는 없었다. 그중 대표적인 게 할트엔리드 가에 대한 함구령이었다. 특별한 사항이 없는 한 그 이름은 두 번 다시 뭇사람들의 입에 거론되지 않을 것이다.

엔마이아와 아이는 무사하다는 소식을 전해 들었다. 어딘가 다른 곳으로 도주해 다시 삶의 터전을 마련했다는 것을 들었다. 찾아가 보고 싶었지만 알 길이 없었다. 그들의 행방을 루사인이나 마티아스 소공자가 알려줄 리가 없었다. 아무리 국왕에게 충성을 맹세하고 그의 신하가 되었다 하더라도 자신은 역시 겉돌고 있는 것을 느꼈다. 그럼에도 그에게 건 목숨의 대가로 반드시 복종해야 하는 의무감만은 남았다.

아이가 세 살이 되던 해 아이라가 말도 없이 사라졌다. 그리고 며칠이 지나도록 돌아오지 않았다. 그녀는 드래곤. 일신상의 문제는 아닐 것이리라. 그래서 찾지 않았다. 아이를 데리고 영지의 성으로 가 조용히 지냈다.

국왕은 엘페이온을 찾지 않았다. 갑작스레 이어받은 왕위로 성의 문제만으로도 바빠 국정 같은데 관심이 없는 엘페이온이 할 일이 없는 건지, 아니면 결국 엘페이온은 정적들을 없애는 살수를 빌리는 도구로만 끝낸 건지는 알 수 없었다. 국왕이 더는 자신을 부르지 않을 것이라는 막연한 예감만 남았을 뿐이었다.

아이는 엄마가 없어도 잘 컸다. 어딘지 가끔씩 진짜 내 아이가 맞나 싶을 정도로 머리가 나빠 보이기도 하지만 어쨌든 귀여웠다. 여자 아이로 태어났더라면 정말 예쁘게 자랐을 것이다. 하지만 남자 아이로 태어나게 한 것에 후회는 하지 않았다. 국왕과 그렇게 얽혀 버린 이상 이 아이가 여자 아이였다면 군말없이 내놨어야 했다. 말뿐인 충성은 하지 않는다. 한 번 무릎 꿇은 이상 마음에서부터 그의 사람이 되기 위해 노력해야 했다.

카시안에게선 자주 편지가 왔다. 약속을 반드시 지키겠다는 일념인지 그는 엘페이온에게 편지 쓰는 것을 잊지 않았다. 언제나 지켜보고 있다고 고백한 것이 사실인지 그는 늘 엘페이온의 근황을 너무도 정확히 알고 있었다. 답장을 보내는 일은 거의 없었지만 가끔씩 내키면 간단하게 써서 보내곤 했다.

주 내용은 '바보' 혹은 '정신 좀 차려라, 국왕님' 이었지만.

아이가 다섯 살이 되는 해, 엔마이아가 죽었다는 소식이 들려왔다. 그리고 이어지듯 수도의 어머니가 결국 뛰어내렸다는 전갈이 왔다. 과연 어머니다운 결말이라며 납득했다. 그리고 수도로 향했다. 적어도 장례식에 참석할 정도의 예의는 가지고 있었으니까.

"페이온, 페이온."

페트다 부인이 엘페이온을 끌어안고 흐느껴 울었다. 평생을 올곧게 감정을 드러내는 일 없이 살던 그녀에게서 보기 드문 현상이었다. 그녀는 엉엉 울며 고백했다.

"나 때문이다. 나 때문이야. 마이아가 죽어가는 것을 보면서 그냥 왔어. 궁지든 뭐든 무시하고 끌고왔어야 하는 건데, 어떻게든 살려냈어야 하는 건데… 그 아이의 마지막 모습이 너무도 아른거려 수도를 비웠다. 마음이 휑해서 떠나 있었다. 마리를 살폈어야 했는데… 마이아가 죽은 것을 알고 마리가 상심했을 텐데……."

"무슨 소리세요, 고모님? 그 여자가 그랬을 리가 없잖아요. 또 고향에 돌아가겠다느니 하며 울다가 결국 참을 수 없어졌겠지요. 고모님은 아무 죄 없어요."

그녀를 위로했다. 하지만 그녀는 계속 고개를 저었다.

"아니, 아니야. 마이아가 죽었다는 소식을 들은 뒤로 마리는 고향에 대해선 한마디도 하지 않았어. 더 이상 고향을 그리워하지 않았어. 마리가 비록 그 모양이었지만 너희들의 어머니였다. 슬퍼하지 않았을 리가 없어."

그녀가 계속 부정했지만 엘페이온은 믿지 않았다. 그에게 있어 어머니는 평생을 증오하고 미워해야 하는 존재였다. 모든 것의 원흉, 원죄.

그는 그녀의 본질을 알고 있었다. 카시안과 함께 어머니의 고향에 찾았을 때 유모였다는 여자에게 들었다. 갈망하고 원하는 것만이 그녀가 살아가는 길이라고. 더 이상 원하는 것없이 풍족해지면 마음을 안정을 얻고, 삶의 의욕을 잃는다고.

엔마이아의 죽음은 분명 그녀의 무언가를 바꾸어놓았을 것이다. 아무리 그녀라도 딸의 죽음까지 무시하진 못했을 거다. 딸의 죽음과 맞바꿔 고향에 대한 염원을 드디어 버렸겠지. 딸과 함께 그 갈망도 장례 치렀겠지. 그러고 나니 없는 것이다. 더는 그 무엇도 원하는 것이 없어졌다. 그리고 그 빌어먹을 병은 마음의 안정과 함께 목숨을 앗아갔다. 분명 그런 시나리오였을 것이다.

장례를 치르고 다시 영지로 돌아가기 위해 저택을 나왔다. 문 앞엔 삶의 의욕을 잃은 듯 초라해 보이는 페르나슈 공작이 서 있었다. 그는 조용히 중얼거렸다.

"엔마이아다. 그 아이가 결국 제 어미를 죽였다."

"누님을 죽인 건 아버지입니다."

"나를 원망하느냐? 나를 원망했을까……?"

전자는 자신에게. 그리고 후자는 죽은 누님을 향해 물은 것이리라.

"죽어서도 용서하지 않을 정도로."

"그런가. 그래서 그렇게 제 어미를 챙겨간 것인가, 용서하지 못해서?"

"……."

말없이 공작을 바라보았다. 그것은 무언의 긍정이기도 했다. 그렇게 생각한다. 그래, 그랬을 거라고 생각한다.

"떠나겠다. 이제 더는 이곳에 있을 이유가 없어졌다. 곧 작위를 넘기겠다. 앞으로 네가 공작이다. 원하는 대로 살아보도록 해라. 그렇게 원하던 대로 살아서 과연 얼마나 행복해지는지 보고 싶구나."

"죄송합니다만… 이미 늦었습니다. 원하는 대로 살기엔 저질러 놓은 일들이 좀 많아서요."

아버지의 비아냥거림에 엘페이온은 고개를 저었다. 그래, 이젠 늦었다. 그 대표적인 게 맹세. 아무리 엔마이아가 죽었다 하더라도 한 번 내맡긴 목숨, 그 목숨에 합당한 대가를 치르지 않고선 절대 깨질 리 없는 맹세였다.

영지로 돌아가며 머릿속을 점령한 고민은 한 아이에 대한 것이었다. 엔마이아에게 아이가 하나 있다고 들었다. 그 아이의 행방이 묘연했다. 엔마이아가 살았다던 집으로 사람을 보내 찾았지만 장례를 치르고 바로 사라졌다고 들었다. 불안했다. 국왕이 먼저 채어간 것은 아닌가 고민됐다.

처음 계약했을 때, 자신이 살린 것은 엔마이아였다. 아이는 국왕이 살렸다. 때문에 국왕이 아이를 데려갔다 해도 돌려받을 명분이 없었다. 누나가 낳은 아이다. 친구의 아이다. 차라리 국왕에게 간 것이면 그나마 다행이다. 하지만 혹시라도 잘못된 것이라면… 이제 막 다섯 살이 된 아이가 혼자 어디로 갔는지 걱정이었다. 꼭 찾아야 했다. 반드시 찾아내야 했다.

성에 도착했을 때, 눈을 크게 뜰 수밖에 없었다. 키르라이안의 곁에서 시중을 드는 아이가 어딘지 낯익었다. 분위기며 생김새가 도무지 남일 수가 없었다. 시종장을 통해 아이의 정체를 물었다. 자리를 비운 새에 페트다 부인의 소개장을 들고 홀로 찾아왔다고 했다. 소개장엔 아이의 신분을 보장한다는 글만 쓰여 있었다. 하지만 그것으로 충분했다. 페트다 부인이 소개장을 써준 아이는 누님의 아이, 단 한 명뿐이었으니까.

"애야, 너… 내가 누군지 아느냐?"

조심스레 묻자 아이는 고개를 끄덕였다.

"어머니의 동생."

"그래, 난 네 외삼촌이다. 그걸 알면서 왜 시종처럼 그러고 있는 것이냐? 다른 사람들에게 말을 했으면 되는 것을. 넌 엄연한 이 집안의 도련님이다."

"별로……."

아이는 고개를 저었다. 그리고 엘페이온의 귀에 대고 속삭였다.

"어머니가 아무한테나 이름을 말하지 말랬어요. 특히 국왕이 알면 큰일 난댔어요. 꼭 외삼촌에게만 말하라고 했어요. 어머니가 죽고 다른 사람들이 절 찾으러 왔을 때, 옆집 아이에게 저인 척하라고 했더니 그대로 납치해 갔어요. 그래서 아무한테도 말하지 않고 몰래 여기로 왔어요. 외삼촌이 올 때까지 말할 수 없었어요."

엘페이온은 희미하게 미소 지었다. 생각보다 영리한 아이였다. 옆집 아이를 데려간 사람은 분명 국왕일 것이다. 아이의 슬기로움이 이곳까지 올 수 있게 도왔다.

"고생했겠구나. 여기까진 어떻게 왔느냐?"

"옆집 아저씨가 준 돈이랑, 길을 잃었다고 울었더니 공짜로 마차를 태워준 사람들도 있었어요."

"그래, 그렇구나. 그런데 애야, 난 네가 누구인진 알지만 아직까지 이름은 듣지 못했다. 네 엄마와 아빠가 네게 지어준 이름은 무엇이니?"

그러자 아이는 웃었다. 그리고 대답했다.

"루사인. 루사인 할트엔리드예요."

순간 엘페이온의 눈이 가느다랗게 떨렸다.

루사인. 루사인이라 하면 그다, 국왕. 아이의 이름에 라넬이 자신의 동생을 생각하는 마음이 그대로 담겨 있었다. 저 이름을 듣는 순간, 국왕은 이 아이를 빼앗기 위해 안간힘을

쓸 것이다. 형의 아이이기에 앞서 형이 자신에게 남긴 마음이
니까. 어떻게든 빼앗아가려 할 것이다.

"루사인, 루사인… 나는 널 지키고 싶다. 국왕에게 빼앗기
고 싶지 않아. 하지만 어떻게 해야 할까. 국왕은, 왕가는… 감
당하기엔 너무 크구나."

쓴웃음을 지으며 중얼거렸다. 아이가 모두 이해할 거라곤
생각하지 않았다. 하지만 눈앞의 아이는 예상을 뛰어넘을 정
도로 똑똑했다. 그 아이는 모든 걸 이해하고 있었다. 그리고
어떻게 해야 하는지도 알고 있었다.

"그래서 키르라이안의 시종으로 있게 해달라고 했어요. 제
가 여기의 도련님이 되면 어머니의 아이란 걸 밝히는 거잖아
요. 그럼 아버지가 누군지도 알잖아요. 전 그냥 어디선가 페
트다 부인의 소개로 온 평민 루사인 할트엔리드로 있으면 되
요. 어머니가 그러라고 당부했어요. 그렇게 해야만 왕가를 피
할 수 있다고 했어요."

엘페이온은 아이를 꽉 끌어안았다. 누구보다도 귀하게 키
우고 싶었다. 엔마이아가 남긴 아이였다. 엔마이아가 느끼지
못한 행복을 갖게 해주고 싶었다. 하지만 그리해 줄 수가 없
었다. 아이의 말대로, 엔마이아가 했다는 말대로 해야만 아이
를 지킬 수가 있었다.

"저기 저 아이가 보이느냐? 네 사촌, 내 아이 키르라이안이
다."

“알아요.”

끌어안은 채로 조용히 속삭였다. 아이는 고개를 끄덕였다.

“저 아이 언젠간 여자 아이가 될지도 모른다. 아니, 여자 아이가 될 거야. 나는 너도, 저 아이도 지키고 싶다. 왕가에게서 왕족의 계율에서 지키고 싶다. 도와주겠니?”

“어머니처럼 만들지 않으려는 거죠?”

“그래.”

“날 그 왕가에 끌려가지 않게 지켜줄 수 있나요?”

“물론이다.”

아이는 멀리서 놀고 있는 키르라이안을 바라보았다. 그리고 싱긋 웃었다.

“해볼 만하네요. 사실, 조금은 복수해 보고 싶기도 했으니까. 이렇게라도 반항해 봐야죠.”

“언제나 저 아이의 곁에 있어주겠니? 저 아이를 지켜주겠니?”

“네.”

아이는 약속했다. 그리고 그날, 페르나슈 공작가엔 시종이란 직함을 가진 또 다른 도련님이 탄생했다.

에필로그 1

끝은 여운이 남게, 미래는 끝이 없으니까

한적한 오후. 여느 날과 다름없는 봄날이었다. 날은 따뜻하고 할 일은 없었다. 올해부터 고등부에 진학해야 하지만 학교는 당분간 휴학이었다. 공부는 임시로 집에 가정교사들을 불러 하고 있었다. 머리가 완전히 깬 덕분인지 무언가를 배우는데 있어 문제되는 건 없었다. 날로 아는 게 많아지니 나름 재미있기도 했다.

"하암. 졸리다."

카린이 좋아하던 장미 정원에 앉아 기지개를 폈다. 갑자기 등 뒤로 인기척이 느껴졌다. 경계할 필요는 없었다, 익숙한 느낌이었으니까.

"팔자 늘어졌구나."

"이렇게 놀면서 학교는 왜 안 나와?"

프리츠와 카린이 웃고 있었다. 둘 다 교복을 입고 있는 것이 학교 끝나고 바로 온 것 같았다. 나도 웃으며 그들을 맞이했다.

"왜 이래? 그나마 틈이 난 거라고. 요즘 내가 얼마나 바쁜데 팔자에도 없는 영지 관리니 뭐니 갑자기 배우자니 힘들다고."

투덜거리며 변명하자 프리츠와 카린은 여전히 미소 지으며 내 곁으로 다가왔다.

"페르나슈 공작은? 온 김에 인사나 드릴까 했는데 안 계시더라."

"아버지? 어머니와 같이 영지의 성으로 요양 갔어. 틈만 나면 '그것'이 자꾸 깨어나서 세간 살림 다 부수고 난리났더라. 어젠 결국 그렇게 예뻐하던 고양이까지 서걱! 뭐… 다행히 크게 다치진 않았지만 아버진 정신 차리고 엄청 우울해하더라고. 어머니가 잠시 쉴 겸 시골에 가자고 해서 아침에 출발했어."

"아아 '그것' … 정말 강하긴 하더라, 무섭기도 하고."

카린이 중얼거렸다. 난 고개를 끄덕였다. 그날 접견실에서 처음 봉인이 풀리고 눈앞에 나타난 '그것'을 보았을 때 난 정말 놀랐다. 늘 감정을 컨트롤하는데 있어 절제와 자제의 정도를 걷던 사람의 안에 그런 게 있었다는 사실이 믿기 어려웠다. 하지만 눈앞에서 설쳐 주시는 데야… 믿을 수밖에.

아버지의 끝도 없을 자신감, 그리고 간혹 보이던 어딘지 모를 싸늘함이 어쩌면 '그것'에서 시작한 것은 아닐까 싶었다. 물론 '그것'이 없더라도 아버진 강하지만.

나름 아버지가 어릴 때 자신은 섬세했다는 말이 납득이 갔다. '그것'과 공존하는 아버지는 솔직히 위태위태했다. 하지만 확신하건대 '그것' 또한 아버지였다. 그리고 난 의외로 '그것'과 궁합이 잘 맞았다. 아버지는 모르겠지만 '그것'이 튀어나오면 가끔 나랑 의기투합해서 놀러 나가기도 했으니까.

"그러고 보면 말이야. 내가 키르라이안이었을 때 막 나갔던 거, 그거 아버지의 '그것'과 비슷하지 않아? 난 그 사람을 닮은 건가?"

고개를 갸웃거리며 중얼거렸다. 그러자 프리츠가 뱁새눈을 뜨며 연신 고개를 저었다.

"말도 안 되는 소리. 라이안, 친구로서 솔직히 말하겠는데 페르나슈 공작의 '그것'은 그리 막 나가더라도 기품이 있어, 긍지도 있고. 넌 그냥 망나니였지."

"…어이?"

친구의 희망을 무참히 밟는 것이 과연 친구로서 할 짓인지 묻고 싶다. 하지만 부정하진 않는다. 프리츠의 말대로 '그것'

은 확실히 어딘지 폼이 나니까. 그래서 '그것' 도 아버지라고 납득하게 된 것이니까. 나로선 평생이 걸려도 얻지 못할 품위나 기품일 것이다.

"그런데 웬일로 둘이 같이 왔어, 약속도 없이?"

"언젠 뭐 약속하고 왔나."

프리츠가 얼버무렸다. 하지만 내 눈은 못 속인다. 형제처럼 함께 자란 게 몇 년이다. 그 정도는 쉽게 눈치 챌 수 있다.

"그렇기야 하지만 둘이 같이 들어오면서 표정이 뭔가 비장했거든, 무슨 선언이라도 할 것처럼."

"바보 주제에 눈치는 빠르군."

카린이 비웃었다.

저놈의 바보 소리는 아무래도 평생 따라갈 것 같다. 그래도 나 요즘 머리 좋아졌는데…….

"그럼 소원대로 선언해 주지. 이봐, 라이안. 나랑 카린 약혼하기로 했다."

웃으며 말하는 프리츠를 보며 난 그대로 굳어버렸다. 잠시 정적이 흘렀다. 그리고 조금 뒤 프리츠의 말을 한참 동안 머릿속에 계속 리플레이시키던 난 그제야 그 뜻을 이해하고 소리쳤다.

"뭐어어어어어어어!!"

놀랐다. 그야말로 경악했다. 저게 무슨 소리냐? 저 이중인격자, 대외용과 대내용이 다른 철저한 이중생활의 대명사 카

린과 약혼? 그 이전에 프리츠는 진심으로 카린을 두려워했는
데… 무슨 생각인 거야!

"프리츠, 제정신이야? 맞아죽을 거야, 부인한테 맞아죽은
최초의 공작으로 기록될 거라고. 너 저 무서운 카린과 함께
살 자신이 있는 거야?"

"이봐, 금발 애송이……."

"괜찮아. 카린이 좀 무섭긴 하지만 그래도 좋더라고. 그리
고 그 무서운 것도 매력이랄까. 설마 진짜로 죽기야 하겠어?"

완전 콩깍지가 쓰였다. 그렇지 않고서야 저 프리츠가 저 카
린에게… 고개를 돌려 카린을 노려보았다. 그리고 소리쳤다.

"이 마녀!! 처음부터 노리고 어릴 때부터 조교한 거구나!!"

"무슨 헛소리야, 저 망나니가!!"

물론 카린은 폭발했다. 참으로 오래간만에 카린의 마법에
맞아 바닥을 굴렀다. 아아, 이 감각 오래간만이다. 하지만 이
건 진심으로 하는 말인데… 프리츠, 너 맞아죽는 건 몰라도
역사상 최초의 공처가 공작이 되는 건 확실하다. 다시 말하지
만 애처가가 아니라 공처가야.

잠시 자리를 정비하고 우린 다시 마주 앉았다. 뭐 어쨌든
둘이 약혼하기로 했다면 그런 거겠지. 나로선 반대할 것도 없
다. 친구 둘이 부부가 된다면 오히려 대환영이랄까? 하지만
조금 걸리는 게 있었다.

"잉게 공가는 어쩔지 몰라도… 프리츠, 네 아버지 괜찮은

거냐? 카린은 그… 저… 좀 안 좋은 소문이 있잖아. 네 아버지 성격에 절대 용납 못할 것 같은데."

"걱정 마. 그건 할머님이 알아서 해주실 거야. 마티아스 공작 의외로 할머님한테 약점 많이 잡혀 있더라고. 알고 보니 어릴 때 취미로 가정교사를 해줬다나."

호오~ 전 잉게 공작의 제자였다고? 거, 어렸을 때 마티아스 공작이 아버지 괴롭히며 즐거워했다던데 혹시 그 삐뚤어진 성격이 전 잉게 공작의 작품인 건가? 어쨌든 공신 귀족이기도 한 그녀가 움직인다면 문제는 없을 거다. 그렇다면 이제 걸림돌은 한 가진데…

"마법은? 카린, 네가 처음에 그랬잖아, 마법사만이 너와 결혼할 수 있다고. 내가 지금 이 꼴인 것도 결국 그게 원인이잖아."

"그거야 네가 자초한 일이고."

카린이 일격에 날 격침시켰다. 그래, 솔직히 말하면 내 오기가 한몫했지. 하지만 그 원인이 카린인 것도 사실인데…….

"그래서 어제부터 마법을 배우기 시작했어, 어렵더라."

"…마법? 프리츠, 네가?"

"최소한의 마법. 적당히 깃털 들어 올리기 정도만 해도 마법력은 있다고 인정한다고 했으니까."

웃으며 대답하는 프리츠를 보며 난 한숨을 쉬었다. 어이, 카린. 그거로 만족인 거냐? 정말 그거로 되는 거야? 이것으로 잉게 공가는 두 대에 거쳐 벼락치기 마법사를 사위로 맞아들이는 거구나. 아예 전통으로 삼지 그러냐.

"그러고 보니 플루토……."

카린의 남편감에 대해 이야기하다 보니 그 녀석이 생각났다. 카린이 그 녀석에게 엄청 빠져 있었는데 그건 어느새 다 잊고 프리츠와 약혼하겠다는 건가.

"이젠 어엿한 왕자님이더라. 며칠 전 연회에서 잠깐 봤어. 잘 지내고 있는 것 같아."

프리츠가 녀석의 근황을 전했다. 카린의 옛 짝사랑 상대인데 참으로 덤덤하게도 말한다. 질투도 안 나냐, 이 속없는 자식아.

뭐 녀석은 녀석 나름대로 잘 지낸다니 더 신경 쓸 것도 없다. 처음 국왕이 녀석을 자신의 왕자라며 소개했을 땐 그야말로 뒤로 넘어가시는 줄 알았다. 솔직히 말해 난 그놈이 레키아인 줄 알았다고. 우리 편이라고 밝혀졌어도 영 믿음이 안 가던 녀석이었는데.

녀석의 능력이 못마땅한 것은 아니지만 어딘지 내키지 않았다. 녀석에게 충성을 맹세하긴 영 꺼림칙했달까? 그래서 실버나이트는 그만뒀다. 아무래도 우리 집안은 왕가와는 영 인연이 없나 보다. 아버지도 그렇고, 고모님도 그랬고. 그리고 나도…….

덕분에 현재는 아무데도 얽매인 것 없이 프리. 대고모님께 그대로 붙잡혀 영지 관리에 대해 철저하게 배우고 있는 중이다. 아버지가 아직 제정신이 아니라 현재 모든 관리는 대고모님이 혼자 하고 계신다. 아버지의 심복들이 건재하지만 그들만으론 아무래도 역부족. 그래서 대고모님은 나라도 한몫하라며 죽도록 가르친다. 나도 지금으로선 남에게 미룰 수도 없으니 필사로 공부하는 중이랄까.

"아참, 아까 오면서 봤는데 어떤 사람이 편지를 들고 너희 아버지를 찾더라. 남부 억양이던데 그거 혹시……?"

"남부 억양? 웬일로 엇갈렸나 보네. 뻔하지, 그 사람이 보낸 편지야."

여기서 그 사람이라 하면 바로 크라노의 국왕이다. 아버지와의 관계가 만천하에 공개된 이상 아버지를 짝사랑하며 죽도록 따라다닌다는 소문이다. 아예 대놓고 편지며 사람을 보내고 있었다. '그것'이 깨어나고 계속 우울해하던 아버지가 그에게 편지를 받으면 드물게 웃고 있으니 좋으면서도 영 불안하다.

솔직히 말하건대… 아버지, 어머니가 옆에서 눈을 시퍼렇게 뜨고 지켜보고 있어. 이상한 마음 품는 거 아니지? 나 이 나이에 새 아빠 얻기 싫어. 그 이전에 변태 아켈란스 놈이랑 형제 되기는 더욱 싫고. 마음 굳게 먹어야 해.

"아까부터 묻고 싶었는데 라이안, 너 결국 남자가 되기로 결정했다며?"

그러고 보니 그랬다. 모두에게 키르라이안=세라라고 발표하고 결국은 남자가 될 것이니 계속 키르라이안으로 기억해 달라고 했었다.

"페르나슈 공작이 낙담할 거야. 여자 아이를 참 좋아하는 것 같았는데."

"근데 너 옷차림은 왜 그 모양이야?"

프리츠와 카린이 번갈아 물었다. 내 옷차림으로 말하자면 그야말로 아버지 취향의 레이스 주렁주렁한 연 노랑색 원피스. 남자가 될 거라고 선언한 사람의 옷치곤 지나치게 큐트하다. 하지만 이것도 다 사정이 있다.

"그것 때문이야."

"뭐?"

"그러니까 아버지. 아버지가 워낙에 여자 애를 좋아해야지. 그래서 아버지 돌아가실 때까진 계속 드레스 차림으로 있어주려고."

"언제 돌아가실 줄 알고?"

프리츠가 뱁새눈을 뜨며 중얼거렸다.

"뭐어 그래도… 내가 남자로 돌아가는 것도 수백 년 후에 있을 성인식 때나 가능하니까. 그러니까 아버지가 살아 있을 몇십 년 정도는… 내 평생으로 치면 찰나지."

쓴웃음을 지으며 대답했다. 그리고 내 말을 진심으로 이해하는 카린도 함께 웃었다.

키르라이안으로서 많은 죄를 지었다. 지금 생각하면 참 많았다. 그것을 세라란 이름으로 외면하려 했다. 아버지의 뜻은 그랬다. 아무리 아버지를 좋아한다지만 그것까지 따르고 싶진 않다. 내가 한 잘못은 내가 사과해야 한다. 내가 사죄해야 한다.

키르라이안이었던 때도 나다. 세라라 불릴 때도 나다. 키르라이안이었을 때의 잘못을 외면하면 세라일 때 죄를 저지르게 되면 어떻게 될까. 갈 곳이 없어진다. 내 평생은 기니까, 죄를 안 지을 리가 없다. 그러니까 나를 위해서 나는 키르라이안이었을 때의 잘못을 속죄해야 한다.

다시 한 번 키르라이안으로 살고 싶다, 이번엔 제대로. 세라도 나지만 그래도 내 근본은 키르라이안이라고 본다. 그러니까 키르라이안이 되어서 키르라이안이었을 때의 죄를 다시 한 번 사죄하고 싶다. 물론 내가 사과해야 할 사람들은 그때 남아 있지 않겠지만, 내 마음에 평생 담아 꼭, 진심으로 사과하고 싶었다.

"크란벨 공작이 엄청났지."

프리츠가 한숨을 쉬며 중얼거렸다. 녀석의 말에 나와 카린의 얼굴에 핏기가 싹 가셨다. 키르라이안이 곧 세라고 세라가 곧 키르라이안이라고 이야기했을 때 가장 신이 났던 건 크란벨 공작이었다.

'그렇다면 결국 나를 위해 여자가 되어주신 것입니까!!'

라며 달려드는데 그 기세가 어찌나 맹렬하던지… 아버지의 '그것' 까지 출동해서는 칼부림 나기에 이르렀었다. 그 와중에 녀석의 그 긴 보라색 곱슬머리가 뎅강 잘려 단발이 되었는데 녀석은 그래도 좋다고 날뛰었다.

'장인어른께서 직접 매만져 주신 머리 스타일이다!'

라고 온몸으로 기뻐했다, 진심으로. 결국 '그것' 마저 질려서 진절머리 칠 정도였으니…….

"크란벨 공작이야 어쨌든 나도 세라인 네가 더 좋은데."

카린이 투덜거렸다. 솔직히 카린과는 세라일 때 더 즐겁게 놀았었지. 하지만 그건 우리 네 소꿉친구 중 카린이 유일한 여자였기 때문이 아닐까 한다. 여자 애들끼리의 놀이를 카린은 우리와 할 수 없으니까.

"뭐 어때, 그것도 나잖아. 심심하면 놀러와. 쇼핑 같이 가 줄게."

"아아, 그거 요즘 프리츠가 짐꾼으로 따라다녀."

"…그러냐?"

고생한다, 미래의 공처가.

카린과 프리츠와는 그 외에 여러 가지 잡담을 하며 시간을 보냈다. 그리고 해가 지기 시작하며 둘이 집으로 돌아갈 때가 되었다. 자리에서 일어서며 밖으로 나가던 친구들이 그들이 가장 궁금해하던, 눈치를 보며 차마 말을 꺼내지 못했던 자에 대해 물었다.

"저기 그런데 루사인, 아니, 에페트리아 공작은… 어때?"

조심스레 묻는 말에 쓴웃음을 지었다. 프리츠와 눈을 마주치지 못하고 어딘가 먼 허공을 바라보며 대답했다.

"아직은… 늘 그래."

"그렇구나……."

대충 얼버무리듯 대답하자 프리츠와 카린도 더는 묻지 않았다.

둘이 떠나고 조용해진 거실에 홀로 남아 한숨을 쉬었다. 아직은 생각하지 않는 게 좋은데, 생각할수록 마음만 아파지는데 또 떠올려 버렸다.

그날, 이젠 몇 달이나 지난 그날. 루사인은 스스로 목을 그었다. 내가 말려 즉사는 면했지만 죽어가고 있었다. 그리고 그때 내 안에서 무언가 왈칵 솟아올랐다. 루사인을 살려야겠다는 생각에, 이대로 죽게 내버려 둘 순 없다는 집념에 나도 모르게 어떤 힘을 쓰게 되었다.

나중에 어머니에게 들은 바론 그게 바로 드래곤이 인간과 하는 계약의 힘이라 했다. 단 한 명의 인간에게 주어 평생 목숨을 같이하든지, 아니면 그 인간과의 사이에 아이가 태어나게 하는 힘. 그것을 나도 모르게 죽어가는 루사인에게 써버렸다는 걸 나중에서야 알게 됐다. 루사인을 살려야 한다는 일념에 본능적으로 벌어진 일이었다.

결과적으로 루사인은 죽지 않았다. 루사인 본인의 의지완 상관없이 그는 내 종속자가 되었고, 그 순간 어머니가 루사인의 상처를 치료했다. 워낙에 깊은 상처라 오랜 시간 요양해야한다지만 살리긴 살렸다. 죽지 않았다. 살려냈다.

하지만 루사인은 국왕에게 빼앗겼다. 아버지도 그것만은 어찌할 수 없다고 했다. 지금 루사인을 살리는 길은 루사인을 국왕에게 넘겨 그가 직계 왕족의 성을 받는 것, 그 한 가지뿐이라고 했다. 그게 아니면 평생을 반역자의 낙인과 함께, 간혀 지내야 할 거라고… 나와 목숨을 같이하게 된 이상 그 평생은 끝도 없이 길 거라고 했다.

루사인을 빼앗기는 것은 억울했지만, 쓰러진 루사인을 안아 올리는 국왕을 보며 참았다. 그는 진심으로 안쓰러운 표정을 지으며 조심스레 루사인을 안아 들었다. 평소 감정을 제대로 내비치지 않던 폐하가 다른 사람의 손을 거치지 않고 직접 루사인을 살피며 루사인이 살아 있다는 것에 안도했다. 그런 국왕을 보며 그도 오랜 시간 참아왔다는 것을 알게 되었다. 폐하가 진심으로 루사인을 데려가고 싶어했다는 것을 알게 되었다.

그 뒤 루사인이 깨어났다는 소식은 들었지만 만나진 못했다. 국왕은 루사인의 행동에 제약을 두지 않았다 했다. 루사인이 원한다면 어디든 마음껏 돌아다닐 수 있다고 들었다. 하지만 루사인은 찾아오지 않았다. 나를 찾지 않았다.

찾아오지 않는 이유는 알고 있다.

녀석은 죽으려고 했다. 한 번 무언가 결정하면 그대로 하는 녀석이다. 근데 죽기로 작정한 녀석을 억지로 살려냈다. 그리고 내가 죽지 않는 한… 녀석도 죽지 않는다. 원망하고 있을 거다. 날 싫어하게 됐겠지. 하지만 그래도 어쩔 수 없다. 그렇더라도 녀석이 살아 있기를 바라니까. 한 번 더 그런 상황이 온다 해도 난 똑같은 결론을 내릴 거다. 미움받더라도 그게 좋으니까.

루사인은 지금 에페트리아 공작이 되었다. 루사인의 아버지가 태자였던 것을 인정받아 직계 왕족의 이름을 받게 되었다. 하지만 루사인의 아버지가 왕이 되진 못했고 또 따로 영지를 받은 것도, 분가해 다른 성을 받은 것이 아니라 그대로 왕가의 성 에페트리아로 공작의 작위를 받게 된 것이다. 그래도 직계 왕가의 성이다. 그 이름 하나로 루사인에게 향하는 권한과 혜택은 엄청날 것이다. 그리고 또한 비공식이지만 왕위 계승권도 갖게 되었으니까.

"벌써 4개월인가……."

방에 들어서며 나도 모르게 중얼거렸다. 벌써 4개월이나 흘러 버렸다. 전엔 떨어지면 못 살 것 같았는데 생각보다 견딜 만하다. 4개월이 지나도록 버틴 걸 보면 신기하다. 아무리 바빴다지만 공부에, 뒷정리에 정신이 없었다지만 이렇게 오래 떨어져 있어도 괜찮았다니, 의외다.

하지만 결국 다 믿는 게 있어서 그런 거다. 난 믿는다, 녀석은 돌아올 거라고. 내가 녀석을 생각하는 만큼 녀석 역시 날 생각하고 있을 거라 자신한다. 녀석을 향한 내 마음이 내 쪽에서 보내는 일방통행만은 아니었다고 생각한다. 다른 건 없다. 녀석은 내 가족이고 형제다. 그러니까 반드시 돌아올 거라고 믿는다.

벌컥!

노크도 없이 갑자기 문이 열렸다. 세린이 숨을 헐떡이고 있었다. 급히 달려온 모양이었다.

"무슨 일이야?"

평소 도저히 볼 수 없는 모양새에 세린의 무례를 혼낼 생각도 들지 않았다. 뭐에 저리 놀라 달려왔는지 그게 궁금할 뿐이었다.

"세, 세라 아가씨! 아니, 아니, 키르라이안 도련님!! 어, 어서, 어서 아래로 내려오세요!! 오, 오셨어요. 오셨다고요!"

"엥? 무슨 일인데, 아버지가 다시 돌아오기라도 했어? 그 미친놈으로 변해서?"

"아뇨. 어, 어서 내려가세요!!"

세린에게 등 떠밀려 그대로 아래로 내려갔다. 계단을 내려가며 현관에 서 있는 사람을 보았다. 익숙한 인영. 단정한 옷차림으로 당당하게 서 있는 그 사람은…

"루사인……."

멍하니 녀석의 이름을 불렀다. 녀석은 고개를 들어 날 올려다보았다. 그리고 조용히 입을 열었다.

"지나가다 문득 이곳이 생각나서요."

"루사인!!"

전속력으로 계단을 내려갔다. 그리고 달려가 녀석을 안았다. 루사인은 날 밀어내지 않았다. 그저 짧은 한숨을 쉬며 쓴 웃음을 지을 뿐이었다.

"버릇이란 어쩔 수 없나 봐요. 저도 모르게 이곳으로 발걸음이 옮겨지더라고요. 그랬더니 도련님의 얼굴이 보고 싶어졌어요."

"잘했어! 잘했어!"

녀석을 안았던 팔을 풀었다. 녀석의 얼굴을 올려다보았다. 조금 마른 것 같지만 건강해 보였다. 키가 좀 큰 것 같았다. 조금은 어른이 되어 있었다.

녀석 역시 날 바라보았다. 그리고 4개월 전에 보여주던 것과 같은 미소를 지으며 물었다.

"제 방. 아직 있습니까?"

"물론이지."

그리고 함께 녀석의 방으로 향했다. 할 말이 많았다. 들을 것도 많았다. 난 아직 녀석에 대해 잘 모른다. 무슨 생각을 하고 어떻게 자라왔는지 아는 게 거의 없다. 하지만 오늘은 꼭 들을 것이다. 루사인에 대해 알게 되고, 그리고 더욱 녀석을 이해하게 되겠지. 이해하지 못해도 상관없다. 루사인의 마음. 그것 자체로 충분하다.

결과야 어찌 되든 녀석은 가족이다. 고모의 아들. 아버지의 조카. 그리고 내 사촌. 적어도 그 핏줄은 거짓이 아니라고 믿는다. 그 하나의 진실 거기서부터 시작하면 된다.

이것은 나, 키르라이안의 이야기이다. 그리고 루사인의 이야기이다. 또한 내 주변의 다른 모든 사람들의 이야기이다.

내 이야기는 여기서 끝난다. 하지만 그것은 새로운 이야기의 시작이기도 하다. 사실 중간에 세라 이야기로 바꾸어 버리고자 하는 충동감도 없잖아 있었지만 물론 아버지의 영향이 지대하다. 결국은 키르라이안으로 남기로 했으니까. 그리고 물론 세라도 나니까. 그러니까 이것은 키르라이안 세라 일렉트리아의 이야기이다.

마지막으로 끝나는 마당이니 하나 묻겠다. 나 이 드레스 언제까지 입어야 하는 걸까. 아버지 정말 포기 안 하려나.

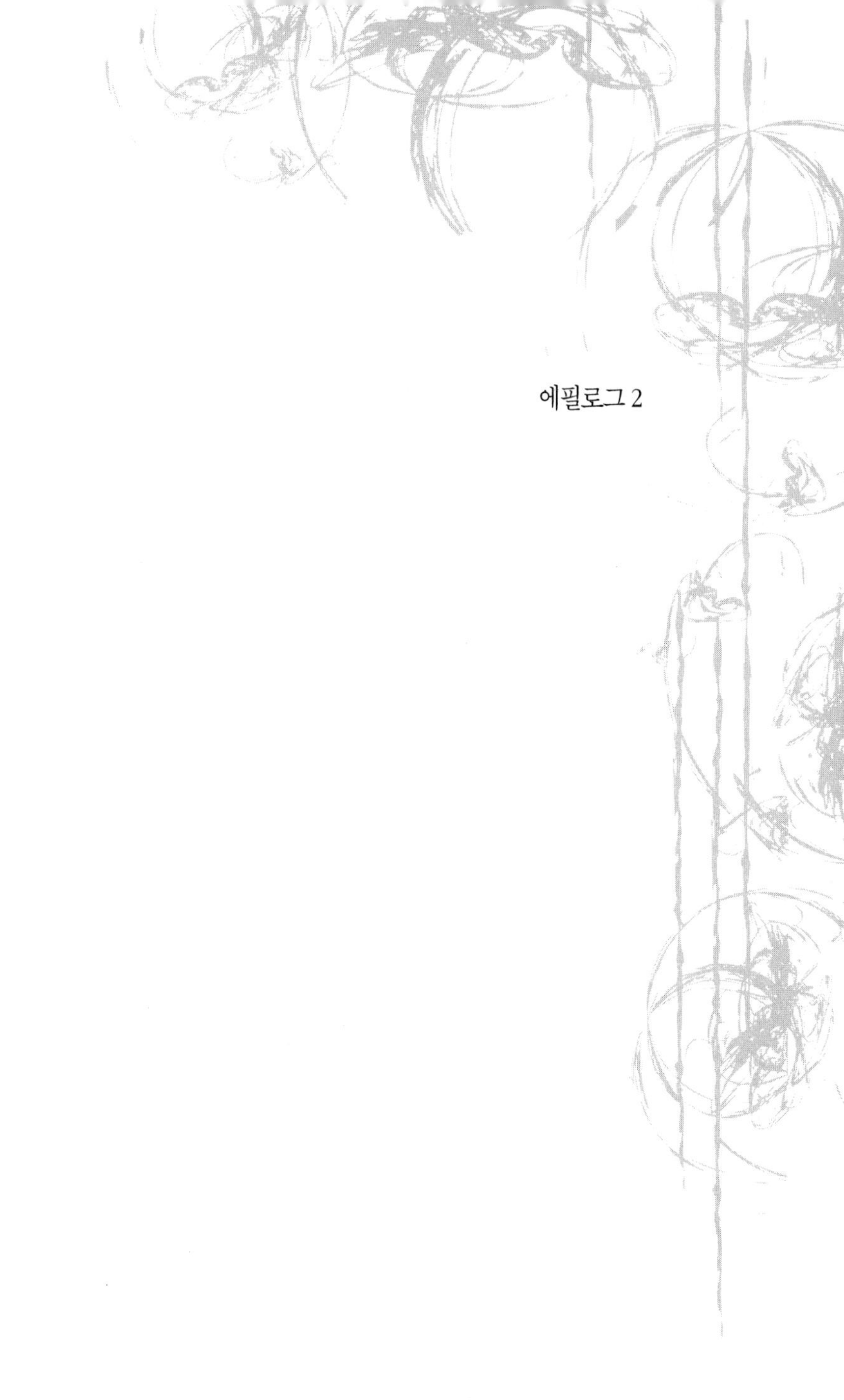

에필로그 2

소녀의 기습

　많이 잡아봐야 십대 초반으로 보이는 금발의 소녀는 비장한 각오를 가득 품은 얼굴로 산을 올랐다. 목적지는 산 중턱에 있는 별장. 마을 사람들이 두려워하며 가지 말아야 할 금지로 꼽고 있는 곳이지만 가야 했다. 반드시 그곳에 가야만 하는 이유가 생겼다.

　한참을 올라가자 문제의 저택이 보였다. 산에 있기엔 너무도 화려한 집. 백 년도 더 전 이곳에 세워진 뒤로 주인은 단 한 번 바뀌었다고 들었다. 한 번 바뀐 주인은 그 이후 다른 사람으로 바뀌지 않았을 뿐더러, 수십 년 동안 그 외모도 바뀌지 않았다 한다. 늙지 않는 외모의 저택 주인이 마녀라는 소문이 생겨났다. 소문은 꼬리에 꼬리를 물었고 사람들은 산에 오르는 것을 두려워하기 시작했다.

힘들게 산을 올라 저택엔 도착했지만, 당장 무엇을 어찌해야 할지 망설여졌다. 그저 이곳에 올 생각만 가득했지 그 이후에 할 일은 딱히 생각해 두질 않았기 때문이다. 인상을 쓰며 고민하고 있을 때 저택의 문이 열렸다. 누군가 밖으로 나왔다. 백금발의 곱슬머리가 한눈에 들어왔다. 눈처럼 하얀 피부. 그리고 아름다운 얼굴. 그녀다. 그녀가 바로 소문의 마녀다.

"이, 이, 이 마녀!!"

산을 오르느라 기진맥진했는데도 마녀의 얼굴을 보자 힘이 넘쳤다. 순식간에 울컥하며 솟아오르는 분노에 몸을 싣고 품에 감춰둔 칼을 꺼냈다. 그대로 다짜고짜 달려들었다.

"뭐, 뭐야 이 꼬맹인?!"

햇볕 아래 기지개를 펴던 마녀가 깜짝 놀라 뒤로 물러섰다. 당황한 기색이 역력했다. 하지만 곧 능숙하게 소녀의 칼부림을 피하며 재빨리 쥐고 있는 칼을 낚아챘다.

"…식칼?"

소녀에게서 빼앗은 칼을 들어보며 어이없는 표정으로 중얼거렸다. 어디서 자객이라도 보낸 건가 고민했는데 순식간에 허무해졌다. 칼을 빼앗기고 덜덜 떨고 있는 소녀를 내려다보았다. 그저 평범했다. 훈련을 거친 자객 같은 게 아니라 눈돌리면 어디서든 볼 수 있는 보통의 소녀였다. 아니, 보통보다는 조금 예쁜 편일지도 모른다고 생각했다.

"흑… 흑! 흐윽! 으아아아아아앙!!"

갑자기 소녀가 울기 시작했다. 우렁찬 울음소리가 산을 가득 메우고 있었다.

"어디서 애 우는 소리가……."

루사인이 중얼거리며 밖으로 나왔다. 그리고 식칼을 들고 있는 마녀, 키르라이안과 울고 있는 소녀를 발견하곤 멈칫했다. 한참을 고민하던 그는 심각한 얼굴로 키르라이안을 향해 물었다.

"사람은 먹는 게 아니야, 라이안."

"누가 뭘 먹으려 한다는 거야!!"

"으, 으아아아아아아앙!!"

소녀의 울음소리 사이에 키르라이안의 외침도 끼어버렸다.

"흑흑. 히잉. 흑흑. 훌쩍."

저택 안에 들어와서도 소녀는 계속 울었다. 키르라이안은 짜증이 가득한 얼굴로 소파에 앉았고 루사인은 말없이 소녀를 바라보고 있었다.

"흑흑. 훌쩍. 마, 마녀, 우리 언니를 내놔 어서. 흑. 벌써 먹어버린 건 아니겠지? 훌쩍."

"대체 아까부터 누가 누굴 먹는다고 저러는 거야."

키르라이안이 다시 인상 쓰며 물었다. 그러자 소녀는 바락 소리쳤다.

"마녀는 예쁜 처녀를 잡아먹는다며! 막 피를 짜서 목욕하고!! 그래서 늙지도 않고 아름다운 거라고 동네 아줌마들이 알려줬단 말이야!!"

"그래서 이 내가 마녀란 말이야?"

키르라이안이 다시 물었다. 목소리에 위압감이 섞였다. 소녀는 자신도 모르게 움찔하며 눈앞의 키르라이안을 살폈다. 위아래로 자세히 훑어보았다. 하얀 피부에 금색 눈동자는 그린 듯 예쁜 얼굴이었다. 하지만 이상했다. 어딘지 느낌이 달랐다. 눈앞의 이 마녀는 분명 아름답긴 한데 옷이 남자 옷이었다. 하얀 셔츠에 남색 바지. 차림새를 보건대 분명 남자였다.

"…여자가 아냐? 남자? 마녀가 아닌 거야?"

"다른 건 몰라도 마녀가 아닌 건 확실하지. 대체 어디서 무슨 소문이 어떻게 나고 있기에 저런 꼬마까지 날 죽이려 달려들어?"

"다른 건 몰라?"

키르라이안의 애매한 대답에 소녀는 다시 한 번 키르라이안을 살폈다. 옷은 남자용인데 이상하게 가슴 부분이 봉긋했다. 그것이 무엇인지 모를 나이는 아니었다.

"뭐야, 그 가슴은?! 여자야? 마녀 맞잖아 그럼!!"

“아, 글쎄 아니라니까!”

또다시 시끄러워졌다. 키르라이안은 소리치고 소녀는 울어댔다. 이 상황을 말없이 바라보던 루사인이 드디어 앞에 나섰다.

“둘 다 시끄러. 라이안 네 나이를 생각하고 좀 자중해라. 그리고 너 꼬마. 한 번만 더 훌쩍대면 네가 그렇게 외치는 마녀의 저녁밥으로 만들어 버릴 테다.”

살기를 띤 채 명령하는 루사인의 기세에 눌려 키르라이안도 소녀도 입을 다물었다. 루사인이야말로 진짜 마녀 같은 분위기였다.

거실이 조용해지자 시녀가 들어와 탁자 위에 차와 과자를 올려놓았다. 소녀의 눈이 자연스레 과자로 향했다. 역시 어린 애였다.

“지쳤을 테니 그것부터 먹고 묻는 대로 대답해라. 여기 라이안이 마녀라 불리는 건 이미 알고 있다. 그러니 그건 치워두고, 다짜고짜 칼을 들고 덤빈 이유는 무엇이지?”

과자를 오물거리던 소녀가 멈칫했다. 그리고 심각한 얼굴로 대답했다.

“언니가 납치됐어. 정말 예쁜 언니야. 마녀는 예쁜 언니들을 잡아간다고 했으니까… 그래서 마녀를 죽이러 온 거야.”

“어이. 아무런 증거도 없이 무턱대고 마녀의 짓이라고 생각하고 날 잡으러 온 거였어? 난 마녀도 아닐 뿐더러 그런 여자 애 모르거든?"

"그, 그치만… 언니는 예쁘단 말이야! 우리 부모님이 돌아가신 뒤로 날 봐주던 착한 언니란 말이야! 여기 저택 주인은 수십 년 동안 나이 먹지도 않는다며. 그렇게 오랫동안 계속 똑같이 생겼으면 그게 마녀지! 예쁜 언니들을 납치해서 잡아먹으니까 안 늙는 거잖아!"

"아, 글쎄 안 잡아먹는다니까! 내 외모가 변하지 않는 건 다른 이유라고!!"

빽빽 소리치는 소녀와 함께 같이 외쳐 대는 키르라이안이었다. 또다시 시끄러워졌다. 귀를 울리는 두 여자의 높은 소프라노에 루사인은 골치가 아픈지 인상을 쓰며 머리를 짚었다. 그리고 낮은 목소리로 경고했다.

"다시 한 번 말하는데… 이후로 또 떠들면 둘 다 쫓아낸다. 특히 라이안, 지금 저 애랑 같은 수준으로 놀겠다는 거야? 나이 생각 좀 하지?"

"그치만 쟤가 어이없는 소릴……."

변명하려는 키르라이안을 루사인은 매섭게 노려보았다. 키르라이안은 시선을 다른 데로 돌려 버렸다. 저런 상태의 루사인을 상대하기는 여러모로 무서운 점이 많으니 피하는 게 상책이었다.

"그럼 꼬마, 다시 묻겠다. 네 언니가 납치됐다는데 다른 정황은 없었나? 누군가 이상한 방문자라거나 낯선 사람을 봤다

거나. 기억이 나는 대로 말해봐라."

"난 꼬마가 아냐! 열두 살이나 됐다고! 로즈마리야 로즈마리!"

"그래, 로즈마리. 기억나는 건?"

"언니가 납치되기 전에… 이상한 귀족이 거의 매일 언니를 찾아왔어. 아름답다고 청혼하고 싶다고. 언니는 망설이면서 대답을 안 했어. 그런데 그 귀족의 부하로 왔던 사람이 갑자기 언니를 납치해 갔어."

팔에 턱을 괴고 입술을 삐죽 내민 채 삐쳐 있던 키르라이안이 순간 고개를 돌렸다. 그리고 다시 버럭 소리쳤다.

"잠깐 뭐야 그럼. 웬 귀족 놈이 찾아오고 그놈의 부하가 납치를 해갔는데 왜 다짜고짜 날 습격해?!"

"그, 그래도 원래 예쁜 여자를 납치하는 건 마녀잖아! 그러니까 언니가 납치됐으면 마녀한테 간 거야!!"

"…이거 바보 아냐?"

여전히 당당하게 외치는 로즈마리를 뱁새눈으로 바라보며 키르라이안이 중얼거렸다. 참으로 이해할 수 없는 근거로 명확한 범인조차 무시하는 저 근성이 두려울 정도였다.

"뭐어 워낙에 익숙한 장면이라 새삼……."

루사인이 어쩐지 자신을 바라보고 있다고 느꼈다. 키르라이안은 다시 소리쳤다.

"너 지금 나 머리 나쁘다고 비아냥거린 거지! 나 머리 나빴던 게 언제적 일인데 아직까지 그거로 사람을 놀려!"

"그래 봤자."

"너 진짜!!"

어쩐지 불똥이 루사인과 키르라이안에게로 옮겨졌다고 생각하며 로즈마리는 차를 홀짝거렸다.

슬슬 날이 저물고 있었다. 이런 시간에 어린 소녀를 내보내는 것은 위험하기에 로즈마리를 저택에서 재우기로 했다. 시녀들을 시켜 로즈마리를 씻기고 오랫동안 잠겨 있던 방에서 로즈마리에게 맞는 옷을 찾아 입혔다. 씻기고 예쁜 옷을 입혀 놓으니 꽤나 그럴듯한 미소녀가 되었다.

"저렇게 해놓으니 귀엽긴 하네."

"외숙부께서 모아놓은 옷 중 맞는 게 있어 다행이군."

"무슨 소리. 저 중에 맞는 드레스가 없는 게 더 문제지."

방을 가득 채우고 있는 드레스와 원피스를 가리키며 키르라이안은 투덜거렸다. 키르라이안이 여자의 몸이 된 건 열여섯 살 때였다. 하지만 전 페르나슈 공작이 모아놓은 소녀용 드레스는 그 이전, 세 살 정도의 아이가 입을 수 있는 옷부터 즐비하게 늘어서 있었다. 그것도 각 별장마다 쌓여 있었다. 이곳만 해도 열두 살의 여자 아이가 입을 만한 옷은 열 벌 이상 준비되어 있었다.

"유일한 취미였잖아, 디자인하는 것을 좋아하셨으니. 저

중에도 외숙부가 직접 디자인한 옷들이 꽤 될 걸.”

“자신의 취미를 남에게 강요하는 게 문제였지. 그 드레스를 모두 입어봐야 했던 내 심정도 헤아려 줘.”

키르라이안의 투덜거림에 루사인은 큭큭대며 웃었다. 옆에서 현장을 봐왔기에 이해하지 못하는 것도 아니었다.

“뭐 그럼 옷은 넘어가고. 어떻게 할까, 저 아이?”

“뭘?”

“듣자 하니 부모도 없고, 혼자 남은 아이를 납치됐다는 옆집의 아가씨가 돌봐준 것 같아. 돌아가면 혼자가 돼. 여자를 납치한 것은 귀족이 확실하고.”

“하고 싶은 말이 뭐야?”

어쩐지 말을 돌리는 것 같은 루사인을 향해 키르라이안이 단호하게 물었다. 그러자 루사인은 쓴웃음을 지었다.

“한 번 찾아볼까 해. 마침 이번에 성에 갈 일도 있고, 그땐 귀족들도 거의 모일 테니 그중에 있을 거야. 귀족의 얼굴을 안다니 직접 데려가서 확인해 보면 되겠지.”

“웬일이야, 남한테 그리 관심을 두고? 독설과 냉소의 루사인답지 않은데?”

“아아, 어쩐지 누군가의 어린 시절 생각나서 무시할 수가 없어. 저 무식함, 무대포. 꼭 닮았어 진짜.”

“…그 누군가가 혹시 나냐?”

루사인은 그저 대답없이 웃었다. 온몸으로 드러나는 무언의 긍정이었다.

저택의 아침. 뒤척거리던 로즈마리는 갑자기 눈을 번쩍 떴
다. 높은 천장과 푹신한 침대에 이곳이 자신의 집이 아니란
것을 깨달았다. 그리고 바로 어제 자신이 저지른 짓이 떠올랐
다. 얼결에 이곳에서 저녁을 먹고 씻고 옷도 얻어 입고는 이
화려한 방에서 그대로 잠들어 버렸다는 것을 기억했다.
"아, 여기 마녀의 집이지!"
퍼뜩 놀라 벌떡 일어나선 방을 나갔다. 아래층으로 서둘러
내려가려다 마침 복도를 지나던 시녀와 마주쳤다.
"어머? 잠옷 차림으로 돌아다니면 안 되죠. 옷 갈아입어
요."
시녀는 다짜고짜 로즈마리의 손을 잡아끌었다. 그리고 어
느새 준비된 다른 원피스를 입고 나서야 아래층의 식당으로
갈 수 있었다.
식당엔 루사인 혼자 앉아 있었다. 로즈마리가 시녀에게 이
끌려 의자에 앉자 앞에 음식들이 놓여졌다.
"저… 어제 그 마, 아니, 언니는?"
"아침부터 일어날 리 없지. 하도 밤에 돌아다니며 노는 걸
좋아해서 산중에 박힌 시골 별장에 오면 밤에 놀 일이 없으니
일찍 자고 일찍 일어나는 바른 생활을 할까 기대했지만… 여
전해. 론, 다시 가서 깨워. 이번에 안 일어나면 물이라도 끼얹

어. 아침 먹고 바로 출발해야 저녁때쯤 도착할 수 있을 테니까."

"예, 주인어른."

옆에서 시중을 들던 청년이 꾸벅 고개를 숙이곤 식당을 나갔다. 로즈마리는 눈을 동그랗게 뜨며 물었다.

"어디 가?"

"수도. 네 언니란 사람을 납치해 간 귀족을 찾게 도와주지. 내일 저녁 성에서 연회가 열린다. 거기서 찾아보도록 해."

"마, 마녀도 같이 가는 거야?"

"라이안? 물론이지."

로즈마리는 어딘지 걱정되는 표정을 지었다. 그리고 중얼거렸다.

"아, 안 돼. 성에서 열리는 파티라니. 마녀는 들키면 화형이야. 아무리 마녀래도 죽을 거라고."

루사인은 희미하게 웃었다. 이 소녀, 정말 누군가를 떠올리게 한다. 진심으로 귀엽다고 생각했다.

그때, 식당 문이 갑자기 벌컥 열렸다. 그리고 머리에 물을 뚝뚝 흘리는 키르라이안이 들어왔다. 인상을 팍 쓰고 온몸에 불쾌한 오라를 풀풀 풍기고 있었다.

"루사인, 너 진짜 끝까지 이럴래!"

"물론. 내 마음대로 해도 된다는 게 같이 사는 조건이었잖아."

"아, 몰라! 사실은 너도 내 옆에 있고 싶어했잖아! 그런 조
건 없어도 왔을걸? 때려 쳐! 물러줘!!"

"그럼 영지 관리 네가 직접 하던가."

"……."

있는 대로 소리쳤지만 보기 좋게 찍소리도 못하고 물러서
는 키르라이안이었다. 멍하니 저들을 바라보던 로즈마리는
누구에게도 들리지 않을 작은 목소리로 중얼거렸다.

"저런 마녀라면 걸려도 화형은 안 당할 거야. 아니… 마녀
라고 생각하지도 않을 거야, 분명히."

아침 일찍 출발한 마차는 저녁때가 되어서야 예정대로 수
도에 들어설 수 있었다. 한참을 달린 마차는 수도에 있는 페
르나슈 공가의 저택을 그냥 지나쳐 마티아스 공가로 향했다.
이미 연락을 받았는지 마차가 들어서기가 무섭게 안주인이
밖으로 나와 맞이했다.

"오래간만이야, 라이안, 루사인."

카린이 웃으며 인사했다.

"잘 지냈어, 카린? 네 달 전 프리츠 8주기 때 보고 처음인
가?"

"아마도."

웃고 있는 카린을 보며 라이안도 함께 웃었다. 함께 자랐던
네 명의 소꿉친구 중 유일하게 평범한 인간이던 프리츠가 죽

었을 때는 정말 세상이 무너지는 줄 알았다. 인간이니 언젠가 자신들보다 일찍 죽을 것은 알았지만, 아무리 그가 아흔 살이나 넘겨 평균보다는 오래 살았다고 하지만 그래도 친구를 잃은 슬픔은 가슴을 아프게 했다.

참 많은 사람들이 곁에서 사라져 갔다. 아버지도, 대고모님도, 플루토와 프리츠도. 모두들 인간의 수명을 끝까지 누리고 갔다(어머니는 아버지가 죽자 레어로 돌아가 잠들었다). 그리고 그제야 자신이 인간이 아니란 것을 새삼 깨닫게 되었다. 그들은 늙어가는 데 자신은 전혀 변함이 없었다. 물론 루사인과 카린도. 카린은 약속대로 곁에서 위로해 주었다. 함께 좋아했던 사람들을 추억했다.

"들어와. 슬슬 여름이라지만 그래도 아직 밤바람은 차네."

카린이 키르라이안과 루사인의 손을 잡아 안으로 끌어당겼다. 그때 전혀 예상치 못한 곳에서 낯선 목소리가 카린의 귀를 울렸다.

"뭐, 뭐야 저건?! 귀, 귀가 길어!! 눈동자가 이상해! 인간이 아냐! 역시 당신 마녀구나!! 마녀니까 이상한 괴물하고 친구지!!"

카린을 손가락질하며 키르라이안을 향해 소리치는 로즈마리였다. 다짜고짜 괴물 소리를 들은 카린은 뱁새눈을 뜨며 로즈마리를 노려보았다.

"뭐야, 저 어릴 때의 누군가를 떠올리게 하는 무식한 계집

앤? 저거, 저거, 누구를 꼭 닮은 게… 라이안, 네 애냐?! 네가 엄마야? 애 아빠는 누구야!!"

"무, 무슨 소릴 하는 거야! 따지자면 나는 아빠다! 루사인이 엄마지!!"

"이봐."

말도 안 되는 대화에 말려들게 된 루사인이 인상을 썼다. 하지만 키르라이안은 전혀 아랑곳하지 않고 소리쳤다.

"맞잖아! 잔소리꾼! 보모! 완벽한 엄마 성격이잖아!"

"하긴. 그런 걸로 치면 루사인이 엄마지. 그래, 생각해 보니 라이안, 넌 딱 아빠 성격이다."

카린이 고개를 끄덕이며 진지하게 받아들였다.

"그 이전에 우리 애가 아니잖아."

루사인이 심각하게 중얼거렸지만 아무도 신경 쓰지 않았다.

시간이 시간인 만큼 저택에 들어서자 식당으로 안내됐다. 이미 준비하고 있었는지 김이 피어오르는 음식들이 식탁 위에 푸짐하게 올라오고 있었다. 로즈마리는 생전 처음 보는 음식들에 놀라 눈을 동그랗게 떴다. 옆에서 시중을 드는 시녀가 어린아이가 먹을 만한 음식을 조금씩 떼어 로즈마리의 접시에 올려주었다.

"그런데 너희 둘 대체 언제부터 부부 놀이를 시작한 거야?"

한참 동안 로즈마리를 지켜보던 카린이 호기심 가득한 얼굴로 물었다.

"그런 거 한 적 없어."

루사인이 한숨을 쉬며 대답했다. 카린에게도 라이안에게와 마찬가지로 말을 놓고 있었다. 어렸을 때의 루사인은 키르라이안의 시종이라며 소꿉친구들에게도 똑바른 경어를 사용했다. 하지만 루사인의 신분이 키르라이안의 사촌이며 국왕의 조카란 것이 밝혀진 후, 프리츠에게는 원래부터 남들이 없는 곳에선 말을 놓고 있다는 것이 다른 친구들에게 알려졌다. 그 뒤 키르라이안과 카린의 집요한 공격으로 프리츠에게와 마찬가지로 둘에게도 말을 놓게 되었다. 물론 루사인의 고집도 세서 꽤 오래 걸렸지만 한 번 놓고 나니 그 뒤론 쉬웠다.

"그럼 저 애는 뭐야?"

"어쩌다 일이 꼬여서 잠시 주웠어. 마티아스 공작은?"

키르라이안이 변명하며 물었다. 카린과 프리츠의 아들이 보이질 않았다.

"어머님이 잉게 공가와 합작으로 무언가를 추진한다 하셔서 불려갔어."

"열심이네. 카린, 넌? 다음 잉게 공작은 너잖아. 너도 가야 하는 거 아냐?"

"귀찮은 건 아들에게 다 맡겨 버릴 거야. 너도 웬만한 건

다 루사인한테 맡겨놨잖아? 나도 그렇게 살래."

"몸은 편한데 잔소리가 심하다."

키르라이안과 카린은 킥킥대며 웃었다. 졸지에 잔소리꾼에 잡일 담당이 되어버린 루사인은 씁쓸한 얼굴로 둘을 바라보며 한숨만 쉬었다.

"그런데 저 아이 진짜 뭐야? 말 안 해줄 거야?"

"뭐 대단한 이유도 아냐. 조금 사정이 있어. 내일 태자 발표지? 그 연회에 데려갈까 해서."

자세한 사정을 덧붙여 설명했다. 이런저런 이야기를 들은 카린은 고개를 끄덕였다. 그리고 미소 지었다.

"그러니까 내일 네 양녀로 해서 데려간다는 거군. 하긴 성은 아무나 들어갈 순 없으니 네 양녀 정도는 돼야지.'

"문제가 예법이야. 최소한의 예의는 알아놔야 할 것 같은데 난 영 누구 못 가르치잖아. 루사인은 정석만, 아니, 순식간에 최소한의 것만 끝내는 편법이 안 돼."

"그래서 여기로 왔다는 거군. 좋아. 내일까지 최소한의 내숭만 전수해 줄게. 오래 있을 것도 아니고 그냥 인사 정도만 제대로 하게 하면 되겠지."

"부탁해."

내숭의 달인 카린이 맡기로 한 이상 크게 문제될 건 없을 거라 안심했다. 저녁 식사를 마치고 키르라이안은 로즈마리를 카린에게 맡기고 수도의 저택으로 향했다. 한참 들여다보

지 않았으니 온 김에 가서 해야 할 일들이 많았다. 물론 대부
분은 루사인이 처리하겠지만.

　다음날 저녁이 되자 키르라이안은 다시 마티아스 공가를
방문했다. 카린과 로즈마리가 밖으로 나왔다. 성에 가기 위한
준비를 끝낸 마차가 저택 앞에 서 있었다.
　"왜 이제와, 기다렸잖아. 루사인은?"
　"먼저 갔어. 그쪽이야 직계잖아. 자기 가족 일이니 할 일이
많겠지. 꼬맹이는?"
　"완벽하게 준비 완료."
　카린이 로즈마리를 가리켰다. 처음 봤을 때부터 예쁘다고
생각했지만 꾸며놓고 보니 더욱 눈이 즐거웠다. 저리 해놓으
니 가만히 서 있으면 영락없는 귀족가의 여식이었다.
　"시간도 없었을 텐데 맞는 드레스가 있었네."
　"내가 입던 거야. 네 아버지만큼은 아니지만 나도 옷을 모
으는 건 좋아하니까. 생각대로 어울려서 나도 뿌듯해. 수십
년 전에 유행하던 디자인인데 지금 봐도 괜찮네."
　"그래… 그랬었지."
　문득 어린 시절 카린의 손에 이끌려 옷가게란 옷가게는 몽
땅 다 쓸고 다녔던 악몽이 떠올랐다. 쓸고 다닌 건 둘째 치고
카린 대신 그 옷들을 입어보느라 진땀 뺐던 기억도 따라왔
다.

"근데… 왜 저 마녀가 드레스를 입고 있는 거야? 남자 옷만 입고 다니더니."

로즈마리가 고개를 갸웃거리며 물었다. 키르라이안은 웃으며 답했다.

"아직은 몸이 여자라 공식석상에 나가려면 드레스를 입어야지."

남자가 되기로 결심했다. 전 페르나슈 공작이 워낙에 드레스 광이라 효도하는 셈치고 입어줬지만 그가 죽은 뒤론 드레스를 입지 않았다. 드레스를 강요하는 사람도 없었다. 하지만 그건 어디까지나 일상생활에서의 일이고 공식적인 자리엔 정장, 즉 드레스를 입어야 했다. 그래서 더욱 성에서 열리는 행사에 참가하는 것을 꺼려왔다.

"근데 너 언제까지 마녀라 할 거냐? 성에 가면 입 조심해라. 한마디도 하지 마. 말만 안 하면 그럭저럭 양가집 영양이니까."

"남 말하시네. 너나 잘하셔. 그런데 왜 나까지 성에 가야 하는 거야?"

카린이 끼어들었다. 카린 정도면 아무리 국가적인 행사라 해도 본인이 싫으면 안 나가도 상관없었다. 전 마티아스 공작 부인. 마티아스 공작의 어머니. 그리고 잉게 공작가의 후계 자. 외모는 젊지만 나이는 백 살에 가깝다. 괜히 성에 나가 어려도 한참 어린 사람들 사이에 어울리는 것이 내키질 않아 그다지 좋아하지 않는데 키르라이안은 카린도 함께 갈 것을 당부했다.

"초대장이 없어. 성에 갈 예정이 없어서 따로 챙겨놓지 않았어. 게다가 사교계에 얼굴 내민 지도 오래되서 날 아는 사람도 드물고. 너랑 같이 가면 네 얼굴로 무사통과잖아."

"너도 가서 신분만 밝히면 되잖아. 루사인도 성에 있고."

"몰래 들어가려고. 사람을 찾으려는 건데 내가 밝히고 들어가면 시선이 나한테 몰릴 거 아냐. 그래서야 범인이 내 옆에 이 아이를 보고 내빼 버리지."

"그런가? 조금은 머리를 썼네. 그럼 가자."

카린이 납득하며 고개를 끄덕였다. 그리고 자신의 마차로 로즈마리와 키르라이안을 불러들였다. 이왕 키르라이안이 페르나슈 공작임을 감추고 가는 것이니 아예 처음부터 마티아스 공가의 마차를 타고 함께 가기로 했다.

성에 들어서자 예상했던 대로 카린의 얼굴만으로 모든 관문이 무사통과였다. 실버나이트의 장로이기도 한 카린은 여전히 성에 드나들고 있었고 때문에 그녀의 얼굴은 익히 알려져 있었다.

"그럼 온 김에 난 국왕에게 가볼게. 넌 일 봐. 사고 치지 말고."

"수고! 가자, 로즈마리."

전혀 귀부인답지 않은 태도로 건들거리며 한손을 들어 카린에게 인사를 한 키르라이안은 로즈마리를 데리고 연회장 안으로 들어섰다. 조용히 들어갔지만 이상하게 모두의 시선이 키르라이안과 로즈마리에게로 향했다.

"…뭐야, 이 반응은?"

키르라이안은 인상을 쓰며 구석으로 향했다. 이건 예상밖이었다. 이래선 조용히 로즈마리의 언니를 납치해 간 귀족을 찾을 수가 없게 되었다.

"당신이 마녀라 그런 거 아냐? 이미 다들 알고 노려보는 거 같은데?"

"그럴 리가 있나?"

로즈마리와 속닥거리고 있을 때, 볼에 홍조를 띤 청년 하나가 둘에게 다가왔다. 한눈에 봐도 반듯하게 생겨 여자들에게 인기 많은 바람둥이 풍의 청년이었다. 그는 우아하게 인사하며 미소 지었다.

"처음 뵙겠습니다, 아름다운 레이디. 레이디께서 들어오니 홀이 환해진 것 같군요. 저는 알베로 후작가의 로센이라 합니다. 레이디의 성함을 들을 수 있을까요?"

녀석 덕에 사람들의 시선이 왜 몰렸는지 알게 되었다. 한동안 잊고 지냈던 자신의 외모를 떠올렸다. 안 그래도 사람들의 시선을 한 몸에 받던 자신이다. 게다가 옆에 예쁘장한 로즈마리까지 함께 데려왔으니 눈에 띄지 않을 리가 없었다.

“필요 이상으로 예쁘게 생긴 것도 불편하군.”

누구에게도 들리지 않을 작은 목소리로 중얼거렸다. 알베로 후작가의 녀석은 여전히 이름을 재촉하고 있었다.

“세라.”

“예?”

“이름 물었잖아. 세라라고.”

“그것… 뿐입니까?”

녀석이 당황하며 다시 물었다. 다음 국왕이 결정되는 오늘 같이 큰 행사에 성에 올 정도의 신분이라면 분명 귀족이다. 그것도 어느 정도 영향력이 있는 가문. 보통 자신을 소개할 땐 가문의 이름도 말하는데 키르라이안이 그냥 간단하게 이름만 이야기하는 것에 당황하는 눈치였다. 혹시 귀족이 아닌 신분이 낮은 여자는 아닌가 고민하는 눈치였다.

“그래. 그것 뿐. 어? 어라? 로즈마리 너 어디가!”

신기한 듯 홀을 둘러보다 무언가를 발견했는지 갑자기 사람들 사이를 헤집고 멀리 가버리는 로즈마리를 향해 키르라이안이 외쳤다. 대화 중에 다짜고짜 소리치는 것. 이런 점도 여느 귀부인의 예의범절과는 꽤나 거리가 먼 것이었다.

“저… 레이디?”

알베로 후작가의 녀석이 굳은 얼굴로 키르라이안을 불렀다. 하지만 녀석은 키르라이안의 안중에도 없었다. 키르라이안은 녀석을 무시하고 로즈마리가 사라진 곳으로 향했다.

"젠장! 빌어먹을 카린. 잘 가르쳐 놨다더니 저게 뭐 하는 짓이야. 좀 얌전히 있으라니까."

아름다운 외모의 여인으로서 도저히 입에 담을 수 없다는 막말이 흘러나오는 것을 그대로 들은 청년은 언제까지고 굳어 있어야 했다.

작은 몸집의 로즈마리는 움직임이 잽쌌다. 이리저리 어른들의 사이를 헤치며 열심히 목적지를 향하고 있었다. 그리고 그 뒤를 키르라이안이 따랐다.

"이 망할 계집애. 날 물 먹이려고 작정했지. 대체 어디로 간 거야."

인상을 쓰며 투덜거리고 있을 때 갑자기 비명 소리가 홀을 울렸다.

"꺄아악! 뭐야 이 꼬마는!!"

순식간에 모든 이의 시선이 비명이 울린 곳으로 향했다. 그곳엔 드레스 자락을 들고 호들갑을 떠는 여자와 로즈마리가 서 있었다.

"내 드레스, 어쩔 거야!! 왜 이런 어린애가 혼자 돌아다녀! 애 엄마 누구야, 애 엄마!!"

어린아이 손바닥만 한 얼룩이 진 드레스를 계속 들이밀며 여자는 소리쳤다. 로즈마리는 당황하며 아무 말도 하지 못하고 있었다. 키르라이안은 인상을 쓰며 앞에 나섰다.

"미안. 내가 데려온 애야. 드레스 값은 물어줄게."

한숨을 쉬며 말하지만 여자는 막무가내였다. 키르라이안이 나서자 더욱 길길이 날뛰며 날카롭게 소리쳤다.

"뭐야. 이게 웬만한 돈으로 될 것 같아? 디자이너가 누군지 알아? 유겐이라고 유겐! 이젠 구하지도 못해! 이 얼룩 안 빠지면 어쩔 거야 진짜!"

여자의 외침에 키르라이안은 다시 한 번 여자의 드레스를 보았다. 어쩐지 어디서 많이 보던 것 같다 싶더니 역시나 셨다. 디자이너 유겐이라면 그 사람이다. 자신의 앞 이름을 내세워 의상점을 세운 사람.

"전 페르나슈 공작의 드레스인가."

"그래! 지금도 감히 어느 누구도 따라할 수 없을 정도의 디자인이라고! 시중에 풀린 드레스도 얼마 없어서 프리미엄까지 붙은 걸 당신이 어떻게 물어주겠다는 거야?"

시중에 풀린 건 얼마 없을지 몰라도 집엔 넘친다, 그것도 한 번 입어도 보지 않은 신품들로.

"당신 조금 전까지 로센님과 이야기하던 여자지! 가문 이름도 말하지 못하는 신분으로 어떻게 이 드레스를 물어주겠다는 거야! 이게 아무나 구할 수 있는 건지 알아?!"

여자는 계속 소리쳤다. 로즈마리가 옆에 다가와 시무룩한 얼굴로 키르라이안을 향해 사과했다.

“미안… 급하게 가다가 앞을 못 봤어.”

“괜찮아. 신경 쓸 것 없어.”

풀이 죽은 로즈마리를 위로하지만 눈앞의 여자가 더 문제였다. 안 그래도 오자마자 모두의 시선이 키르라이안에게로 향한 것이 마음에 들지 않았던지, 트집 잡을 거리가 생기자 끝까지 가자고 작정한 것 같았다.

“신경 쓸 것 없다니! 오호라. 그러고 보니 이 꼬마 애랑 같이 들어왔지. 네가 엄마냐? 네가 애 엄마구나! 근데 왜 이리 어려! 기껏해야 스물도 안 돼 보이는 게… 너 후처지? 아니, 처라면 가문의 이름을 감추진 않지. 첩이지? 어디 감히 첩 따위가 태자 발표 행사에 참가할 수 있는 거야?!”

“이 망할 계집애가 듣자 듣자 하니까 못하는 말이 없네. 야! 누가 애 엄마라는 거야, 누가!!”

결국 키르라이안이 폭발했다. 그러자 여자는 자신이 더욱 피해자인 척 울먹거렸다. 연기라는 게 빤히 보이는 울음이었다.

“너, 너무해! 망할 계집애라니. 어떻게 그런 막말을!! 이 아이를 데려온 건 너잖아. 그럼 애 엄마가 누구란 거야!!”

여자의 외침에 키르라이안은 멈칫했다. 그때 키르라이안의 눈에 확 들어오는 누군가가 있었다. 그는 그곳을 가리키며 소리쳤다.

“애 엄마는 저 사람이다!!”

모두의 시선이 키르라이안이 가리키는 곳으로 향했다. 그곳엔 어느새 홀에 들어와 인상을 쓰며 이곳을 바라보던 루사인이 서 있었다. 덕분에 웅성거리던 소리가 순식간에 가라앉았다. 눈앞의 여자는 주먹까지 쥐고 부르르 떨고 있었다.

"너, 너… 너 감히 저분이 어떤 분이신지나 알고 그따위 농담인 거냐? 에페트리아 공작. 왕이 되지 않았음에도 유일하게 직계 왕족의 신분을 유지하고 계시는 분이시다. 감히 너 따위의 농담에……."

"알고 있는데?"

키르라이안이 정색을 하며 대답하자 여자는 어이가 없어 입을 쩍 벌렸다. 차마 목소리가 나오지 않는 모양이었다. 물론 다른 사람들도 차마 말로 표현하지 못하는 경악에 감싸여 숨을 죽였다. 그때 그런 침묵 속에 누군가의 목소리가 홀을 울렸다.

"아니, 이거 페르나슈 공작 아니십니까. 이런 공식 연회에 나오시다니 정말 놀랍군요."

키르라이안이 자신을 부른 소리에 돌아보았다. 그리고 그 상대를 보고 순식간에 얼굴을 구겼다. 꽤나 곤란한 표정을 지었다.

"윽! 크란벨 공작……."

보라색의 곱슬머리. 변치 않는 유전자의 신비. 오래전 어릴 때부터 청혼을 해대던 그 변태 크란벨 공작의 손자였다.

"오오! 이 아름다움. 역시 연회는 좋군요. 이런 드레스 차림으로 나와주시다니 참으로 영광입니다."

"닥쳐, 변태. 저리 꺼져! 오늘은 또 무슨 소릴 하며 들러붙으려고 하는 거야? 어떻게 너희 집안은 한결같이 다 변태냐? 네 조부부터 쭉 그 혈맥 유지하는 게 신기하다. 피는 물보다 진하다는 걸 몸소 보여주려는 거냐?"

정말이지 진절머리 날 정도로 똑같은 보라색 머리의 변태 집단이었다. 하나같이 다들 키르라이안만 봤다 하면 청혼하고 달려드니 좋은 기억이 있을 리가 없었다. 그럼에도 용케 신부를 맞이해 대를 이어가는 것을 보면 진심으로 신기한 집안이었다.

"페, 페르나슈 공작?"

그제야 정신을 차린 여자가 경악한 얼굴로 키르라이안을 바라보며 물었다. 설마하니 소문으로만 듣던 베일 속의 페르나슈 공작이 눈앞의 그녀일 거라곤 전혀 생각도 못한 모양이었다. 물론 홀의 다른 사람들 역시 비슷한 얼굴이었다. 요 몇 년간 실제로 페르나슈 공작의 얼굴을 볼 수 있는 기회가 없었기에 모르는 사람이 다반사였다.

"그 드레스. 집을 뒤져 보면 비슷한 게 있을 거다. 하인을 시켜 보내도록 하지."

"시, 실례했습니다!!"

여자는 빨개진 얼굴로 서둘러 사람들 사이로 몸을 숨겼다. 아무리 아끼는 드레스를 망쳐 속이 상한다 해도 상대는 공작. 그것도 그 드레스를 만든 사람의 자녀다. 괜한 성질을 부리다 패가망신할 뻔했다.

여자가 사라지고 상황이 정리되고 나서야 크란벨 공작은 다시 웃음기를 가득 띄운 얼굴로 키르라이안을 향해 안부를 물었다.

"하도 밤중까지 돌아다니며 술에 취해 놀던 덕에 에페트리아 공작이 화가 나서 시골의 별장에 끌고 가버렸다더니 그새 돌아오셨나 봅니다? 그런데 갑자기 웬 아이를? 에페트리아 공작이 엄마라니, 대체 무슨 일이… 어라? 이 아이는?!"

"어? 다, 당신은?!"

로즈마리와 크란벨 공작이 서로를 바라보며 놀라 소리쳤다.

"뭐야! 아는 사이야?"

"보라색 머리가 얼핏 보여서 혹시나 하고 찾아온 건데, 역시 맞구나!! 이 사람이야! 이 사람이 언니를 납치해 간 귀족이야!!"

"에엥?"

키르라이안의 물음에 로즈마리가 소리쳤다. 그리고 크란벨 공작은 인상을 썼다. 무슨 말인지 전혀 이해를 하지 못하는 모양이었다.

"어이, 뭐냐, 변태? 나한테 들러붙는 것도 모자라 이젠 아녀자 납치까지 하시냐?"

"저기… 무슨 말씀이신지?"

크란벨 공작이 다시 한 번 물었다. 로즈마리는 손가락질까지 하며 외쳤다.

"당신이잖아! 당신이 언니 집에 오던 이상한 변태 귀족이잖아! 매일 넋이 나가 풀어진 얼굴만 봐서 잘 알아보진 못했지만 당신이 맞아! 당신이 언니를 납치해 갔잖아!!"

"하아? 물론 페이의 집에서 널 보긴 했지만 이게 무슨 소리지? 언니를 납치해 갔다? 페이가… 납치되었다는 소리인가 그것은?"

크란벨 공작 쪽이 오히려 정색을 하며 물었다. 지금까지의 반응으로 보건대 그는 납치 사건에 대해 모르는 것이 분명했다. 로즈마리는 허탈해진 마음에 자리에 주저앉아 버렸다.

"뭐야, 진짜로 모르는 거야? 당신만 찾으면 될 줄 알았는데. 언니… 언니… 언니 대체 어디로 간 거야. 으아아앙!"

로즈마리는 서럽게 울기 시작했다. 키르라이안은 인상을 썼다.

"아아, 난 애 우는 소리가 진짜 싫어. 이봐, 크란벨 공작. 너 진짜 모르는 거야?"

“모릅니다. 어떻게 된 일입니까? 페이가 납치라니 대체 언제? 전 이번 연회에 참석하기 위해 며칠 전에 수도에 왔습니다. 그때까지만 해도 아무 일도 없었는데. 대체…….”

진심으로 걱정되는지 불안한 표정이 얼굴 전체에 드러났다. 안절부절못하는 모습이 한눈에 들어왔다.

“분명히 당신이랑 같이 다니던 사람들이었단 말이야. 저 털보 아저씨, 내가 얼굴을 기억하고 있다고. 저 사람이 데려갔는데. 저 사람이… 으아앙!!”

로즈마리가 크란벨 공작의 뒤에 서 있는 남자를 가리키며 훌쩍거렸다. 키르라이안과 크란벨 공작의 시선이 순식간에 그에게 향했다. 아이가 거짓말을 할 리가 없다. 그렇다는 건 분명 저 남자를 봤다는 소리다. 두 공작이 노려보는 무언의 협박에 남자는 결국 무릎을 꿇었다.

“죄, 죄송합니다, 주인어른! 저희가 저지른 짓입니다!!”

“…말하거라.”

크란벨 공작이 낮은 목소리로 명령하자 남자는 주저리주저리 털어놓기 시작했다.

“서른이 넘도록 페르나슈 공작 전하께만 목매달던 주인께서 처음으로 관심을 가지신 분이십니다. 이 기회를 놓치면 평생 가망이 없을 것 같아 저희가 페이님을 모셔와 설득했습니다. 따로 별장에 모시고 공작 부인의 자리에 어울리는 품위와 예절을 배우게 하고 있었습니다. 저, 저기 아가씨는…

페이님의 부탁으로 저녁때 모시러 갔더니 집에 안 계셔
서……."

"뭐야, 난 무슨 큰일인 줄 알았더니 겨우 그런 거였어?"

남자의 변명을 다 들은 키르라이안이 시큰둥하니 중얼거
렸다. 그러니까 결국은 남의 연애사였다.

"아, 저, 저기 페르나슈 공작, 그렇다고 당신을 향한 제 사
랑이 식은 것은 아닙니다. 당신은 언제까지나 제 마음속의 여
인으로……."

"닥치고 꺼져, 변태. 네가 그 모양이니 네 심복들이 이런
짓까지 벌이지."

차갑게 내뱉으며 크란벨 공작을 발로 차냈다. 크란벨 공작
의 심복에게 오히려 동정이 갔다. 오죽하면 평민 여자라도 마
다 않고 모셔갔을까 싶었다.

"저기 그럼, 언니는 무사한 거예요?"

로즈마리가 울던 것을 멈추고 물었다. 크란벨 공작의 심복
이 고개를 끄덕였다.

"예. 페이님께서 아가씨를 걱정하십니다. 저희와 함께 가
시지요."

"아니, 그건 기각."

지금까지 구경만 하던 루사인이 갑자기 끼어들었다. 모두
들 웅성거리며 난입한 루사인을 바라보았다. 하지만 루사인
은 아랑곳하지 않고 싱긋 미소 지으며 잔인한 독설을 퍼부

었다.

"변태 밑에서 자라면 변태밖에 안 된다. 남자 변태라면 역대 크란벨 공작들을 익히 봐와서 면역이 생겼지만 여자 아이까지 그 모양으로 만들면 그건 범죄다. 이 아이는 내가 맡겠다."

"에, 에페트리아 공작 전하?"

크란벨 공작의 심복이 식은땀을 흘리며 신음했다. 웃는 얼굴로 참으로 막말을 퍼붓는 저 모습에 살이 떨릴 지경이었다.

"호오. 에페트리아 공작, 듣자 하니 저 아이의 엄마라더니, 그거 정말이었나 봅니다?"

크란벨 공작이 호기심 가득한 얼굴로 물었다.

"누가 엄마란 것이냐?"

루사인이 살기를 띤 채 노려봤다. 하지만 크란벨 공작은 전혀 아랑곳하지 않고 웃고 있었다.

"뭐야, 루사인. 그렇게 내 뒤치다꺼리와 잔소리에 열을 올리더니 드디어 모성 본능에 눈을 뜬 거냐? 본격적인 아이 입양이군. 그렇다면 내가 저 아이의 아빠가 되어주겠다!"

"…그것도 기각."

이마에 힘줄까지 빠직 세우며 인상을 쓰지만 키르라이안에게 통할 리 만무. 오히려 웃으며 로즈마리에게 주입식 교육을 시작하는 키르라이안이었다.

"자아, 로즈마리. 들었지? 너 이제 그냥 우리 집에서 살면
된다. 저어기 루사인이 네 엄마다. 꼭 엄마라고 불러라. 그리
고 난 아빠다."

"그치만 당신 여자잖아. 그리고 저쪽이 남자."

"그런 사소한 거에 신경 쓰지 마."

"그리 사소한 것 같지가 않은데……."

로즈마리가 중얼거리지만 키르라이안은 아랑곳하지 않았
다. 언제나 늘 고잉 마이 페이스. 여전히 미소 지으며 루사인
을 향해 선포했다.

"자, 이제 여기서의 볼일은 다 봤으니 우리 집에 돌아갈까?
어서 가자, 루사인."

"아직 행사 시작도 안 했고 난 할 일이 남았다."

"그러니까 사소한 건 신경 쓰지 말라니까. 언제까지 왕가
일에 매달릴 건데? 증손자뻘 되는 것들이잖아. 자기들 할 일
은 알아서들 하라 해. 가자, 가자. 집에 서류 정리할 거 밀렸
더라. 가서 처리해야지."

"…너야말로 네 일은 네가 알아서 좀 해라."

물론 루사인의 투덜거림은 여전히 키르라이안의 귀에도
들어오질 않았다. 키르라이안은 로즈마리와 루사인을 잡아
끌며 자신의 할 말만 할 뿐이었다.

"앗, 그리고 보니 로즈마리도 마리네. 할머니도 마리고, 대
고모님도 마리였는데. 우리 집안은 마리란 이름과 인연이 깊

은가 봐."

웃고 있는 키르라이안을 향해 로즈마리는 조심스레 물었다.

"근데 당신 정말 마녀 아니야? 공작… 이라니? 그거 높은 귀족님이지?"

"그래그래, 그런 거지. 나는 페르나슈 공작. 그리고 옆에 이 녀석이 에페트리아 공작. 네 언니를 데려간 건 크란벨 공작. 카린은 마티아스 공작 부인이면서 다음 잉게 공작이지."

로즈마리는 인상을 썼다. 키르라이안이 말하는 대로 손가락을 꼽으며 하나하나 이름이 불린 자들을 떠올리고는 중얼거렸다.

"공작이란 사람들이 왜들 하나같이 다 어딘가 이상해."

"동감이다."

루사인이 한숨을 쉬며 고개를 끄덕였다.

"그치, 엄마?"

"…난 엄마가 아니다."

"응, 엄마."

인상을 쓰며 부정했지만 아무래도 로즈마리의 뇌엔 '루사인=엄마' 란 공식이 확고히 주입된 모양이었다. 루사인은 다시 한 번 한숨을 쉬며 무엇이 즐거운지 계속 생글거리는 키르라이안의 뒤통수를 노려보았다. 어쩌다 신세가 이리되었는지 참으로 한탄스럽지만, 그게 다 자신이 선택한 길이었다.

처음 시작은 그저 짧은 대화였습니다.

TS물에 심취해 있는 주변의 아는 분이 어느 날 외쳤습니다, '요즘 너무 심심해요. 이대로라면 지나가는 미소년을 납치해서 성전환시켜 버릴지도 몰라요!' 라고. 그분의 성격을 아는 주변 사람들은 그때 오싹함을 느낍니다. 어느 날 갑자기 9시 뉴스에 '부산에서 청소년 납치 후 강제 성전환' 이라는 헤드라인을 볼지도 모른다는 불안감에 떨기 시작했습니다.

그래서 결심했습니다. 범죄로 운명이 바뀔지 모를 어딘가의 미소년을 위해. 그리고 9시 뉴스에 함께 나와 얼굴 모자이크 처리와 음성 변조로 '그분이 원래 그런 쪽으로 관심이 있던 분이어서요' 라며 증언할 제 미래를 막기 위해.

'제가, 제가 쓸게요. 저라도 써볼게요!!' 라고 외치며 그분을 위해 쓰기 시작했습니다.

그리하여 이 책은 크렌시아님(빵님)에게 바치는 글입니다. '빵님의, 빵님을 위한, 빵님에 의한' 책인 것입니다.

　최종적으로 나간 제목은 키르라이안 이야기지만 이 글은 중간에 여러 차례 제목이 바뀌었습니다. '이 소년이(x) 소녀가(o) 사는 법' 이라고 했지만 비슷한 제목의 만화가 있다는 소리에 노선 변경. 여러 가지 제목으로 투표 결과 '소년폐업' 에 압도적으로 표가 몰렸지만… 제목부터 개그스럽다는 이유로 기각. '훌륭한 숙녀가 되는 법', '에페트리아 스캔들' 등등의 후보가 나왔지만 결국 무난하게 '키르라이안 이야기' 로 결정.

　사실 키르라이안 이야기이지만 키르라이안만의 이야기는 아닙니다. 여기엔 루사인과 페르나슈 공작의 이야기도 함께 있거든요. 처음 설정했을 땐 페르나슈 공작의 이야기가 먼저였습니다. 하지만 이게 2세대로 내려오고 TS물이 되면서 키르라이안이 주인공이 되어버렸습니다. 페르나슈 공작이나 루사인이 주인공이 되면 글이 많이 어두워지거든요.

　초기 설정에 키르라이안은 아무도 손도 대지 못하는 진짜 개망나니였습니다. 그리고 여자가 되서 정말… 이루 말 못할 이런저런 짓들을 당하며 인생 피폐해지는 그런 설정이었는데…….

　일단 페르나슈 공작의 성격이 너무 강합니다. 루사인도 휘둘릴 녀석이 아니죠. 카린은 아예 눌러 버릴 겁니다. 그리하여 너무 강한 주변 인물들 덕에 키르라이안은 '되다 만' 망나니로 태어났습니다. 거기에 바보 추가.

그리고 여기서 가장 심각한 실수를 저질러 버립니다. 인물 설정은 바꿔놓고 아무 생각 없이 초반 계획대로 1인칭으로 서술을 시작한 거죠. 세상에, 바보를 가지고 1인칭이라니. 설명해 주는 사람의 머리가 닭과 붕어를 오가는 수준이니 제대로 서술을 이어나갈 리가 있나.

그래서 피눈물을 흘리며 결심했습니다. 이건 이왕 엎질러진 물, 앞으로 1인칭은 진짜 머리 좋은 주인공이 등장할 때만 쓰자. 라고.

키르라이안 이야기는 제가 처음으로 완결을 낸 소설입니다(완결 안 난 소설이나 완결된 만화는 있습니다). 글 쓰는 게 워낙 느린 덕에 마감 일정 따라가느라 힘들었습니다. 웹상에서 1회 연재는 2005년 4월 16일인데 책이 나간 건 2006년 12월이었죠. 물론 그때 전 4권을 쓰고 있긴 했지만… 남은 두 권을 쓰기가 정말 벅찼습니다. 그래서 더욱, 이렇게 끝을 내게 된 것이 감회가 새로울 따름입니다.

지금 이 후기까지 보내면 키르라이안 이야기는 제 손에서 완전히 떠나게 됩니다. 그럼 일단 잠부터 자고, 그리고 몇 달간 밀린 대청소를 할 예정입니다. 쓰고 있는 다른 글이 있긴 하지만 소설만큼 일정이 빡빡하지 않은 것이니 시간도 남겠죠. 그 시간에 그동안 밀린 책을 열심히 볼 생각입니다. 주문은 해놓고 택배 박스조차 뜯지 못한 책들이 절 기다리고 있거든요.

자, 이상으로 후기 아닌 넋두리를 마칩니다.

교정 도와주신 서지현 기자님 감사합니다.
키르라이안 이야기가 글로 태어날 계기를 준 크렌시아님 감사합니다.
여기까지 키르라이안 이야기를 읽어주신 모든 분들에게 감사를 드리며 모두 행복하고 즐거운 시간 보내세요. ^^

초등학생이 반드시 읽어야 할 좋은 책 49권

각 학년별로 초등학생이 반드시 읽어야할 좋은 책을
선정하여 통합논술의 기본이 되는 '올바른 독서법'을
일깨워 줍니다.

교과서와 함께하는
초등학교 통합논술

초등1학년 | 값 12,000원 | 초등2학년 | 값 9,500원 | 초등3학년 | 값 11,000원 | 초등4학년 | 값 9,500원 | 초등5학년 | 값 9,500원 | 초등6학년 | 값 11,000원

♣ 혼자 할 수 있어요.

엄마가 책 읽는 방법을 가르쳐 주어도 좋아요.
독서지도하는 선생님이 가르쳐 주어도 좋답니다.
"초등 교과서와 함께하는 **통합논술 시리즈**"는
아이 스스로 독서할 수 있도록 꾸며진 책이에요.
엄마와 선생님은 요령만 가르쳐 주시면 된답니다.

♣ 교과서의 중요한 내용이 총정리되어 있어요.

각 학년별로 중요한 교과 내용이 함께 수록되어 있어요.
초등학생은 교과서 내용을 충실하게 공부해야합니다.
아울러 그와 병행한 독서가 대단히 중요하지요.
"초등 교과서와 함께하는 **통합논술 시리즈**"는
두가지 방법 모두 알려준답니다.

♣ 이 책은 훌륭하신 선생님들이 함께 쓰신 책이랍니다.

동화작가 선생님들이 쓰셨어요. 소설가 선생님도 쓰셨답니다.
국어 논술독서지도 선생님들도 함께 쓰셨지요.
"초등 교과서와 함께하는 **통합논술 시리즈**"는
엄마의 마음으로 모든 선생님들이 함께 꾸민 책이랍니다.

입소문을 통해 아는 분은 다 알고 계십니다!
올 한해 공인중개사 최고의 화제작!

1~2권 합본 | 이용훈 지음
3~4권 합본 | 이용훈 지음
5~6권 합본 | 이용훈 지음
용어해설 | 이용훈 지음

수험생 기본 필독서
만화 공인중개사

제목 : 만화공인중개사 쓰신 분에게 감사드립니다.

학원을 두 달 다녔어요. 근데 과연 그 숫자 외우기 그런 게 몇 문제나 나올까 생각을 했어요
아니라는 생각이 드네요. 학원강의를 뒤로하고 서점을 갔어요. 내 머리에 가장이해될수있는
책이 없나 하구요. 거기서 만화를 발견했어요. 무조건 세 번 봤어요. 3개월 걸렸어요. 문제집을 보라고
했는데 그건 시행을 못했어요. 근데 합격을 했네요.
어떻게 감사의 말을 해야 될지……:
도서관에서 만화책 들고 다니니까 사람들이 비웃더라구요. 만화책으로 공인중개사를 공부한다고
미친 사람처럼 보더라구요. 근데 그거 다 감수하고 했던 내가 자랑스럽습니다.
어떻게 감사의 말을 해야 할지… 정말 감사합니다.
부디 행복하세요. 제 나이 41살에 좋은 스승을 만난 것 같습니다.
엎드려 감사드립니다.

−본사 홈페이지에 독자분이 올린 메일 中 에서 발췌−

이제 와서 무르자고 할 수도 없는 일이었다.

그저 그렇게 조금은 소란스러울지도 모르는 일상들인 것
이다.

『키르라이안 이야기』 완결